こうして誰もいなくなった

有栖川有栖

角川文庫
22903

前口上

本書はノンシリーズものの中短編をまとめたもので、ラジオでの朗読のために書いたため初めて活字になる作品も含まれている。

テーマを与えられて書いたものあり、枚数の制約もなく自由に書かせてもらったものあり。内容も長さも様々で、本としてのテーマはなく、有栖川小説の見本市みたいなものだ。


ファンタジー色の強いものからホラータッチを経て本格ミステリへと、おおよそグラデーションになるように並べてあるが、どんな順にお読みいただいても結構。

「どういうつもりでこんな小説を書いたんだ？」と思われたら、各編の来歴を記した長めの〈あとがき〉をご笑覧いただきたい。

目次

館の一夜

乳白色の霧が、煙のようにたなびいている。黒田《くろだ》卓也《たくや》教授は車のスピードを落とし、前方に目をこらした。日の暮れた山道でこんな霧に遭うとは、ついていない。あと時間早く訪問先を出ればよかったのだが、話好きの主《あるじ》に引き止められて、つい長居をしてしまった。

「まぁ、ゆっくり走っても夜中過ぎには家に着く」

独り言を洩《も》らしてからカーナビに目をやると、もうすぐ峠を越えることを示していた。二キロほど先に枝道が一つあるらしい。間違わないよう音声が案内してくれるだろう。

「便利になったもんだ」

また呟《つぶや》いてから、三十年前のことを思い出す。大学院の研究室で民俗学のフィールドワークをしていた頃だ。カーナビはなく、助手席には彼女がいた。長い黒髪を背中に垂らした星野《ほしの》美佳子《みかこ》が。

美佳子と東北の旧家を訪ね、当地に伝わる祭祀《さいし》について古老から聞き取りをした。珍しい話が次々に出てきて、その一つずつに彼が質問をするうちに秋の日は落ち、外は真っ暗になっていた。

「うわぁ、もう真夜中みたい。すっかり遅くなったわね。黒田君が熱心なあまり」

レンタカーの助手席でシートベルトを締めながら、美佳子はからかうように言った。

「研究熱心なのを責めないでもらいたいな。いい話がたくさん仕入れられたじゃないか。遅くなったって言っても、まだ七時だし」

「このあたりじゃ夜中よ。あのお婆さん、よく付き合ってくれたわ」

「でも、楽しそうだった。僕らが聞き上手だから」

「まぁね」と美佳子は微笑む。研究が捗《はかど》りそうなので、彼女も喜んでいたのだ。

「早くホテルで一服したいね。チェックインしたら、すぐ晩飯を食べに行こう。そのために山を二つ越えなくっちゃな。――ほい、お願いしますよ、ナビゲーター」

彼は、地図を美佳子に託す。二人が訪ねたのは山奥の寒村で、山を二つ越えなくてはビジネスホテルにも民宿にもたどり着けなかった。恋人同士ではなかったので、もちろんホテルはふた部屋予約してある。

すれ違いもままならぬ山道だった。途中の集落までは舗装されていたが、その先からデコボコ道になる。一時間近く走ったところで、美佳子が言った。

「変ね。ますます道が細くなる」

彼は車を止めた。

「黒田君、見てくれるかな」と美佳子が差し出した地図を取り、目をこらす。

「さっき右の道に入ったけれど、それがよくなかったのかしら。でも、右に進むようになっているでしょ？」

「そうだね。町へ出るのはこの道だ。変な感じだけれど、これで合っているんだよ」

彼が言い切ると、美佳子は安心したようだった。ナビゲーターとして、間違っていたらどうしよう、と心配していたのだ。

「急ごうか。夜に天気が崩れるって予報が出ていたしね。こんなところで雨に降られたら、初心者ドライバーはお手上げだ」

「頼りにしているんだから、そんなこと言わないで。早くホテルに入りたいけど、気をつけて運転してね」

急ごうにも、スピードを出せるような道ではなかった。深山の悪路をのろのろと進むほどに、あたりの闇は濃くなっていく。三十分ほどして、たまりかねたように美佳子が言った。

「おかしいよ。引き返した方がいいんじゃない？」

「だけど、地図ではこれが正しい道になっている。こういう時は、引き返すとかえって後悔することになりがちだよ。それに、さっきからずっとUターンできる場所がないんだ」

もう九時が近かった。都会ではほんの宵の口だが、ここは別世界だ。海の底のように暗く淋《さび》しい。ライトに照らされた道だけが、くねくねと曲がりながら延びる。

「星野さんのナビは間違っていなかった。僕が責任を持って決断するよ。このまま行く。いいね？」

彼女がこっくりと頷《うなず》くのを確かめてから、彼はわずかにアクセルを踏み込んだ。

雨が降りだしたのは、それからまもなくのことだ。心細い顔をする美佳子に、彼は「絶対に事故は起こさない」と力強く言った。

さらに十分ほど行ったところで、道が果てる。町に続くどころか、行き止まりになっていた。美佳子が茫然《ぼうぜん》とする。

「いったいどうなってるんだ？　地図のとおりに走ってきたのにドン詰まりだなんて」

毒づく彼の肩を、ぽんと美佳子が叩《たた》いた。

「見て、黒田君。こんなところに、あんなものが……」

本降りになってきた雨の紗幕《しゃまく》の向こうに、大きな黒い影があった。「こんなところに、あんなもの」と美佳子が驚いたのも無理はない。それは、人里離れた山中にまるで不似合いな西洋風の館だった。

煉瓦《れんが》造り二階建ての重厚な建物で、たくさんの窓が並んでいたが、どこからも明かりは洩れていない。人の気配がしないのだ。

「何だろうな。見てくるよ。ここで待ってて」

荷物から折りたたみ傘を取り出し、彼が車を降りようとすると、美佳子は「私も行く」と言う。その目には微《かす》かなおびえと好奇心が交錯していた。

傘を手にした二人は、半開きの鉄の門を通って、館の玄関に歩いていく。インターホンがあったので押してみたが、耳を澄ましても応答はなかった。

「留守なのかな」

彼がドアのノブを握って押すと、ギイと軋《きし》みながらゆっくり開く。まるで二人を迎え入れるように。月明かりもないため館の中に光は差し込まず、逆に内部の闇が外にあふれ出してくるかに思えた。

彼は、ひるむ美佳子の前に一歩踏み出し、ライターを点《つ》けた。広い玄関ホールだった。暗くて様子がよく判らないが、荒れ果てているというほどではなさそうだ。

懐中電灯を取りに二人で車に戻り、あらためて中を照らしてみた。

「立派なお屋敷ね」

寄り添いながら美佳子が言うのに、彼は応える。

「立派な空き家だ」

吹き抜けの天井からぶら下がったシャンデリアやホールの隅には、蜘蛛《くも》が巣を張っている。絨毯《じゅうたん》にはうっすらと埃《ほこり》が積もっていたが不潔な印象はなく、掃除をしなくなってせいぜい一カ月という感じだ。ホール正面の階段脇では、風格のあるグランドファーザー・クロックが正確に時を刻んでいた。九時十二分。中に入ってドアを閉めると、その時計のカッチ、コッチという音が異様に大きく聞こえる。

「ごめんください！」

美佳子が奥に向かって呼びかけるが、返事はない。あったら飛び上がっただろう。

一階を見て回ると、ホールの右手に応接室と広々したリビング。左手には食堂とキッチン。トイレと浴室。リビングと食堂に電話があったが、どちらもつながらない。電気もきていないのだが、それでいてガスと水道は通じていた。

「空き家にしても戸締りもしていないのはおかしいわ。ここは何なの？」

美佳子の問いに、彼は黙って首を振る。

外では雨が激しくなってきたようだ。

※

古風な燭台《しょくだい》があったので蠟燭《ろうそく》に火を点けて階段を上がると、二階には五つの寝室と納戸が並んでいた。寝具は思いのほか清潔そうだ。

「星野さんも疲れているだろうし、ここで一夜を過ごしてもいいかもしれないよ」

卓也が言うと、美佳子は戸惑いを見せた。大いに迷うところだ。闇に包まれた道を引き返すのも怖いし、得体の知れない館に無断で泊まるのも恐ろしい。

「正直に言うよ。この雨の中、さっきの道を車で走る自信がないんだ。自分一人ならまだしも、君の命を預かるとなると……」

それでも決断しかねている。彼は無理強《むりじ》いせず、明るい声で別の提案をした。

「まずは飯にしようか。食堂に、こんな館には似合わないカップ麺《めん》があった。ラーメンやら蕎麦《そば》やら。賞味期限は切れていなかったよ。泥棒なんかしない。ちゃんと食べた分の代金は置いていくからさ」

空腹には勝てなかったらしく、彼女は「そうしようか」と答えた。ほっとした顔になる。

十人以上で囲めそうなテーブルに燭台を置き、カップラーメンの夕食になった。火影《ほかげ》がゆらぐと、美佳子がくすりと笑う。

「燭台の明かりだけ見ていると、高級レストランのディナーみたい。食べているのは二人ともラーメンなのにね」

「超一流のシェフが作ったラーメンを食べていると思えばいいじゃないか。すごくおいしいよ。こんなにうまいラーメンは初めてかもしれない」

「空腹は最大の調理人、というだけでしょう。……うん、おいしい」

うっすらと蜘蛛が巣を張ったシャンデリアの下で、二人はラーメンを啜《すす》った。食べ終えてから、彼はカップ麺が入った棚に千円札を置く。「お釣りはいらないよ」と言いながら。

何とか夕食にありつけた。どっと疲れが出たのか、美佳子は朝までここで過ごす決心をする。その返事に彼は安堵《あんど》した。

「それがいいと思う。もちろん寝室は別にするからね」

「ありがとう。でも……独りは怖い」

困ったふうではなく、どこか甘えた感じの言い方だった。「僕はいいよ」と彼は応える。

燭台をかかげて二階に上がろうとすると、壁に掛かっていた絵が何の前触れもなくガタリと傾き、美佳子は悲鳴を上げた。冷酷そうな髭面《ひげづら》の男を描いたその絵を直してから、彼は努めてさりげなく言う。

「何でもないよ、大丈夫」

二階の奥の寝室にはベッドが二つあったので、そこで過ごすことにした。明かりは、マントルピースの上に置いた燭台の火だけ。それが消えたら真の闇になる。

「僕は起きているから安心して休むといい。着替えをするなら出ていようか」

彼がそう言っても、美佳子は壁にもたれてベッドの上に座ったままだ。異変があればすぐ対処できるように。

「ありがとう。でも、とても眠れそうにない。私も朝まで起きてる」

雨は降りしきり、風が窓ガラスを揺らした。時折、メリメリと家鳴りがして、二人をどきりとさせる。あまりに静かなものだから、グランドファーザー・クロックが時を刻む音が階下から聞こえていた。カッチ、コッチ、カッチ、コッチ。硬く陰鬱《いんうつ》な響きだった。

「何か音がする」

不意に美佳子が身構えた。

「時計の音だろ」

「違う。階段の下あたりで床が鳴っているわ。足音みたい。動いてる。上がってきたらどうしよう！」

「足音なんかじゃない。古い家だから色んな音がするだけさ。……ほら、もう聞こえない」

納得したらしく、美佳子は胸を撫《な》で下ろした。照れて少し笑う。

「私のこと、臆病《おくびょう》だって呆《あき》れてる？」

「いいや。僕だって、こんなところに泊まることになって落ち着かないよ。独りきりだったら泣きたくなっていたかもね。星野さんがいてくれるから平静を保っていられるだけさ」

「黒田君は優しい」

顔をほころばせた美佳子だが、その表情がすぐまた曇る。

「勇気づけてくれているのに悪いけど、私、この家は普通じゃないと思う」

「どうして空き家になったんだろうね」

「それも謎だけど……家のどこかに誰か潜んでるような気がする。何となく」

「それこそ気のせいだよ。広い家っていうのは、人間を不安にさせるんだ。ある種の防衛本能が働くせいかもしれない」

　美佳子の気を紛らわすため、彼は冗談を飛ばしたり、研究室の指導教授や友人たちの噂話をしたりした。そのかいがあったのか彼女は次第にリラックスしていき、やがて横になって寝息をたて始める。朝が早かったので眠くなるのが当然だ。

　卓也は隣のベッドに腰掛けたまま美佳子の横顔をずっと眺めていたが、明け方近くになって少し休んだ。

　朝、二人が目覚めると雨は上がっていた。小鳥のさえずりを聞きながら、朝食にまたカップ麵を食べる。「高原のペンションにきたみたいだね」と卓也が言うと、「本当にそう」と美佳子は明るく応えた。不安な一夜を乗り越えて、はしゃぎたくなっているようだった。山道で迷った挙句に無気味な館に泊まったことも、過ぎてみれば愉快な冒険だ。

「このことは、みんなに内緒ね」

「もちろん。僕らだけの秘密だ」

　二人は鼻歌まじりで荷物をまとめる。立つ鳥跡を濁さず。ゴミ類はすべて持ち帰ることにした。

　きた道を戻ってみると、地図が古かったのか、枝道の記載に間違いがあったことが判る。地図を疑いながら進路を選ぶと、ほどなく昨夜泊まるはずだった町に出た。

　二人はそのまま帰路に就き、「僕らだけの秘密だ」という約束は守られた。

峠を過ぎたあたりで、霧が晴れだした。遠い町の明かりが低く見えている。黒田卓也教授は車を路肩で止め、携帯電話を取り出した。そして、帰りが予定より遅くなることを自宅で待っている妻に伝える。

「そういうわけだから、先に休んでいたらいいよ。食事は、どこかで適当にすませて帰るから」

「気をつけてね」と妻、美佳子は言った。

車を止めたまま、彼はまた三十年前の一夜に思いを馳《は》せる。

あのささやかな冒険がきっかけで二人は親密になり、やがて結婚した。一男一女に恵まれ、この秋には銀婚式を迎える。あの夜のおかげだ。雨も味方をしてくれた。

例の館は、特殊な目的のために使われるホテルだった。傾く絵や怪しげな音も、すべて姿を隠した従業員による。もとより危険な場所ではないことを、彼は先刻承知していた。貸切りでの利用ゆえ、大学院生にはとても高額ではあったが、貯金をはたいて予約したのである。彼女と親しくなるために。

まったく卑怯《ひきよう》な手を使ったものだ、と思う。しかし、その埋め合わせと言ってはなんだが、美佳子が自分に抱いたイメージを壊さぬよう、せいぜいがんばって生きてきたつもりだ。彼女にとって頼もしい男であるように。

地図もホテルが用意したもので、あの館に迷いつくようになっていた。カーナビや携帯電話が一般に普及していなかったから、そんな風変わりなビジネスが成立したわけだ。

「古きよき時代……だったのかな」

エンジンをかけ、走りだす。早く妻の顔が見たかった。

線路の国のアリス

アリスはお兄さんと並んで川べりの木陰に腰を下ろし、さっきから退屈しきっていました。ピクニックにきたのに、お兄さんはヘッドホンで何か（音楽ではなく、汽車のドラフト音かもしれません）聴きながら厚い雑誌を読みふけっているからです。

何がそんなにおもしろいのだろう、とのぞいてみると、絵もなければ文章もなく、米粒のように細かい数字がびっしりと並んでいます。どうしてそんなものに集中できるのか、アリスにはさっぱりわかりません。

時刻表というやつです。電車がどの駅を何時に出て、何時にどこに着くかが書いてあるだけ。お兄さんは鉄男《てつお》という名前に影響されたのか、物心がついた頃《ころ》からの鉄道好きでした。アリスがふざけて「こら、テツ」と呼べば、「なんだい?」と平気で応えます。

——鉄男の妹にアリスという名前をつけるなんて、お父さんとお母さんのセンスもおかしい。統一感なさすぎ。

単に両親とも『不思議の国のアリス』が好きだったというのが理由のようです。アリスは、それがどんなお話なのか知りません。ただ、さし絵を見たことがあるので、ふだん自分が着せられているのがその物語に出てくる女の子と同じような服らしいのは気づいていていました。料理をするわけでもないのにエプロンみたいなのがついていて変でしたが、「よく似合う」「とてもかわいい」とまわりの人が言うし、自分でもそうだなと思うので不満はありません。

足元の小川はキラキラと光りながら流れ、対岸の土手の上を赤い電車がたまに通ります。ヘッドホンをしていても気配で察するらしく、その時だけお兄さんは顔を上げ、電車が行ってしまうまで眺めるのでした。

――ああ、つまらない。何かおもしろいことがないかしら。

口を大きく開けてあくびをした時、遠くからまた電車がやってくるのが見えましたが、お兄さんはうつむいたままです。時刻表がいいところなのでしょう。

――ちょっと腹が立つ。ヘッドホンごと耳をちょん切ってしまおうかな。

両手でハサミの形を作った時、お兄さんの向こうにおかしなものが見えました。ピンと長い耳を立てた白いウサギです。二本の耳の間に紺色の帽子をかぶり、紺色の服を着て、後ろ脚だけで立って走ってきます。

そのウサギがお兄さんの背中の後ろを通り、アリスのそばを過ぎる時、こんなことを言っているのが聞こえました。

「急がなくっちゃ、急がなくっちゃ。このままだと乗り遅れてしまう。大変だ」

ウサギがしゃべるだけでも驚きなのに、そいつは懐中時計を取り出して、時間を確かめたりするのです。ただごとではありません。

——なんなの、あれ⁉

アリスはあわてて立ち上がり、あとを追いかけることにしました。ウサギの恰好《かっこう》は、電車の車掌の制服にも見えました。「乗り遅れる」と言っていましたから、自分が乗るべき電車が出る時刻が迫っているのでしょう。だとしたら、あせって当然です。

ウサギは川べりからそれ、野原を横切って垣根のほうに向かいます。そして、あと少しでアリスが追いつくというところで、垣根の下にぽっかり開いた穴に飛び込んでしまいました。

逃がすものか、とアリスもあとに続きます。その中がどうなっているのか、出られるかどうかを考えもしないまま。

飛び込んでみると、それはそれは深い穴でした。どこまでもアリスは落ちていきます。なかなか底に着かないので、落ちながら色々と体勢を変えたり、まわりを見回したりするだけの余裕があるほどです。

まるで垂直に延びたトンネルで、内側はコンクリートで固められているようでしたが、ところどころ煉瓦《れんが》になっています。どうしてこんなものがあるのか、まるでわかりません。

自分はどうなってしまうのだろう、と行く手に目をこらしたら、真っ暗な中に光が見えました。何だろう、と思っているうちにみるみる近づいてきます。やがて傍らを通り過ぎたのは、煌々《こうこう》と明かりがともった駅で、プラットホームが斜めになった壁に張りついているのでした。

また何か現われます。駅名標のようなのですが、落ちるスピードがどんどん速くなっていたので、「ちば」と「さが」しか読めませんでした。「ごめん」と書いたものもあったのですが、そんな駅は聞いたことがないので、見間違いだろうな、と思いました。

特急列車の先頭についているマーク（お兄さんはトレイン・マークと言っていました）も壁についています。館山《たてやま》のおばあちゃんの家に行く時に乗る〈さざなみ〉やら、家族で信州《しんしゅう》旅行をした時に乗った〈しなの〉やら、色とりどりのマークが四方に散っていて、きれいです。お兄さんなら「うひょー！」と歓声をあげるでしょう。

落下を続けるアリスは風を切る音をずっと聞いていたのですが、いつしかそれは電車が線路の継ぎ目を拾うタタンタタンという小気味のいい音に変わっていて、時折耳のそばでピィーッと警笛が鳴りました。

そのあとも、信号機やら線路脇でよく目にする標識やら、鉄道に関係のあるものがたくさん通り過ぎます。赤い光の点滅は踏切です。……ンカンカンカンカンという警報がしだいに大きくなってきて、遮断機らしい細長い棒がパタンパタンせわしなく動いているのをすり抜けたとたん、カンカンカンカ……は小さくなっていきました。

自分はどうなってしまうのだろう、という心配はいつまでも続きませんでした。トンネルの出口らしいものが見えてきたと思った次の瞬間、アリスは激しく地面にたたきつけられたのです。何百メートルもの高さから墜落したのですから、普通なら命がないはずなのに、なぜか「あイタタ」というぐらいですみました。

「ここはどこなの？」

起き上がってあたりを見渡すと、薄暗い部屋……いえ、部屋ではなくどうやら駅です。弱々しい蛍光灯の明かりの下に、自動券売機や改札口らしいものがありますから。

都会の大きな駅ではありません。広さは学校の教室の半分もないし、券売機は一つだけです。木造で全体が古びていました。

「駅でよかった。電車に乗って帰れるわ」

頭上を見ると、穴はどこにもありません。あったとしても登っていけるはずもありませんでした。

「でも、ここは本当に駅なのかしら？」

そんなふうに思ったのは、改札口に見慣れないものがあったからです。頑丈そうな鉄の扉でした。それが閉じているせいで、ホームの様子はまるでわかりません。駅員さんが立つだろう部分も壁になっていて向こうが見通せないのです。

振り返ると駅の入口の扉も閉じていて、開けてみようとしたらびくともしません。アリスは、わけのわからないところに閉じ込められてしまいました。

「どこだかわからないけど、日本よね」

駅の名前を見ようとしたのですが、それらしい表示はありません。ただ、外国にきたのでないことは確認できました。一つしかない券売機に「つかえません」と日本語で貼《は》り紙がしてあったからです。

券売機の上には、その駅を中心にした地図が掲げてありましたが、明かりが弱い上に文字が小さくて読めません。アリスは腹が立ってきました。

「この駅は、なってないわ。お客さんのことをちっとも考えてない」

駅員がいたら文句を言いたいところですけれど、あいにく無人駅のようです。かつて駅員がいたらしい部屋の窓口には、ごていねいに板が打ちつけてありました。怒りはすぐに鎮まって、とても不安になってきます。永遠にここから出られなかったらどうしよう、と。永遠でなくて二、三日でも飲まず食わずだったら倒れてしまいます。

ペンキがはげかかった木のベンチに座り、途方に暮れていると、どこからか話し声が聞こえてきます。そちらを向くと、今まで見逃していましたが、もう一つ扉がありました。どうやら待合室があるようです。

その扉はちゃんと開いてくれたので、ほっとしたのですが、中にいたのは思いがけない顔ぶれでした。

「おや、まぁ。見かけないのがいるよ」

「人間の女の子なんて珍しいね」

そう言いながらこちらに顔を向けたのは、ペンギン、アヒル、ニワトリ、そして頭が黒くてわら葺《ぶ》きの屋根を背負ったような羽の大きな鳥は……そう、動物園で見たことがあるエミューです。

「こんにちは」

とりあえず、アリスは挨拶《あいさつ》をしました。怪しい者ではありません、とつけ足したくなります。ここでは自分がいちばん珍しい存在のようでしたから。

「何をしているんですか？」

そうたずねると、笑い声が起きました。エミューがかん高い声で言います。

「駅の待合室にいるんだから、列車を待っているのに決まっているじゃないか」

ペンギンとアヒルとニワトリも、アリスを馬鹿にしきった口調で言います。

「常識がない子だね、ほほほ」

「頭が弱いのかもしれない」

「将来、苦労するだろうな」

相手が人間だったら悲しくなったでしょうが、鳥に言われたって別にこたえません。鳥のくせに生意気だわ、と思っただけです。ペンギンなんて、「ほほほ」と笑いながら手（いえ、あれは翼です）を口もとにやろうとしますが、短すぎて全然届いていないのですから、こっちが笑ってやりたくなります。

「やっぱり駅なんですね。出入りできないのに」

エミューが嘴《くちばし》を突き出します。

「できるさ。外へ出られなかった？　そりゃ立てつけが悪いだけだ。出入りできないなら、あんたはどこからきたんだ？」

穴から落ちてきた、と言っても信じてもらえないだろうと思ったアリスは、質問に答えずに話を変えます。

「ここは何というところですか？」

エミューが「ココダヨ」と答えます。

「ココダヨ駅？」

「違ーう。ココという駅だよ」

聞いたことがなく、どんな字を書くのかわかりませんが、お兄さんなら知っているのかもしれません。

「ここから電車に乗ったら、どこへ行けますか？　地図がよく見えないので教えてください」

アヒルがしゃがれた声で答えます。

「ドコカへ行けるよ。ここから出る列車は全部ドコカ行きだ」

ふざけた名前だと思いながら、アリスはさらにたずねます。

「ドコカは、あっちですか？」

ニワトリがぷるんと鶏冠《とさか》を揺すって首を振ります。

「そっちもドコカだけど、あっちもドコカだ。どっちへ行ってもドコカへ着く」

「反対の方角にドコカという駅が二つあるんですか？　そんなのおかしいわ。名前の意味がない」

エミューは、軽蔑《けいべつ》した目をしました。

「同じ名前のものなんて、この世にはたくさんあるだろう。おまえの名前を言ってみろ。アリス？　くだらない名前だな。そのアリスという名前は、世界中でおまえだけが独占しているのか？」

もちろん違います。そう答えると、エミューは勝ち誇ったように胸をそらしました。

「ほら、みろ」

まともな話ができない連中のようです。アリスは体中の力が抜けてしまい、空いているベンチの端にぺたんと座りました。

気に食わない鳥どもですが、ほかに誰もいないのですから、わからないことは彼らにたずねるしかありません。

「改札口の鉄の扉が閉まっているけれど、時間がきたら開くの？」

鳥風情《ふぜい》に「です・ます」で話すのはやめました。相手は年下かもしれないのだし。

くすくすと笑ってから、ペンギンが言います。

「お客が切符を通せば開くようになっているんだ。自動改札機を知らないのかね？」

「あんな大きくて重そうな扉の自動改札なんて、あるかしら。あるのよね。ここには」

エミューがうなずきます。

「あるとも、ココには。切符を持たない者が前に立っても一ミリたりとも開かない。百年待っていてもな。待ちくたびれて年をとるだけさ」

「わたし、電車に乗らなきゃならないの。どこへ行けばいいのかわからないけど、ここにいてもダメみたいだから」

「なら、行けばいい。どの列車に乗ってもドコカへ連れていってくれる」

「でも、券売機がこわれていて切符が買えない。どうしたらいいの？」

鳥たちは嘴をくっつけて顔を見合わせ、ニワトリが言います。

「改札の中に入る方法はあるな。わしらが入る時、間にはさまって通ればいい。列車で検札にあったら事情を説明すれば何とかなるんじゃないか」

「意外と親切ね。……ごめんなさい、意外とだなんて」

ニワトリは気にした様子もなく、小首をかしげて鶏冠を揺すっただけです。

「券売機は使えないけれど、あなたたちは切符を持っているのね？」

「切符はないが、これがある」

ペンギンは両の翼の間にはさんだものをアリスに見せました。たっぷりのホイップクリームの上にイチゴがのったショートケーキです。

「ケーキがどうかしたの？」

「これがあれば改札は通れる。ケーキ券だ」

「ケーキが定期券のかわりになると思っているの？　ふざけたことをしたら鉄の扉にはさまれてつぶされるわよ」

エミューが脚を上げて、猫のようにぼりぼりと頭をかきました。

「定期券というのが正しいのはみんな知っているよ。だが、女王さまが定期をケーキと言い間違えたせいで、ケーキ券になったというわけだ。女王さまは、いったん口にしたことを決して改めたりしないんだ」

列車を利用しようとするたびにケーキを持ち歩くなんて、ずいぶん面倒な話だと思いましたが、女王が決めたことには逆らえないのでしょう。

「そろそろ行こうか。ここで話しているのにもあきた」

アヒルが言うのにほかの三羽も賛成し、みんなが席を立ちました。そして、ニワトリ、エミュー、アリス、ペンギン、アヒルの順に一列になって改札口へと向かいます。

ケーキをどうするのかと見ていたら、ニワトリは改札口の柵《さく》についた探知機らしいものに軽くチョコレートケーキを当てました。と、扉はカラカラと上がっていき（上下に開閉するのです）、ニワトリはゆっくりとその下を通ります。

すぐに続けてエミューがチーズケーキを当てたので、扉は上がったまま。アリスは身をかがめ、エミューの羽のかげに隠れるようにしてすばやく改札口をくぐることができたのですが、その途中、インチキがばれて重い扉がいきおいよく落ちてきたらどうしよう、と気が気ではありませんでした。

がらんとしたプラットホームに出ました。いかにものどかな田舎の駅ですが、ホームは一本だけではありませんでした。線路の向こうにもホームがあって、一両だけの黄色いディーゼルカーが停まっています。あれがもうすぐ発車するのでしょう。

アリスは鳥たちと跨線橋《こせんきょう》を渡り、ディーゼルカーに乗り込みました。四人掛けのボックス席が並んでいたので、その一つに鳥たちが座り、アリスは隣のボックス席に一人で腰掛けます。車内にはほかに誰の姿もありませんでした。

駅名標にはたしかに〈ココ〉とあり、両隣の駅名はいずれも〈ドコカ〉でした。お父さんなら「あきれてものも言えないな」と笑いそうです。お母さんとけんかをしたり、お兄さんやアリスをしかったりする時、よくそう言うのです。

鳥たちは、おしゃべりを楽しんでいるようです。特にアヒルがご機嫌で、短い脚をぶらぶらさせながら浮かれた調子で歌いはじめます。これがまたあきれてものも言えないような歌でした。

箸《はし》は二本、線路も二本
一本だけでは役には立たない
二本の線路のありがたさ
日本の果てまでみんなを運ぶ
急ぐばかりが能じゃないよ
ふつう列車でのんびり行こう
野を越え、山越え、谷越えて

線路は続く、どこまで続く
続くかぎりは走らにゃならぬ

急坂、列車にゃきびしいけれど
こんなふうに行ったり来たり、
ゴトゴトゴトゴトゴ
ト
ゴ
ト
ゴ
ト
トゴトゴトゴトゴトゴトと
スイッチバック
で乗りきるさ

山越え、列車を苦しめるけど
トンネルなんか掘り抜かなくても、こんなふうにぐる
ぐ る ぐ る ぐ る ぐ る ぐ る ぐ る ぐ る ぐ る と
ループで遠回りして
登っていくさ

途中からペンギンも加わって、内容のない歌で盛り上がります。二本のレールのごときユニゾンは見事だったけれど、アリスはうんざりしてきました。

「お楽しみのところ悪いけれど、この列車はいつになったら動くのかしら。発車時刻を知っているから乗ったんでしょう?」

エミューが、ひょこりと長い首をかしげました。そして、またかん高い声で人を馬鹿にしたように言います。

「この子は何を見ていたんだろうね。列車の扉のところに『ふつう』と表示が出ていたじゃないか」

「ええ、見た。普通でも特急でも、そんなことはどうでもいいから、わたしはいつ発車するかが知りたいのよ」

ニワトリが小さくはばたき、白い羽がふわりと飛びます。

『『ふつう』って聞いたことがあるだろう。橋が落ちたり土砂くずれで線路がふさがったりして、列車が運行できなくなった時によく聞くはずだ」

「それは不通。ふつう違いだわ」

ペンギンは短い翼を交差させます。腕組みをしているつもりなのでしょう。

「ふつうに変わりはないだろう。わからない子だな。走らない列車が嫌ならば、さっさと降りればいい」

そう言われると困ってしまいます。行くところがないのですから。でも、このまま鳥たちといっしょにいるのも嫌になってきたアリスは、どうするあてもなく列車を飛び出してしまいました。

「いいわ。反対側のホームで待っていたら、そのうちにくるでしょう。『ドコカ行き』が」

再び跨線橋を渡ります。と、みすぼらしい駅舎の屋根に猫がうずくまっているではありませんか。アリスの家では、お兄さんが「鉄男の子分だから小鉄《こてつ》だ」と名づけた猫を飼っています。それと似たトラ柄の猫でした。

――きっとあれも口をきくでしょうね。そうでないと理屈が合わない。ここでは鳥がしゃべるんだもの。

そばまで行って見上げると、その猫は大きな口を三日月の形にして、にやにやと笑っていました。奇妙奇天烈《きみようきてれつ》な猫です。

――この猫なら、わたしがどこへ行けばいいのか知っているかもしれない。

そう思ってアリスがそばまで行くと、後ろからアヒルのしゃがれた声が飛んできました。

「おーい、アリス。エキシャ猫なんかにかまうな。ろくなことを言わないぞ」

命令される筋合いはありません。アリスはかえって反発したくなり、駅舎の上のエキシャ猫（わかりやすい名前です）に挨拶をしました。

「こんにちは、エキシャ猫さん」

猫は笑ったまま、やはり人間の言葉で返してきます。

「こんにちは。アヒルの言うことを聞かなかったのはいいぞ。あいつらは、どうしようもない。何しろ鳥のくせに飛べないっていう情けない連中だ」

「飛べない同士で仲がよさそうだったわ」

「ふん、同病相憐れむというやつだな。日がな一日、駅の待合室や停まっている列車でダベって過ごすだけ。あいつらは撮り鉄のなれの果てだ」

お兄さんから聞いて、撮り鉄という言葉は知っていました。鉄道の写真を撮るのが大好きな人のことで、同じ鉄道好きでも時刻表をめくっていれば満足のお兄さんとは別の人種です。

「なれの果てというのは、どういうこと？」

「もとはカメラを首から下げて列車を追いかけていたのさ。必死で走りまわっているうちに『ああ、鳥のような羽があったらな。空が飛べたらいいのに』という願望を持つようになって、そのうち鳥になっていった。本人たちは『進化したぞ』と喜んだけれど、鳥にはカメラが操れない。そのうち、どうして自分が鳥になろうとしたのかも忘れて、最後には飛ぶこともやめていった。笑えない話だろう？」

笑えるとか笑えないとかは、今のアリスにはどうでもいい話でした。

「ねえ、教えて。わたしは、どうやったらもといた世界に帰れるの？」

猫の太い尻尾《しっぽ》が、ぐるんと一回転します。

「さあてね。くることができたんだから、帰ることもできるだろう。どこかで二つの世界はつながっているわけだから」

「どこかって、どこ？」

「どこかはどこかだ。探し回ればいつか見つかるだろう」

「いつかって、いつ？」

「いつかはいつかだ。五日後かもしれない。五百年後かもしれない」

猫は気分よさそうに尻尾を振ります。他人が困っているのを見るのは嫌いではないようです。

「とりあえず、どこへ行ってみたらいいかしら。うまい提案をしてもらえるとうれしいんだけれど」

困ったそぶりを出さないようにして、アリスは言いました。あなたがどれだけ利口か試すわ、という感じで。

「まず、どこかへ行ってみるんだな。幸いここは駅だ。やってくる列車に乗って旅に出ればいいだろう」

「まともな列車なんてくるの？　あそこにいるのはどこにも行かない『ふつう』だったわ」

「こっちのホームで待っていればいい。そろそろドコカ行きがくる時間だ」

「へぇ。ここにも時刻表があって、そのとおりに列車が走っているのね」

少し安心しながら、アリスは皮肉っぽく言います。するとエキシャ猫は、にやにや笑うのでした。

ただ笑うだけではありません。三日月形の口もとを残して、体がだんだんと透きとおっていき、ついには空中ににやにや笑いが浮かぶだけになります。それも最後には、すうっと消えてしまいました。

猫がいなくなった駅舎のひさしをアリスが見上げていると、右手から列車がやってくる音が聞こえてきました。エキシャ猫は嘘《うそ》をついていなかったのです。

「よかった。ちゃんと『ふつう』ではない普通の列車が走っているわ。ここを離れられる」

ホームに入ってきたのは、七色に塗装された派手な三両連結のディーゼルカーでした。「ふつう」ではなく「急行」という表示が出ていて、車体には〈わたしに乗って〉と書いてあります。

それはまだいいのですが、なんとそれは最後尾の車両だけ三階建てではありませんか。背が高すぎて、なんだかひょろひょろしています。

「二階建ての電車になら乗ったことがあるけれど、三階建てなんて聞いたこともない。変なところね」

切符を持っていないのが心配でしたが、それは車掌に説明するしかありませんから、アリスは虹色《にじいろ》の行先不明列車にひらりと乗り込みます。せっかくなので最後尾の三階に上がってみることにしました。

車内には二人掛けの座席が両側に並んでいて、お客は中ほどに一人いるだけです。アリスは通路をはさんだその隣に座って、おそるおそる話しかけました。

「すみません。この列車に乗っていたらどこに着くんですか？」

乗り合わせた客は、でっぷりと太った中年の女でした。舞踏会に出るような華やかなドレスを身にまとって右手には扇を持ち、暑くもないはずなのにゆっくりと顔に風を送っています。

色は浅黒くて丸顔。タヌキみたいだな、と思っていると、ふさふさした棒のようなものがお尻《しり》の下に引っ込むのが見えました。尻尾だったのかもしれません。

「この列車は三階建てだから、そんな下手な聞き方をされても答えられないわ」

タヌキのような女は、意地悪そうな目で意地悪な言葉を返してきました。

「三階建てでも四階建てでも目的地があるはずでしょう。それはどこですか？」

「ほほほ。あなた、三階建ての列車がどういうものなのか理解していないようね。目的地が三つあって、途中で三つに分割されるから三階建てというのよ」

そんな鉄道用語もお兄さんを通じて知っていました。興味がありもしないのに、アリスは色々なことを覚えてしまっています。

「三つの方向に分かれるから三階建てというのは知っているけど、この列車は本当に三階までであってまぎらわしいわ」

「仕方がないのよ」

女は、けだるそうに扇を使っています。

「三階建ての列車が走ると聞いた女王さまが、『それは珍しいから乗ってみたい。さぞ景色がいいでしょうね』と言いだしたものだから、大慌てで一両だけこしらえたの。ご乗車あそばした女王さまはご満悦でことなきをえた。そうしなかったら社長は首を切られていたでしょうね、ほほほ」

ずいぶんとわがまま勝手な女王のようです。

たしかに景色はいいものでした。緑が美しい田園風景が車窓を流れているのですが、線路脇にぽつんぽつんと建った民家の屋根が低くに見えて新鮮です。

「わたし、おうちに帰りたいんです。どこへ行けばいいでしょう？」

アリスが事情を打ち明けると、女は退屈そうにあくびまじりで答えます。

「女王さまにでも相談してみたら？　この国でいちばん力がある方だから、なんとかしてくれるかもしれないわ。ご機嫌をそこねると首をはねられかねないけれど。おほほほほ」

鉄道会社の社長がクビにされるのはわかりますが、どこにもやとわれていない女の子をクビにできるはずがありません。おかしなことを言う人だな、とアリスは思いました。

「女王さまのところへは、どの列車に乗れば行けるんですか？」

「お城に行くなら一両目でしょうね。いえ、二両目がいいかしら？……やっぱり一両目？」

早いか遅いかの違いだけで、どちらに乗ってもお城に近い駅まで行けるようです。

「乗り換えるなら急いだほうがいいわよ。次の駅でこの三両目を切り離すから」

そう聞いたアリスはお礼を言って、速足で階段を下り、二両目に移動します。こちらには誰もいなくて心細い気もしましたが、おかしなお客と乗り合わせるよりもいいか、と適当な座席に座りました。

ほどなく列車は駅で停車しました。ココという駅名が見えたので、もといた場所に戻ってきたのか、と驚きましたが、そうではありません。ココという名の別の駅で、駅舎のたたずまいもまわりの風景もいくらか違っているようです。

アリスはホームに出てみました。駅員の制服を着た黒いウサギが、白い旗を振りながら三階建ての三両目を切り離す作業の指示をしています。構内はさっきのココ駅より広く、やってきたほうを見ると大きくカーブしながら左に枝分かれしていく線路がありました。三両目は進行方向を変えてあの支線に進むのでしょう。

発車のベルが鳴りだしたので、アリスは車内に戻りました。二両になった列車は、ゆっくりと動きだします。もどかしいほど、ゆっくりです。

「故障しているみたい。大丈夫かしら、この列車」

文句をこぼしたら、後ろのほうで誰かが咳払《せきばら》いをしました。停車している間に乗り込んだ人があるようです。

「ゆーっくりと線に入ったんだから、がまんするしかないね。この線区ではスピードを出してはいけないんだよ、コホン」

振り返ってみると、ベレー帽を斜めにかぶった若い男がいました。やけに気取った感じです。両目が吊り上がっていて、キツネのような印象を受けます。

「ゆーっくりと線っていうところに入ったのね。わたし、お城に行きたいんだけれど」

「ならば、ずっとこれに乗っていればいい。ゆっくりときみをお城の近くまで運んでくれるさ」

ややこしい乗り換えがいらないのはありがたいのですが、あまりにもスピードが遅すぎます。これなら歩いたほうがまだ速いかもしれません。

「ずっとこんな調子で走るの？」

「ゆーっくりと線の区間ではね。なあに、八時間もすれば着く」

「冗談じゃない。そんなに長く乗っていたらお尻が痛くてかなわないわ。クッションがきいていたらまだいいけど、こんなに硬い座席じゃ無理」

「駄々をこねてもどうにもならないね、お嬢ちゃん。どうしても嫌なら、次に止まる駅で車両を換えるかい？　そこで一両目は別の線に入るんだ。遠回りになるし危険だけれど、時間は八分の一に短縮できる」

「危険って？」

「ポイントの切り換えが難しいところがあるんだ。まあ、行ってみてのお楽しみ」

思わせぶりなのが愉快ではありませんが、このまま八時間も列車に乗っているのは耐えられません。アリスは一両目に移ることにしました。

「おや、危険な車両を選ぶんだね。冒険好きな女の子だ」

キツネ男はそう言いながら、自分も腰を上げます。

「ぼくも、とりあえずそっちへ行こう。お腹がすいてきた」

何のことかと思ったら、一両目は食堂車になっているとのこと。先頭が食堂車だなんて変わっています。

そう言われてみれば、隣の車両はさっきからにぎやかでした。カチャンとかカチカチとか鳴っているのは食器やナイフ、フォークなどが触れあう音でしょう。

食堂車があると知ったとたんに、アリスもおやつが食べたくなりました。喉《のど》も渇いています。

「でも、本当に変てこな列車ね。この二両目は次の駅で切り離されて、八時間がかりで目的地に向かうんでしょう。どうせなら、こっちを食堂車にすればいいのに」

キツネ男は、うなずきます。

「そうなんだけど、理屈どおりに行かないのが世の中というものだよ」

動きもしない「ふつう列車」が駅に停まっていたり、列車が歩くよりも遅く走ったり、ここでは理屈に合わないことばかりなので、アリスには納得がいきませんでした。そういうセリフは、たいていのものが理屈に合った世界で言うべきだ、と思うばかりです。

食堂車に入ってみると、大きなテーブルが中央にでんと据えられていて、三人（といっても人間はそのうち一人だけ）がそれを囲んでいました。いちばん奥の、いわゆるお誕生日席に座ってグラスを傾けているのは、太い眉毛《まゆげ》が八の字にたれた男です。

それはいいとして、あとの二人を見てアリスはあきれてしまいました。一人は、穴に落ちる前に見かけた白ウサギの車掌（酔っているのか、眠そうな目をしています。どうりで検札が回ってこなかったわけです）。もう一人も制服姿で、どうやら運転士のようなのです。

「まさか、運転士が運転席を離れて飲んだり食べたりするわけが……」

そう思って前を見ると、運転席は空っぽでした。

「し、信じられない機械まかせ。ゆっくり走っていると思ったら、こんなことになっていたなんて！」

アリスが叫ぶと、八の字眉の男が眉をひそめます。

「静かにしてもらいたいな。わたしは大声が嫌いなんだ。大事な話の邪魔でもある」

「ごめんなさい」

とりあえず謝りました。

「でも、その人は運転席を離れているんでしょう？　危ないわ」

とろんとした目で車掌が「大丈夫」と言います。

「このあたりは、ずーっと〇・五パーミルの下り勾配《こうばい》なんだ。ほうっておいても列車は惰性でゆーっくりゆーっくりと走る。もう少し行くと勾配がゆるくなるから、運転士は運転に戻るよ」

「……れいてんごぱーみる？」

それは知らない言葉でした。

「パーセントが百分率。パーミルは千分率。〇・五パーミルというのは千に対して〇・五だから、千メートルつまり一キロ走ると五十センチ低くなる勾配を意味しているんだな。本列車は、現在そこをトロトロと下っている」

八の字眉がそう言って、皿に盛られた海苔《のり》巻きにかぶりつきます。

「パーセントとパーミルの違いがわかったかね？　しっかりセント、馬鹿をミルぞ」

運転士らしい男（いえ、本当に運転士です）が「あはは」と笑いました。サルそっくりの顔をしています。

「ハッタさんはおもしろいことを言いますね。しっかりセント、馬鹿をミル。これは傑作だ」

アリスは、ちっともおもしろいと思いません。八の字眉の名前がハッタ（八田と書くそうです）というのも、本名だったら仕方がないとはいえ、ふざけています。

八田は、アリスの後ろに立ったベレー帽のキツネ男にも声をかけます。

「おい、きみ。そのお嬢ちゃんの連れかい？　大事な話をしているところだから、二人でおとなしくしていてくれたまえ。料理は勝手に食べればいいよ」

アリスとキツネ男は、手前の空いた席に着きました。

真っ白なクロスが掛かったテーブルは食堂車のものと思えないほど立派でしたが、勧められた料理は大したものではありません。皿には海苔巻きが山盛りで、そのまわりに並んでいるのは駅弁ばかり。温かいものが何もないのです。八田たちがグラスについで飲んでいるのも、ただのお茶でした。

「大事な話を続けてください」

キツネ男は涼しい顔で言い、海苔巻きをつまみました。ここでサル顔の運転士が口を開きます。

「八田さんが〈陸ガメ〉とおっしゃったところでしたね。非常に興味深いご意見ですが、わたしは〈海ガメ〉を推したいと思います。特に理由はありませんけれど、陸を走る列車で〈陸ガメ〉は当たり前すぎるので、ひとひねりしたいのです」

「〈海ガメ〉ですか。なんだか鉄橋が落ちて、海へ突っ込んでいきそうですね」

白ウサギの車掌はそれだけコメントし、眠気に耐えかねたようにテーブルに突っ伏してしまいました。

「何の話をしているんですか？」

アリスが割り込むと、八田は迷惑がるどころか、うれしそうに答えてくれます。

「来年の秋に開業する新幹線の名称を予想しているんだよ。時速三百三十キロという最高速度で営業運転するんだ。名称は一般に募集中で、まだ決まっていない」

大事な話どころか、どうでもいい話です。それにしても、〈陸ガメ〉や〈海ガメ〉が新幹線の名称にふさわしいとは思えません。

「カメは超特急に合わないんじゃ……」

遠慮がちに言うと、八田は気分を害するどころか、ものわかりがよさそうな顔でにこりと笑います。

「素人にはわかりにくいかもしれないね。説明してあげよう。最初に走りだした新幹線の名称は何だい？」

お兄さんのおかげで、これは簡単な問題です。ただし、日本の新幹線については、ですが。

「〈ひかり〉号」

正解でした。

「そう、〈ひかり〉だね。そのあと、〈やまびこ〉〈はやて〉〈つばめ〉〈はやぶさ〉などが続き、最高速度はだんだん速くなっていった」

アリスはうなずきました。

「気がつかないかな？　新幹線というのは、スピードが上がるほど名称は遅いものになっていくという法則が確立しているんだよ。今度の最新型新幹線は、『これ以上はもう無理。速さの限界！』を宣伝文句にしている。となると、うんと遅いものを名称に採用するはずじゃないか。そこでわたしが〈陸ガメ〉だと予想したら、運転士さんは『同じカメでも〈海ガメ〉でしょう』と反論してきたんだ。カメはおそらく的中しているとして、陸か海か？　むずかしいところだな」

――いい大人が真剣にそんなことを論じあっていたの！

馬鹿らしくなって、アリスは言います。

「カメとはかぎらないでしょう。〈デンデンムシ〉や〈カタツムリ〉ってことも……」

三方から声が飛んできました。

「馬鹿げている！」

「やれやれ、〈デンデンムシ〉とは」

「話にならないね」

どうしてそこまで強く否定されなくてはならないのか、さっぱりわかりません。アリスは完全に腹を立てました。

「海苔巻きと駅弁を食べながら、専門家にしかわからない話をうだうだとしていればいいわ。……ところで、駅弁はいいとして、どうして海苔巻きなの？」

運転士が答えます。

「乗り鉄の八田さんの好物だから、たっぷりご用意したんだ。この人は列車に乗っているのが好きで好きで、糊《のり》づけされたように乗りっぱなしなのでね」

撮り鉄やら乗り鉄やら、色んなタイプの鉄道好きがいるのです。

「ナンセンスな話ばっかりしてさ。そんなことより、そろそろ運転に戻らないの？　ますますスピードが落ちてきて、止まりそうなんだけど」

「まだ大丈夫。そんなに言うのなら、きみが運転してくれてもいいよ。必要な操作は速度調節だけだ。次の駅まで線路は一直線で、カーブは一カ所もない」

かっとなっていたアリスは、本当に運転してやることにしました。お兄さんに『電車を運転！』というビデオゲームにつき合わされて知っていましたから、自信がなくはありません。

運転席に立ったアリスは腕まくりをして、マスコン（マスターコントローラー）のレバーを握りました。これを操作すれば速度が調節できるはずです。動かすと、少しずつスピードが上がっていきます。

「ラッキー。機械だけはまともなんだ」

うれしくなって、さらに加速させました。「きみが運転してくれてもいいよ」と運転士から許可をもらったのですから、多少は勝手にさせてもらいたいところです。次の駅に早く着きすぎたとしても、延着するのでなければ問題なし、と判断しました。

「暴走させたりしないわ。ただ、列車らしいスピードで走るだけ」

そう思っていたのですが、後ろで悲鳴があがりました。みんな慌てています。

「や、やめなさい。そんなにスピードを出すと大変なことになる！」

運転士が叫びましたが、何を大げさな、とアリスは取り合いません。速度計の表示によると時速五十キロも出ていないのですから。

「ムチャだ。ここはゆーっくりと線だぞ！」

車掌は眠気がふっ飛んだようで、こちらに駈《か》けよってこようとします。意地悪の仕返しをするため、アリスは運転席の扉をロックしてやりました。

「あら」

前方を見ると、様子が変です。田園地帯が一面に広がり、はるか遠くには地平線があったのですが、それがゆがんでいきます。真ん中が持ち上がり、弓なりに曲がっていくではありませんか。

大地が平らでなくなったのです。それにつれて二本のレールもぐにゃりと曲がりながら離れていきます。

「ダメよ。線路は平行でなくっちゃ」

これはまずい、とアリスはレバーの位置を戻そうとしたのですが、線路はいまや逆八の字に広がり、列車は股裂《またざ》き状態になっていました。車体はメリメリと音を立ててきしみ、やがてピシッと亀裂《きれつ》が走ります。

「ああ、やっちまった！」

運転席のそばまできていた車掌が、何かにひっぱられるように退いていきます。車体が真ん中で二つに裂けたのです。運転席のある左半分はぐんぐん左へ、右半分は右へ。二つはたちまち遠くなります。

「ど、どうしたの？　二本のレールが離れていって、列車が股裂きになるだなんて！」

振り向くと、食堂車のテーブルも真ん中で割れて、海苔巻きや駅弁やお茶が床に散乱していました。運転士が倒れていますが、キツネ男の姿はありません。右半分にいたのでしょう。

右側は壁がなくなっていますから、外の景色がまる見えです。風が吹き込んで運転士の制服の裾《すそ》がはためいていました。

「どうしたって、きみがスピードを上げすぎたからだ。ゆーっくりと線ではゆーっくりと走行しないとユークリッド空間にゆがみが生じ、非ユークリッド空間に陥ってしまうんだよ。そうするとどうなる？　そう、平行が保てなくなるじゃないか！」

アリスは数学が得意だったので、それだけで運転士が言っていることが理解できました。平行の定義は〈二つの直線や平面がどこまでも交わらない状態〉です。レールにはカーブがありますから直線ではありませんけれど、同じ間隔でどこまでも続いているので、それも平行と呼ぶのですが……。

二直線が平行を保てるのは、ユークリッド幾何学の前提となるユークリッド空間に限られます。空間そのものが曲がっていれば（たとえばボールの表面のように）、そこに引いた二本の直線は平行でなくなってしまうのです。

「そんなことが起きるなんて知らなかったの。わたし、このへんの子じゃないから」

「『知らなかったの』ですむことじゃない」

半分だけになった列車は、縦に並ぶ四つの車輪でかろうじてバランスをとりながら走っています。アリスが下手に体を動かすと、どちらかに倒れてしまいそう。運転士もそれを意識しているのか、どなり散らしながらもじっとしていました。

右手に目をやると分かれていった右半分が見えていましたが、なおも遠ざかっていくようです。車掌と八田とキツネ男が、茫然《ぼうぜん》とした顔でこちらを見ています。

「この列車、どうなっちゃうの？」

運転士に聞くしかありません。

「ゆーっくりと走らせるんだ。ユークリッド空間に帰るため、もとの速度まで落とせ」

言われたとおりにするしかありません。アリスは再びマスコンのレバーを操って減速します。もう必死でした。

列車のスピードが落ちていくにつれて、離れていっていた右半分が今度は近づいてきます。そして、左半分に寄りそったかと思うと、ほどなくドッキングしました。全身の力が抜けて、アリスはその場にしゃがみ込みます。

「どうなるかと思ったわ。命拾いをした」

帰ってきた車掌は、「ムチャなことをしてくれる」とぶつぶつ言っていましたが、キツネ男はほほえんでいました。

「やってくれるじゃないか、お嬢ちゃん」

「わざとじゃないわ」

八田は、そんなものがどこにあったのか、大きな絆創膏《ばんそうこう》を取り出して車両の裂け目に貼っています。

「安全のために糊づけしておかないとね。ノリに関係することはまかせてもらおう」

糊づけではなく、絆創膏貼りですが。

「お許しくださいませ」

癪《しゃく》にさわったので、ふざけた謝り方をします。

危ない目にあいましたが、アリスがスピードを上げたせいで予定よりもだいぶ早く次の駅に到着しました。


二両目を切り離し、一両だけになった列車は新しい線区に進入していきます。

「もうゆーっくりと線は通りすぎたのね？」

アリスが聞くと、車掌はうなずきました。

「そうだよ。ここからは阿弥陀《あみだ》線だから、時速七十キロで走れる。うまくいけばあと一時間で終点だ」

「うまくいけば？」

そのひと言がひっかかったのですが、車掌がぷいと横を向いてしまったので、説明を聞けませんでした。

何ごともなく列車は快調に走っています。険しい山や谷が現われるでもなく、のんびりとした旅が続きそうなのですが。

「そろそろ、だな」

腕組みをしたキツネ男が、きっと前方を見すえて言いました。車掌もしゃきっとなって、帽子をかぶり直したりしています。運転席の運転士は、背筋を伸ばしていました。

「ほーら、見えてきたよ」

ゆるやかに列車が下り始めたところで、キツネ男が行く手を指さします。何のことかと見ると、線路がいくつもに分かれていました。五つ、六つ……いえ、七つです。

「あれは？」

「阿弥陀線の難所だよ。この先に地獄谷という深い谷があって、列車はそこを渡るんだけれど、強風で鉄橋がしょっちゅう壊れてしまう。いくら架け直しても長持ちしないんだ」

七つに枝分かれした地点に接近します。ポイントが切り換わるのが見えました。列車は右から二番目の線路へと進みます。

「何度も工事をしているうちに七本の鉄橋が完成したんだけれど、どれも万全の状態を維持できず、常に補修工事をしている。今日は左から二番目、明日は右端という具合に。そんなことをしているうちに、今日はどの橋が最も安全なのかよくわからなくなってしまった」

「はあ？　そんなことでは困るって」

「どうしようもない状況なのさ。そこで、列車が通る時は運に頼るしかなくなった。指令所が『統計的にみて、今日はここが安全だろう』という線路を選び、ポイントを切り換える。それが正解かどうかは、通ってみてのおなぐさみ、というわけだ」

　そこで列車がガタンと揺れ、左隣の線路に入っていきます。

「またポイントが切り換わったみたいだけど……」

「指令所が判断を変えたな。いつも最後の最後まで迷う。それでポイントがいっぱい設けてあって、めまぐるしく切り換えたりする。ほら、また」

　ガタンと揺れて、さらに左に進路が変更されます。まるっきり阿弥陀くじです。

　ここの鉄道はどこまでイカれているんだろう、とアリスは言葉もありません。命がけの阿弥陀くじが待っていると知っていれば、いくら時間がかかっても二両目に乗っていました。

「こんなに危ないのなら、はっきり教えてくれたらよかったのに」

　キツネ男に恨みごとを言っても手遅れで、列車は地獄谷とやらに向けて急ぎます。運を天にまかせて。

「わたし、お城にはたどり着けないような気がする」

　そうこぼしたら、キツネ男に叱《しか》られました。

「そんな弱気でどうする。『目的地へ無事に着きたい』という乗客の気持ちがいい結果を生むんだよ。さあ、気合を入れて」

　気合で運命が変わるとは思えませんが、アリスは胸もとで手を組み、ひたすら幸運を祈ります。車掌も同じポーズをとっているのですから恐ろしがっていいのでしょう。

八田も興奮しているようで、眉毛が逆八の字になっています。それでも力強く言いました。

「なぁに、平気だよ。わたしはこの線を何度も通ってきた。きっと今日も大丈夫だ」

うらやましいほど楽天的で、それがかえって不吉に思えてきます。

「あと一キロメートル」

天井近くで聞き覚えのある声が告げました。見ると、エキシャ猫の顔だけが浮かんでいます。いえ、駅舎の屋根にいたのでエキシャ猫と呼ばれていたのなら、今はキシャ猫とかレッシャ猫と言うべきでしょうか。

「あと八百メートル。心の準備はいいかな？」

「猫さん。あなたは知っている？　この列車が選んだ線路が正しいかどうか」

空中の猫は、にやにや笑うばかり。

「あと五百メートル。また会えるといいね、アリス」

「そんな言い方をしないで。もう会えないみたいじゃないの」

猫は消えていき、またにやにや笑いだけがしばらく虚空に残っていましたけれど、ついにはそれも見えなくなりました。

阿弥陀くじになった七本の線路のまわりは一面の草原で、風が緑の波を作っています。こんなところに深い谷があるなんて信じられないほどで、複雑怪奇な地形と言うしかありません。

「どうして遠回りをして、わざわざこんな危ないところを通るの？　わけがわからないルートだわ」

嘆くアリスの近くでは、車掌がひざまずいて何かつぶやいています。よく聞いてみると、「南無阿弥陀仏、南無阿弥陀仏」と唱えているのです。ほかにすることがないの、と怒りたくなりました。

列車が鉄橋にさしかかります。いよいよ運命の時。

「下手な落語！　しつこい汚れ！　すっぽ抜けたフォークボール！」

八田がいきなり絶叫しました。よほど頭が混乱しているのでしょう。

右に左に、上に下に。列車は不規則に揺れながら進みます。鉄橋はどれも橋桁《はしげた》だけのいたって貧弱な造りで、それが七本、空中に平行に並んでいました。そこを列車がふらふらと谷渡り。実に奇妙でナンセンスな光景です。

窓枠にしがみつきながら窓の下をのぞいてみたら、まさに千尋《せんじん》の谷が切れ込んでいるのです。足元がすーっと寒くなります。

「うう、生きた心地がしないっ！」

アリスは、がくがく震えて窓から目をそらせました。車掌の「南無阿弥陀仏」を聞きながら、渡りきるのを待つしかありません。

風が吹きつけて車体がふらつきます。三階建ての列車なら、たちどころに谷底へ墜落でしょう。

夏休みがすっぽり収まるほど長い時間に感じられました。列車は無事に鉄橋を通り過ぎ、また草原の中へと出ます。車内に歓声が響きました。

「わたしのおまじないが効いたぞ。お嬢ちゃん、覚えておくといい。〈落ちないもの〉を並べるんだよ」

八田が胸をはります。眉毛は八の字の形に戻っていました。

「はい」と答えましたが、アリスは二度と阿弥陀線に乗るつもりはありません。もう、こりごりです。

「はあ、ひやりとしましたね」

車掌は立ち上がり、ズボンについたほこりを払います。よくこんな列車に乗務できるものです。

「ひと息ついたところで、切符を拝見しようか。あなた、切符」

短い毛がはえた前脚を出されて、アリスはどぎまぎしました。いずれ説明しなくてはならないことでしたが、不意打ちをくらった気分です。

「き、切符は……持っていません。買おうとしたら券売機が使えなくて、それはわたしが穴に落ちたからで……」

順序立てて話そうとするのですが、あせってうまくいきません。車掌の表情はきびしいものに変わっていきました。

「要するに、あんたは切符を持たずに乗車しているわけだ。これはゆゆしきこと。まごうことなき犯罪行為だぞ」

「切符をなくした人や、目的地までの切符を持っていない人のために車掌さんがいるんだから、そこまで言わなくても……」

「泣きながら許しを請うかと思えば口答えだ！　いやはや、驚いた」

誰が泣くもんですか、とアリスはにらみ返します。その反抗的な態度に、車掌はさらにいきり立つのでした。

「まれに見る重大な犯罪だ。無賃乗車だけじゃないぞ。あんたは資格もないのに列車を運転し、ゆーっくりと線でこの列車をあわや脱線の危機に陥れた。女王さまご臨席の裁判に突き出すしかない」

「裁判にでも何にでもかけるがいいわ。そこで女王さまに訴える。この鉄道がどれだけでたらめなものか」

車掌は不敵な笑みを浮かべます。

「女王さまご自慢の線路と列車がでたらめだって？　そんなことを言ったらどんな裁きにあうだろうな」

おどされてもこわくありません。女王さまがご自慢の鉄道のひどい現状をご存じないのなら、教えてあげるべきです。

——何が裁きよ。わたしは鉄道会社の社員じゃないからクビにはできないわ。

八田とキツネ男は、黙ってしまいました。アリスの味方をしてはくれないようです。

まあ、期待していませんでしたけれど。

「ちょうどいいわ。女王さまに会いたかったの」

「あとで吠《ほ》え面《づら》をかきなさんなよ」

言い合っているうちに、車窓風景はひなびた村になり、小さな町になっていき、やがて列車は城のある終着駅のホームで静かに停車しました。

天を衝《つ》いてそびえる白亜の城は、絵本から抜け出してきたかのようでした。とがった塔がいくつも立ち、その先で色とりどりの旗がはためいています。

ぽかんと見上げていたアリスですが、後ろから背中を押されます。

「そっちじゃない。隣の法廷に入るんだ。もう準備が整っている」

横柄な口調で言うのは、裁判所から迎えにきた吏員とやらです。紙のように薄っぺらな男で、長方形の体に〈高田馬場《たかだのばば》〉と書かれています。

この城下町に着くなり、無賃乗車と列車を暴走させた罪でアリスは身柄を拘束され、一時間ほどすると裁判所へ引き立てられてきたのです。展開がめまぐるしくて、まともではありません。

――穴に落ちてから、まともなことってあった？

あれよあれよという間にいかめしい煉瓦造りの建物に連れ込まれ、何の説明も受けないまま法廷に引き出されます。そして、たくさんの動物や正体の知れないモノたちが見つめる中、証人席に立たされたのでした。

――あそこに十二人並んでいるのが陪審員という人たちね。イルカにネズミにカラスにパイプをふかすイモムシに……あれはどう見ても河童《かっぱ》！　わたしが理屈を通してしゃべったとして、わかってもらえるか心配だわ。

証人席の右側には薄っぺらい〈弁〉なんとか（文字がかすれていて弁天町《べんてんちょう》か弁天島《べんてんじま》かわかりません）、反対の左側には薄っぺらい〈試験場前《しけんじょうまえ》〉（西鉄《にしてつ》という小さな文字も見えます）が座っていました。

――こっちが弁護人であっちが検事（し・けんじ・ょうまえ、だから）なんだろうけど、何の説明もない。どっちかが味方でどっちかが敵なのに、その区別もわからないじゃない。だいたい、わたしから何も聞かないままで、弁護人はどうやってわたしを守ってくれるというの？

傍聴席の様子はさながら動物園です。その中に、列車で乗り合わせた太った女や気取ったキツネ男もいますが、彼女や彼も人間ではないでしょう。

出入口をかためた吏員たちは、みんな似たような薄っぺらい者たちです。それぞれの体には〈夕張《ゆうばり》〉〈前橋《まえばし》〉〈東池袋《ひがしいけぶくろ》〉〈小田原《おだわら》〉〈近鉄名古屋《きんてつなごや》〉〈西舞鶴《にしまいづる》〉〈新神戸《しんこうべ》〉〈岩国《いわくに》〉〈今治《いまばり》〉〈姪浜《めいのはま》〉などと書いてあります。どれも駅名ですが、それ以上の共通点はなさそうです。

そして正面の裁判官席を見やると、なんとそこに鎮座しているのは王と女王でした。この二人もやはり吏員と同じく薄っぺらいのですが、宝石をちりばめた王冠をかぶり、豪華絢爛《けんらん》たる王衣をまとっているのでそれと知れます。

さすがにアリスは緊張しました。まともに目を合わせるのはためらわれるので、うつむいたまま上目遣いに見ると、王は頰《ほお》がこけていて貧相です。いかにも気弱そうで、威厳など感じられません。王衣の間から胸に書かれた〈王〉のひと文字がのぞいていましたが、その上と下にも何かが書いてあったのが、かすれて消えてしまっているようでした。

一方の女王は威風堂々としていて貫禄《かんろく》たっぷり。ふんぞり返って、鋭い視線を廷内に投げています。その目つきは陰険そのもので、ねじれた口もとには残酷な雰囲気を漂わせています。王の何倍もの存在感が伝わってきました。胸には〈美女平《びじょだいら》〉の三文字。

「美女平って、行ったことがあるわ」

アリスはつぶやきます。家族旅行で立山《たてやま》に行った時、ケーブルカーに乗りました。その終点が美女平駅だったのです。

「山の上の小さな駅だったのに、ここでは女王さまなの？」

合点がいかなかったのですが、そのうち見当がつきました。〈美女平〉の中には〈王〉と〈女〉が含まれています。だから女王さまというわけなのでしょう。

隣の王さまは、本来は〈八王子《はちおうじ》〉だか〈天王寺《てんのうじ》〉だったのが、上下の文字がかすれたおかげで〈王〉になれたものと思われます。ちょっと情けない理由で、だからあんなに自信がなさそうなのかもしれません。

「静粛に、静粛に！」

吏員の〈祇園四条《ぎおんしじょう》〉の声が響くと、廷内のざわめきが引いていき、しんと静かになります。それを待って、裁判官席の王が命じました。

「起訴状を読み上げよ」

張りのない声でした。それに応じて〈試験場前〉が起立し、アリスが訴えられた理由を述べます。

王が何か言おうとしたのですが、女王がそれより早くに言います。

「うむ、単純な事件だな。陪審員、評決を下せ」

こちらは迫力満点で、アリスは気圧《けお》されそうになりました。それでも勇気を振りしぼって、証人席から声をあげました。

「待って。まだわたしは証言していないし、ほかの証人の話も聞いていません。評決はそれがすんでからにしてください」

女王がぎろりと目を光らせ、アリスをにらみましたが、王は咳こみながら言います。

「では、第一の証人を」

アリスは被告席に下がらせられ、白ウサギの車掌が証人席に立ちました。

「謹んで証言いたします。これにありますアリスと申す小娘は、まことにもって不届き千万。ここにその罪を記録した動かぬ証拠がございますので、ぜひお聞きください」

そう言って懐から取り出したのは、ヴォイスレコーダーでした。乗務中に起きたことは、すべてそれに録音しているのだとか。

——ちょうどいいわ。「きみが運転してくれてもいいよ」と運転士が言うのが入っているはず。

「さっさと始めよ！」

女王に一喝された車掌は、肩をすくめてから再生ボタンを押しました。アリスの声が廷内に流れます。

『お許しくださいませ』

『カメは超特急に合わないんじゃゃ……』

『猫さん。あなたは知っている？』

『はぁ？　そんなことでは困るって』

『ラッキー。機械だけはまともなんだ』

『うう、生きた心地がしないっ！』

『き、切符は……持っていません』

『ナンセンスな話ばっかりしてさ』

『し、信じられない機械まかせ』

停止ボタンを押して、車掌は得意げに裁判官席を見ました。

「このとおりでございます」

アリスには何のことだかわかりませんでしたが、女王は顔を紅潮させて、吠えるように言います。

「まさに、まさに動かぬ証拠。こんな明白な証拠はめったにない！」

はやる女王を〈試験場前〉が止めます。

「お待ちを、女王陛下。第二の証人を喚問させてください」

法廷の外からのっそりと現われたのは、八の字眉の八田でした。

「列車から降りたのは十年ぶりなので、ちょっとめまいがしています。足元がふらふらしていますが、不調法をお許しください」

〈試験場前〉がたずねます。

「名前と住所と職業を」

「列車をねぐらにしていますが、松戸《まつど》に本籍がある八田と申します。言語学者です」

何を言いだすのだろう、と聞いていたら。

「先ほど車掌が再生したアリス某の発言は、きわめて意味深です。両陛下におかれましては、当該発言の最初のひと文字を並べると『おカねはラうきナし』、つまり『お金払う気なし』となることはご賢察のことと存じます。これは無賃乗車が偶発的で不可避なものではなく、もともと企図されていたことを示すものです。のみならず、語尾にも注目すべき事実が隠されておりまして、そのまま並べると『せャるてだっんさせ』。これを繰り返し言ってみてください。両陛下も、陪審員、吏員、傍聴人のみなさんも、ごいっしょに」

「せゃるてだっんさせ」

「せゃるてだっんさせ」

「せゃるてだっんさせ」

百人ほどが意味不明の言葉を唱えているうちに、文字が入れ替わって意味あるものに変わっていきました。

「だっせんさせてやる」

「だっせんさせてやる」

「だっせんさせてやる」

八田は、芝居じみた調子で両腕をさし上げます。

「このとおり、『脱線させてやる』という悪魔的なメッセージが隠されていたのです。恐ろしいかな！」

どよめきが法廷を支配しました。ショックで卒倒した者もいます。もう興奮のるつぼです。

「言い掛かりよ。わたしは悪くない！」

抵抗するアリスに、〈試験場前〉がトドメを刺しにきます。

「ならば聞こう。おまえはお金を持っているのか？　たまたま切符を買いそこねただけなら、お金を持っているはずだ」

「それは……」

ピクニックにきていたのですから、財布を持っていません。アリスは返事に窮してしまいます。

王は身を縮めるようにしていましたが、女王は憤激し、ついでに椅子《いす》からも立ち上がりました。

「情状酌量の余地なし。陪審員、評決を！」

そんな剣幕で言われたら、陪審員が無罪判決を出せるわけがありません。

アリスは黙っていられませんでした。検事らしい〈試験場前〉に抗議します。

「わたしの発言といっても、そっちの都合がいいようにつないだだけじゃないの。文字を並べ替えたメッセージもナンセンス。そんなものが証拠になる裁判なんて茶番劇だわ」

〈試験場前〉は、低くうなりました。

「神聖なる女王陛下の法廷をあからさまに侮辱するとは、どこまでも罪深いやつだ。こんな極悪な被告は見たことがない」

埒《らち》が明かないので、アリスは女王に向き直ります。

「わたしは無賃乗車をするつもりもなかったし、女王さまご自慢の鉄道を脱線させるつもりもありませんでした。すべて濡《ぬ》れ衣《ぎぬ》です。公正な判決をお願いします」

当たり前のことを言っただけなのに、なぜか女王の怒りの炎はさらに燃え上がります。

「黙れ、小娘。その言葉はこの国ではかたく禁じられている。わたしが誇りにする線路と列車をさして、〈金を失う道〉とは何ごとか！　陪審員、もうよい。この女王が自ら、二十年前にうっかり口をすべらせた旅人に下したのと同じ罰を与えてやる」

——そういえば。

車掌も運転士も、これまで会った誰もが鉄道という言葉を避けているようでした。絶対の禁句だったのです。

「この者の首をはねよ！」

法廷には似合わない歓声があがりました。

「そんな……。わたしにもっと弁解をさせて」

弁護士に救いを求めようとしたのですが、〈弁〉なんとかは書類をまとめ、とんとんと机でそろえて帰りじたくをしています。端《はな》からやる気などなかったのです。

「すぐ首をはねよ！」

女王の命令に従うべく、〈強羅《ごうら》〉だの〈中井侍《なかいさむらい》〉だの〈鎧《よろい》〉だの〈宮本武蔵《みやもとむさし》〉（こんな駅名があるなんて！）だのいかつい吏員たちが、槍《やり》を手にわらわらと押し寄せてきます。

「もう、がまんできない」

アリスの堪忍袋の緒が切れました。

「でたらめで薄っぺらなくせして、えらそうに何が裁判よ。あんたたち、みんなただの切符じゃないの！」

そう叫び、両手をチョキの形にして突き出した瞬間、吏員だけでなく検事や弁護士も、女王と王までもがいっせいに宙に舞い上がりました。ものすごい勢いです。そして、こちらをめがけて降り注いでくるのです。

「きゃ、何⁉」

アリスは、両手をかざして打ち払おうとしました。


目を覚ますと、昼下がりの川べり。

やさしい陽の光を浴びて、お兄さんが時刻表を読んでいます。

対岸では、赤い電車が通り過ぎていくところ。あれがやってくるところを見た記憶がありますから、一分にも満たない短い時間のうたた寝だったようです。

顔の上に、木の葉が二枚のっていました。頭上の梢《こずえ》から落ちたのでしょう。降り注いできた切符の正体はこれのようです。見上げると、一葉二葉、はらはらと風に舞います。

「どうしたんだよ、両手をチョキの形にして。こんなところで昼寝をするもんじゃない。風邪を引いてしまうぞ」

お兄さんはヘッドホンをはずし、時刻表から顔を上げて言いました。

「わたし、とてもおかしな夢を見た。変な鉄道ばかり走っている国で、胸がどきどきするような大冒険をしたのよ」

「へぇ、それはよかったな」

お兄さんは興味がなさそうで、また時刻表に目を落とします。

「そんな素敵な大冒険だったのなら、お話に書けばいい。おまえは文章を書くのが好きなんだから」

気が進みません。

「ダメ。肝心の最後が『夢でした』じゃね。夢オチが許されるのは本家『不思議の国のアリス』だけよ」

「そいつは残念だ」

「残念だわ、本当に」

ため息をついて川の向こうを見ると、赤い電車が去った方角から妙なものがやってきます。派手な虹色にカラーリングされた三両連結の列車で、車体に〈わたしに乗って〉の文字。最後尾は三階建てです。

はっとして、アリスは体を起こしました。

「ほら、あれ！」

指さしながら横を向くと、そこにお兄さんの姿はありません。エキシャ猫のように消えていました。

「わたし……まだ夢の中にいるの？」

どうやらそのようです。

その証拠に、車掌の制服を着た白ウサギが走ってくるのが見えます。

「急がなくっちゃ、急がなくっちゃ。このままだと乗り遅れてしまう。大変だ」

懐中時計で時間を確かめながら、ウサギはアリスのかたわらを過ぎていきました。

「またやり直し？　堂々めぐりは嫌よ」

あんなことを繰り返すなんてまっぴらですが、ここに座っていてもおもしろくありません。

目が覚めるまで、あとひと冒険。

「追いかけなくっちゃ」

スカートの裾をひるがえして、アリスは駈けだしました。

名探偵Q氏のオフ

名探偵Q氏、紫煙をくゆらす

ひりひりするような緊張感が大広間を支配している。一座の者たちは固唾《かたず》を呑《の》んで、若き名探偵Q氏の次の言葉を待つ。

「これまで話したことから導かれるのは、R伯爵夫人が寝言で『ごめんなさい、もう食べられない』と言う癖があることを犯人が知らなかった、ということだ。すなわち、夫であるR伯爵は犯人ではない」

どよめきが起きた。Q氏は精緻《せいち》な推理によって、ダイヤモンド、エメラルド、ガーネットなどをふんだんにちりばめた宝冠〈ナイルの赤い星〉を盗んだ容疑者を二人にまでしぼっていた。伯爵が犯人でないとすると、残るは一人。

「そう、あなたがやったのだ。Z大佐」

意外な犯人が指摘された。まさか、という顔も見られたが、ここまで論理的に証明されては疑いの余地がない。

「……あなたのおっしゃるとおりです。わたしが盗《と》りました。宝冠は、裏庭の池に沈めてあります」

肩を落としてうなだれるZ大佐。端整な顔がゆがみ、立っているのにも耐えかねたのか、近くの柱にもたれかかる。

立ち会っていたG警部がそばに寄って、しっかり立つように促した。

「どういうことなのか、くわしく聞かせてもらいましょう」

——終わったな。

Q氏はくるりと振り向き、背筋を伸ばして堂々たる足取りで部屋を出る。勝利の味を噛《か》みしめながら。

助手を務めるF嬢が小走りで追いついて、名探偵に賛辞を贈る。

「素晴らしい推理でした、先生。まさに神のごとき叡智《えいち》。いつもながらお見事です」

「うむ」

ゆるみそうになる頬の筋肉を引き締めて、Q氏はピンとはねた口髭《くちひげ》をひと撫《な》でする。鹿爪らしい顔が、彼のトレードマークだ。

「簡単な事件だった。脳細胞をろくに使っていないが、部屋が広かったので大きな声を出して疲れた。ひと休みしてくるよ」

庭に出て、あずまやの椅子に座る。煙草に火を点《つ》け、まず一服。

——居合わせたパーティ会場で盗難事件が起きるとは。どうなるかと思ったけれど、無事に解決できてよかった。幾多の難事件を解いてきたQの面目が保てたぞ。やれやれ。名探偵であり続けるのがどれだけ大変なことかは、名探偵になってみないとわからない。その意味では孤独な人生だった。

紫色の煙がゆらりと風にたなびいて、夜に溶けていく。

名探偵は人気商売でもあるから、威厳や神秘的な雰囲気も大切だ。それを演出するのには骨が折れる。だからこそ、煙草とともに素の自分に返れる時間がありがたい。

たっぷりと満ちた月が明るかった。

枝を広げた木々はほのかに蒼《あお》く染まり、芝生は月光で織った絨毯《じゅうたん》と化す。Q氏は、月下の庭をうっとりと眺め渡した。

——もう一つ、解決しなくてはならないことがある。

なかなか決断できずに先送りしてきたことを、今夜こそ実行しよう。こんなに美しい宵なのだから、すべてがうまくいきそうではないか。

見上げた月に、F嬢の可憐《かれん》な横顔が浮かぶ。胸がときめいた。

——あの人がぼくを見る目には尊敬の念がこもっている。そこに望みを感じるが、尊敬と恋慕はまるで別物だ。はたして彼女は、ぼくの求愛を受け容《い》れてくれるだろうか？

また弱気の虫が騒ぎだしたので、かぶりを振る。そんなことでは、いつまでたっても想いを伝えられない。

――男じゃないか。勇気を出して、運命と向き合おう。

灰皿で煙草を揉《も》み消すと、Q氏は腰を上げた。いざ、と屋敷に戻りかけると――。

フランス窓があるテラスに、その人が立っていた。用事ができて呼びにきたのでもなさそうだ。

「きれいな夜ですね」

ぽつりとF嬢は言う。

そう、こんなに美しい月夜はめったにない。

Q氏は、思い切って求愛した。有能な助手であることに感謝しているだけでなく、名探偵Qは一人の男としてあなたを愛しているのだ、と。

一世一代の告白。

よき返事がもらえることを祈る彼に、F嬢はさびしげに言った。

「偉大な名探偵Q先生。もったいないほどのお言葉をいただきましたが、わたしの想い人はほかにいます。月が満ち潮を招くように、その方がわたしの心を引いているのです」

彼女の瞳《ひとみ》は潤《うる》んでいる。

――ああ、そうだったのか。気がつかなかったとは、名探偵のぼくの目は節穴だ。

Q氏の胸はキリキリと痛んだ。さっきのZ大佐のようによろけ、膝《ひざ》から崩れ落ちてしまいそうだ。

神のごとき叡智も、恋の成就には無力であったか。

――女心の謎だけは解けなかったな。

失意の名探偵を、月の光が優しく包んだ。

名探偵Q氏、ついに求婚する

月影さやかなテラス。

広壮な屋敷の中からは、大勢の人の声がしているが、ここにいるのは二人きりだ。

つい先ほどR伯爵夫人の宝冠〈ナイルの赤い星〉盗難事件を鮮やかな推理で解決させた名探偵Q氏と、その忠実な助手として仕えてきたF嬢。

Q氏の告白はあまりにも突然で、F嬢の胸はまだドキドキしていた。

求愛を拒まれた名探偵Q氏は、落ち着いた態度で尋ねた。威厳だけはなくすまい、ということか。

「きみのハートを射止めた幸福な男とは、誰だね？」

愛する人がほかの誰かに想いを寄せていたならば、その人の名を知っても苦しいだけったのだ。自分ならば聞きたくない、とF嬢は思う。それでも、Q氏は確かめずにいられなかだ。

「いかに名探偵のわたしといえども、これぱかりは見当がつかない。お手上げだよ。祝福をさせてもらうためにも、ぜひその男性の名を教えてほしい」

訊《き》いてくれてよかった。言いだしかねていたのだが、重ねて問われたら打ち明けねばならない。背中を押してくれたのも同然だ。

「先生がどうしてもお知りになりたいのなら申しましょう。その方のお名前は、Qさんといいます」

F嬢は、少しはにかみながらも、はっきりと答えた。

「これは皮肉だな。わたしと同じだ」

Q氏は自嘲《じちょう》めいた笑みを浮かべる。

「どこで知り合ったんだい？」

「お仕事を通して……」

F嬢は目を伏せた。

「すると、これまでわたしが手掛けた事件の関係者ということか。ある意味では、わたしが恋のキューピッド役だったわけだね。正直なところ、いささか悔しい」

F嬢の顔を見るのがつらくなったのか、Q氏はぷいと庭のほうを向く。森からは夜《ナイチン》鶯《ゲール》の声が聞こえていた。

「その方は……」

名探偵の背中に、F嬢は語りかける。

「先ほどまで、あのあずまやの椅子に腰掛けていらっしゃいました。おひとりで、煙草をふかしながら」

Q氏の右肩が、わずかに動いた。

——犯罪捜査になると信じられないほど犀利《さいり》な推理力を発揮するあなたなのに、仕事を離れるとなんて鈍感なのでしょう。

F嬢は続ける。

「煙草を吸いながら、月明かりの庭をご覧になっていたんです。とてもリラックスしたご様子で、この世界の何もかもを愛《いと》おしむようなまなざしは、遠くから見ていたわたしの心も癒すほどでした。ああ、この方は今、自分に戻って寛《くつろ》いでいる。ふだんのきびしいお仕事から解放されて、本来の姿を見せている、とわかりました」

Q氏は振り向かない。どんな顔をしているのだろう、と思いながら、F嬢はこれまで秘めていた想いを解き放つ。

「わたしが愛しているのは、その方です。名探偵の鎧《よろい》をまとったお姿には尊敬を、鎧を脱いで優しい心をのぞかせたお姿には恋心を抱いてきました。いつかこんな気持ちをお伝えできたら、と願っていたのです」

ようやくQ氏は、こちらを向いた。

「煙草を吸うとき以外にも、あなたがあなたに戻れる時間を作ってさしあげたい」

「きみが、このぼくを……？」

――〈わたし〉が〈ぼく〉になった。鎧を脱いでくれた。

「あつかましいことをお頼みします。もう一度、わたしにうれしい言葉をくださいますか？」

Q氏は片膝を突き、F嬢の右手をうやうやしく取る。

「愛しい人。ぼくと結婚してください」


Q氏のあまりに急な求婚に、F嬢は呼吸困難でバタンキューと倒れてしまい、至急、救急車を呼ぶ騒ぎとなった。心配のあまり号泣したQ氏だが、F嬢の意識が回復して求婚に「はい」の返事をもらうと、「サンキュー」と手を握り、永久の愛を誓った。

「性急すぎる」としぶった旧弊な互いの両親を説得し、二人は旧市街の教会で結婚式を挙げた。年中無休の多忙なQ氏だったが、いっさいの仕事をキャンセルして休暇を取る。新婚旅行の行き先はカリブ海で、キューバでは野球を観戦して楽しんだ。

その間に宮廷の廏舎《きゅうしゃ》で超弩級《ちょうどきゅう》の怪事件が起き、窮地に立った警察が鳩首《きゅうしゅ》会談のすえQ氏に「可及的すみやかに戻られたし」と緊急の電報を打ったが、二人が砂丘でバーベキューをしていたため連絡はすれ違いとなり、事件は真相を究明できずに迷宮入り。警察は糾弾《きゅうだん》され、G警部はお灸《きゅう》をすえられた。

助手時代に高給をもらっていたF嬢は、Q氏の妻となったために無給となったが、生活にきゅうきゅうとすることもなく、やがて九人の子供の母となり、煙草をふかしながらルービックキューブで遊ぶQ氏の傍らで「地球上で、いえ無窮《むきゅう》の宇宙で一番幸せ」と思った。

名探偵としてのQ氏の名声も二人の愛も不朽だった。

まぶしい名前

出掛けようとしてメールボックスを覗《のぞ》いたら、珍しく郵便物が届いていた。差出人は、友人とその恋人の連名。それだけで結婚披露宴への招待状だと知れた。

「無理だよ、無理」

俺にだって二人の門出を祝福したい気持ちはあるが、このところ懐具合がますます厳しいのだ。半年前に派遣の仕事が切れてしまい、ささやかなアルバイトと貯金の取り崩しでなんとか暮らしている身としては、欠席するしかない。

開封してみると、都心の高級ホテルで派手にやるようだ。友人の家は裕福だから、親が張り込んでくれたのだろう。招待状に並んだ二人の名前を見ているうちに、ため息が漏れた。

菊村知也《きくむらともや》

雨宮《あめみや》ゆかり

とてもまぶしい。俺は本当に目を細めていた。

招待状を手提げのバッグに投げ入れる。真っ白い封筒は、星報《せいほう》パンサーズのロゴマークがついたメガホンの脇にするりと落ちた。これから俺の唯一の楽しみ、月に一度のプロ野球観戦に行くところだ。

気持ちを切り替え、駅に向かう。ひかり銀行スタジアムまでは急行で三駅。まだ試合開始まではだいぶ時間があるので、パンサーズファンらしき乗客の姿はほとんどなかった。

一つ目の停車駅で顔見知りの健《けん》ちゃんが乗り込んでくる。スタンドで知り合った男で、彼も俺と似たような生活をしていた。すっかり仲よくなって、今ではお互いに愛称で呼び合っている。

「おう、信《しん》ちゃん。やっぱり早いな。しっかり練習風景も見ようというわけか」

「健ちゃんも早いじゃないか。今日は何がなんでも勝ちたいな。相手は打線が絶好調で手ごわそうだけど」

並んで座り、両チームの戦力分析で話が弾む。と、向かいの座席の親子連れの会話が耳に入った。

「鉄橋だ。これって美鈴《みすず》川でしょ、お母さん？」

「先月から宝《たから》トラスト川になったのよ」

母親は訂正した。やれやれ、律儀というか世知辛いというか。

「僕、就職先が決まったんだ」

話の切れ目に、健ちゃんが言った。朗報で、こちらまでうれしくなる。今夜の試合は、彼を祝うためにもパンサーズに快勝してもらわなくては。

スタジアム前駅に着く。JQテック弓《ゆみ》が浜《はま》行きの電車を降り、球場に続く道を歩きだすと、にわかに上空が暗くなってきた。

「まずい。今にも降りそうだ」

そう言ったとたん、ぽつりぽつりと雨が落ちてきて、すぐに本降りになる。最悪だ。せっかく球場まできたのに、夕方から夜半にかけて強い雨という嫌な予報が的中し、試合は中止になってしまった。

「いいや、健ちゃんの就職の前祝いをしよう」

近くのビアレストランに入ると、球場から流れてきた客でいっぱいで、ウェイティングリストに記帳する時に先客を数えてみたら前に五組いた。

「名前を書いてもらって、悪いね」

健ちゃんが申し訳なさそうに言った。気を遣ってくれなくても、俺は平気だ。雑談をしているうちに順番が回ってきた。フロア係が俺の名前を呼ぶ。記帳したとおりフルネームで。

「お二人でお待ちの緑岡《みどりおか》ファミリーコーラ信介《しんすけ》様。お席のご用意ができました」

このスポンサー付きネームに初めの頃は抵抗があったが、もう慣れた。ごくごくささやかなアルバイトではあるが、ちゃんと生活費の足しになっている。

早く仕事を見つけ、ただの緑岡信介に戻りたいとは思っている。それまで、スポンサーの付いていない名前をまぶしく感じるだろう。

妖術師

町はずれにある公園の奥へと、ぞろぞろと人が歩いていきます。そこは広い空き地になっていて、移動サーカスやら小さな劇団やらがテントを張ってよく公演をするのですが、今夜はそうではありません。

薄汚れた灰色のテントから不思議な笛の音が流れていました。入口の脇に立った看板には、〈妖術師《ようじゅつし》・サンド伯爵来演　午後九時開演〉。マジックショーのようです。

集まってくるお客は大人ばかりでした。夫婦らしい者や女性同士もいますが男性客が多く、それも一人できている人が目立ちます。

「こんな時間にマジックとは、妙な具合だ。さては子供には刺激が強すぎるショーなのかもしれない。だとすると、おもしろそうだぞ」

離れたベンチに座っていた若い男は、好奇心にかられました。彼は失業中の身の上で、財布の中には大してお金が入っていません。無駄遣いはできないのですが、つらい日常をひとときでも忘れたいという思いが込み上げてきたのです。

眼鏡をかけた小太りの中年男が、ひょこひょことやってきました。ちょっと思いつめたような表情で、テントをめざしています。若い男は、ベンチから立って呼び止めました。

「あの妖術師とやらのショーをご覧になるんですね。どんな出し物なのでしょう？」

なけなしのお金を払うのですから、あまりつまらないものだと困ります。予備知識を仕入れたくなったのです。

「よそでは絶対に見られないものです」

眼鏡をかけた小太りの男は、ぼそりと答えます。

「有名なマジシャンなんですか？」

「知る人ぞ知る、ですか。風の便りを捕まえなくてはなりません。サンド伯爵は、いつどこに現れるかわからないんです。何日もかけて、遠くまで見に行ったこともありますよ」

「ご熱心ですね」

「彼がこの町にくるのは二年ぶりで、しかもたった三日間の興行です。見逃すわけにはいきません。昨晩もきましたし、明日もくるつもりです。……もし、できるならば」

そう言って行ってしまいます。最後に付け足した言葉が少しひっかかりましたが、若い男は決心しました。財布の中身を確かめてから、テントに向かいます。

と、幸せそうなカップルが先ほどの眼鏡の男に何か尋ねていました。このショーはおもしろいのか、と聞いたのでしょう。眼鏡の男の答えは意外なものでした。

「大切な人といっしょに見ないほうがいい」

若い男にはそう言わなかったのに。もっとも彼は、ひと言も「あれが見たい」と言いませんでした。カップルは、「見たいけれど、おもしろいんですか?」と聞いたのでしょう。

結局、そのカップルは引き返していきました。若い男は、眼鏡の男から少し遅れてテントの幕をくぐります。入場料は安くありませんでしたが、いったいどんなものが見られるのか、胸が躍りました。

ステージを囲む半円形の客席は、八割ほどが埋まっていました。満員になると五百人ほど入るでしょうか。若い男は、やや後ろ寄りの席に着きます。開演時間までに空席はほぼなくなったようです。

九時ちょうどに客席の照明が落ち、ステージにスポットライトが注がれると、その中に妖術師・サンド伯爵が浮かび上がりました。すらりと背の高い細身の男で、黒いシルクハットに燕尾服《えんびふく》といういでたちです。長い顎鬚《あごひげ》をはやしていて、悪魔めいた印象を与えます。落ち着きはらった声が場内に響きました。

「ようこそ妖術の国へ。世界の神秘をたっぷりとご覧ください。ただし、今宵《こよい》ここで見たことは、テントの外で決して口外なさいませぬようにお願い申し上げます。お約束を破った方には、禍《わざわ》いが訪れるでしょう」

呼び込みの音楽に似た笛の調べにのって、ショーが始まりました。何もない空間から鳩が飛び出したり、トランプが泉のごとく湧いたり。鮮やかですが、どこかで見たような手品ばかりで、若い男は拍子抜けしました。

　ただ、虚空から出現した鳩やトランプを妖術師が最後に細かい砂に変えて消してしまうところには感心しました。ライトに照らされ、キラキラと輝きながら散る砂がとても美しかったのです。ステージに落ちた砂は、アラビア風の衣装を着た男女のアシスタントが小まめに掃いて片づけます。

　休憩時間もなくショーは進行しました。二時間近くがたったところで音楽がやみ、サンド伯爵が朗々たる声で告げます。

「いよいよ次が最後の妖術。勇敢なお客様にお手伝いをいただきましょう。あれにございます真紅のカーテンで囲われたボックスに、どなたかお入りいただけませんか？」

　サンド伯爵の深い瞳《ひとみ》が、静まり返った場内をゆっくりと見渡します。手を挙げたり、立ち上がったりする者はいませんでした。恥ずかしがったり気後れしたりしているのではなく、おびえているのです。

　若い男は、変な気がしました。このショーには、何度もきている常連客が多そうです。ならば、有志がたくさんいてもよさそうではありませんか。

「ご希望の方はいらっしゃいませんか？」

　男女のアシスタントが客席の間を回りますが、みんな目を伏せ、縮こまってしまいます。ただならぬ緊張感が場内を支配しました。その空気に呑《の》まれてしまい、若い男は膝《ひざ》がふるえだす有り様です。理由もわからぬままおびえ、歯の根が合わずにカチカチと鳴ります。

彼は理解しました。常連客たちは、この恐怖を味わうために、くりかえし妖術師のショーにやってくるのです。

拷問のような時間は長く続きました。

「こちらの紳士にお願いしましょう」

やがて女のアシスタントが、眼鏡をかけた小太りの客の肩に右手を置きます。さっきの中年男です。覚悟を決めたのか、女の手を借りて立ち、青白い顔でステージに導かれます。

妖術師はていねいに礼を述べ、ボックスに種も仕掛けもないことをあらためてから、男を中に入れました。さっと引かれたカーテンが、さっと開かれるまでものの二秒。その間に、男は灰白色の彫像と化していました。あまりのことに拍手も歓声も起きません。と、妖術師はステッキを振り上げ、彫像を打ちました。かつて人間だったものは砂となって崩れます。そして、水のようにステージに広がったのです。

ショーは終了しました。

魂の芯が痺《しび》れたような状態で、若い男はテントを出ます。口をきく者は一人もおらず、誰もが放心したままです。

恐怖の余韻にひたりながら、彼はあしたもショーを見にくることにしました。あの眼鏡の男にはもう会えないのだな、と思いつつ。

怪獣の夢

子供の頃から、よく怪獣の夢を見る。

ゴジラが海から現われて街を破壊して回るのを遠くから目撃したり、巨大な翼を広げたラドンが頭上を通過して吹き飛ばされそうになるのをこらえたりする夢を見ては、ただで映画を観て得をしたような気分になったものだ。

映画館やテレビではお目にかかったことのない怪獣が登場しだしたのは、小学校の高学年になった頃からだろうか。

最初に見た夢の印象は鮮烈で、今も克明に思い出すことができる。それに限らず、怪獣の夢はどれも奇妙なほどはっきりと脳内で再生できるのだ。もっとも、目が覚めた途端に煙のごとく消えていくのが夢の常だから、見たままを記憶しているのではなく、後から繰り返しイメージの上書きをしているのだろうが。

くたびれた家屋が低い軒を連ね、ろくに街灯もないみすぼらしい町にいた。わたしはそこで生まれ育った少年らしいのだが、親兄弟やら友だちやら現実の世界で見知った人間は一人も出てこない。どんな家庭でどのように暮らしているのかを夢が描かずとも、侘《わび》しい生活を送っていることは町並みから自然と察せられた。

そこは日本ではあったが、自分が現実に生きている時代とはズレているのか、建物も人間もひと昔ほど前のようであった。ちょうど古い映画を観ている感じなのだ。

その町は、険しい山脈の麓《ふもと》にどこまでも細く長く延びていた。山の反対側に拓《ひら》くことができなかったのは、驚くほど幅が広くて水量豊かな川が横たわっていたからだ。子供心にも日本離れした大河だと思ったが、あのように同じ川幅を保ったまま果てもなく滔々《とうとう》と一直線に流れる川など、運河であっても地上のどこにも実在しないだろう。

向こう岸までどれぐらいあるのか定かではなかった。およそ橋を架けられる距離ではない。遠い対岸の風景は霞《かすみ》がかかってぼやけていたが、こちら側とはまるで様子が違って整然としており、ところどころに尖塔《せんとう》を持つ高い建造物が聳《そび》えていた。夜になると非常に多くの明かりが灯《とも》り、星のように瞬《またた》いて美しい。

――あっちには、どんな人がいるの？

物識《ものし》りであろう年配の大人たちに尋ねてみても、誰も知らない。ある者はにやにやと笑いながら、またある者は真剣なまなざしでわたしを見ながら諭《さと》すように言った。

――それは判らない。川を渡って向こうに行った人間もいなければ、川を渡ってこちらにきた人間もいないからな。宇宙のどんづまりがどうなっているのかと同じで、学校の先生にも答えられない。

宇宙のどんづまりが計り知れないのは諦《あきら》めがつくけれど、ぼんやりと視線の彼方《かなた》に見えている町について何も判らないというのはもどかしい。あちらがどうなっているのか知りたい、と希《ねが》うのはごく自然な感情だろう。そんなことは考えても仕方がない、という態度をとりながらも、対岸がどうなっているのかにまったく関心がない大人はいなかった。

──どんな連中がいるんだろうな。

──向こうはこっちを眺めて思ってるぞ。あっちに生まれなくてよかった、と。

対岸の町の方が豊かであろうことは建物の規模や明かりの数から明らかだった。家並みも町はずれの耕作地も峻険《しゅんけん》な山々に押し潰《つぶ》されそうなこちらと違い、向こうに見えるのは豚の背のようになだらかな丘陵だけだ。町は地形の制約に煩《わずら》わされることなく、自由にのびのびと広がっていることだろう。それだけでも羨《うらや》むに足りる。

できるものなら行ってみたい、というのはみんなの望みだった。「いつかこの川を越えて」とギターを爪弾《つまび》きながら街角で歌う者やら、対岸の想像図──さすがにそれがどんな絵だったかまでは覚えていない──を描いて路上で売る者もおり、あちら側に渡ることは決して実現しない夢の象徴となっていた。

おれはあっちに行ったことがある、と得意げに吹聴《ふいちょう》する者は例外なく法螺《ほら》吹きだと嘲《あざけ》られたが、よくできた嘘は人々に歓迎された。旅人に借りた望遠鏡で覗《のぞ》いたら、向こう側では色とりどりのきれいな服を着た裕福そうな住人たちが野外で華やかな宴《うたげ》を催し、見たこともない道具を使うゲームで楽しげに遊んでいた、だとか。超人的な聴覚を持つ自分が懸命に耳を澄ますと、川面《かわも》を渡る風の音にまじって対岸から妙《たえ》なる音楽が聞こえてくる、だとか。そんな話は事実でないと判っていても、向こう側への興味と憧《あこが》れを弥《いや》が上にも掻《か》き立ててくれるから大いに受けたのだ。

憧れるだけでは物足りず、いつかあっちに行ってみたい、と真顔で決意を語る者は、馬鹿な考えは捨てるように周囲に説得された。

——命あっての物種だ。最近の若い奴は川の恐ろしさを知らんから、無茶をせんか心配になる。

険しい顔で言う老人がいた。昔は船で川を渡ろうと試みる者がたまに現われたのだが、それが不可能だと繰り返し思い知らされる結果になり、どんなに勇敢な男も船を出そうとしなくなったのだそうだ。

町には小さな港があり、小型の漁猟船が幾艘《いくそう》もつながれていた。大河の中ほどにはまだ遠いあるラインまで漕《こ》ぎ出して、魚を獲《と》るのである。その一線を越えるのはタブーで、あたかも透明な壁があるかのように漁師たちは船を操った。

——爺《じい》さんたちはつまらんことばかり言って脅かすが、どいつもこいつも腰抜けだな、川の真ん中まで行ったら怪獣が出てきて獲って食われるだなんて与太話、誰が信じるんだ。こんな川なんか、その気になりゃエンジン全開で二十分もかけずに渡ってしまえるさ。

威勢のいいことを言う若い漁師も、渡河を禁じた町の掟《おきて》を本当に破ろうとはせず、川岸で指をくわえて遠い町の明かりを眺めるだけだった。川向こうは見るものでも、行くところではない。子供の頃からの戒《いまし》めが骨身に染みていたからだ。

などと体験談のように綴《つづ》っているが、あくまでも夢の話である。実際は取りとめのない断片が連なっていたのだが、目が覚めてから再構成すると、夢の世界はそのような設定だった。

怪獣は、竜のような頭からカタツムリの角のように目玉が突き出ているのだそうだ。それはこちら岸の人間たちが川を渡るのを許さず、何もない時でもこっそりと水面《みなも》に目だけを覗かせ、不埒《ふらち》な者がいないか監視しているのだとか。静かな川面に糸を引くように漣《さざなみ》が立つことがあるのは、怪獣が浅いところを泳ぐ跡だとも言われる。その不思議な生物に名前はなく、怪獣呼ばわりを避けて〈川の主〉と崇《あが》める老人もいた。

ある日のこと——といっても、夢の中では今日も明日もあったものではないが——、髭面《ひげづら》のたくましい漁師がわたしに打ち明けた。おれが友だちと二人で川を渡るから見ていろ、と。

無謀な宣言に驚きながらも、ついに挑戦者が現われたことにわたしは胸を高鳴らせた。老人たちが語る恐ろしい言い伝えは、はたして真実なのか否か、それが明らかになる。内緒にすることを約束させられたわたしは、港から少し離れた土手に腰を下ろして、漁師が耳打ちしてくれた時間を待った。

やがて夕刻となり、漁を終えて港に戻っていた船のうちの二艘がほぼ同時に動きだしたかと思うと、右手と左手に分かれて対岸をめざす。髭面の漁師が乗っているのが右の船だということを、夢の中のわたしは知っていた。きれいなV字形を描いて進む二艘に、驚きの声があがるのが聞こえた。戻ってこい、と怒鳴る者もいる。

二人の漁師の魂胆が読めた。怪獣あるいは川の主が行く手を阻もうとしても、二艘が同時に対岸に向かえば両方を襲うことはできない。片方が犠牲になることでもう一方を救う、あるいは片方が怪獣を引き寄せてから港に逃げ帰るという作戦なのだろう。

面白いことになってきた、とわたしは興奮した。船は漁師がふだん漕ぎ入れることのない危険水域に進入し、なおも速度を上げているようだ。このまま何事も起こらなければ、彼らが目的を達するまでそれこそ二十分もかかるまい。

戻ってこい、という怒声は減っていき、行け行け、と囃《はや》す者が増えてきた。思いがけない壮挙を目の当たりにできるかもしれない、という期待を多くの者が抱いたのだ。座っていられず、わたしは手に汗を握りながら立ち上がっていた。

夕焼けに照らされた川面に冒険者たちが乗る船のシルエットは鮮やかに映え、すでに川幅の何割かを渡り切ろうとしている。二艘の距離はどんどん広がり、一キロにもなるだろうか。わたしは顔を右に左に振って両者を見守る。

しかし、希いは虚《むな》しく打ち砕かれた。左の船の近くに白波が生まれ、巨大な眼球を備えた触角のようなものが水の面《おもて》を割って出たかと思うとするする伸び上がり、やがて頭部が出現した。老人から聞いたとおり竜に似て、牙《きば》を生やした口のまわりには長い髭が垂れている。

本当にいたんだ、とわたしは息を呑《の》んだ。怪獣が立てた波を食らった船は大きく揺れ、それだけで転覆してしまいそうになりながら、からくもこらえて舳先《へさき》をさらに左へ向ける。怪獣の目は確かにそれを捉《とら》え、頭がゆっくりと向きを変えた。

次の瞬間、怪獣が菱形《ひしがた》の鰭《ひれ》を持ち上げ、激しく川面を叩《たた》く。派手な水飛沫《しぶき》が上がり、船は左に傾いた。長い首はさらにせり上がり、二十メートルほどの高さになったところで牙のある口が大きく開いた。そして、獲物に狙《ねら》いを定めるために触角をぐいと突き出すのを見た時、わたしは足許《あしもと》の地面が崩れるような絶望を感じた。

怪獣の首は〈つ〉の字形に曲がり、たわみきると緩慢だった動作が急に速くなって、まっすぐ前に伸びた。ひと噛《か》み、ふた噛み。鋭い牙はまず艫《とも》をバリバリと砕き、次に船の中ほどに食い込んだ。ほとんどシルエットと化していても、その首の筋肉の動きが生々しく見て取れる。怪獣は船を横くわえにしたまま、楽々と首を起こした。乗り込んでいる漁師が川に転落する姿は見なかったから、まだ船内にいるのだろう。助かるとは思えない。

わたしは視線を転じ、髭面の漁師の船を見た。友だちはひとたまりもなく怪獣の餌食《えじき》となったが、そのおかげで彼は逃げ延びることができるのではないか。胸の前で手を組み、そうであってくれ、と天に祈った。

怪獣の目が、離《あんど》れていくもう一艘の船に向けられた。慌てて追いかけようとするそぶりはないことに安堵《あんど》しかけた時、竜の胴体のようなものが遠い水面にのたくり出てきて、うねりながら快走している船に巻きついた。あまりにも距離があるので別の何かが現われたのかと思ったが、そうではない。くわえていた船を吐き出した怪獣が重苦しい声で唸《うな》った途端、胴体が船を締め上げ、あっと言う間に粉砕した。川の主の長さがどれだけあるのか、老人たちも知らなかったのだろう。正しく伝承されていたら、髭面の漁師たちは計画を再考したに違いない。

怪獣は頭部と胴体の一部をさらしただけなので、全長がどれだけあるのかは不明だ。はてしもなく川上まで遡《さかのぼ》ったところに尾があるのかもしれず、また同じ奴が何頭も潜んでいないとも限らない。

町中の人間を戦慄《せんりつ》させて、夕映えの惨劇は終わった。

怪獣はこちらの岸を向き、目のある触角を不規則にゆらゆらさせる。身のほどを弁《わきま》えて愚かな企てはするな、と威嚇しているのだろう。

――どうかご勘弁ください。ご勘弁を、川の主様。

土手に跪《ひざまず》いて、赦《ゆる》しを乞《こ》う老女がいた。足を止めて成り行きを見ていた何人かがそれに倣い、オレンジ色に燃える川に頭《こうべ》を垂れる。

次の挑戦者が現われるまでまた何十年もかかるんだな、と思うと、無性に悲しくなった。

落日に輝く川に怪獣が没する頃、対岸の町では温かな明かりが灯り始めていた。

思春期になる頃にはすっかりブームが去り、わたしも怪獣を卒業したはずなのだが、何度も夢に見た。

小学生時代は、夢にこんなのが出てきた、と友だちに話すこともあったが——先ほどの川の主の夢は、相手の迷惑もかまわず熱く語った——、中学生にもなるとそうもいかない。馬鹿にされぬよう黙って自分の記憶に留《とど》めておくだけだった。

とても恐ろしく、目が覚めると寝汗でびっしょりだったこともある。途中で夢が切れたのを残念がったこともある。

電車に乗り、西へ向かっていた。急行列車で沼津《ぬまづ》の祖父母の家に行こうとしているところだったのかもしれない。そんな設定なのに、想いを寄せていたクラスメイトの高木《たかぎ》陽子《ようこ》——休日に見掛けた時と同じ赤いチェックのシャツにデニムのスカート姿——が一緒だったのは願望の表われだろう。わたしたちは並んで座りながらも、彼女が無心に文庫本を読んでいるので会話はない。電車の振動で、ポニーテールがリズミカルに揺れている。

好きな女の子が横にいることを幸せに思いながら、わたしは流れていく車窓風景をぼんやり見ていた。目的地に着いたらどうしよう、と考えることもなく、この時間ができるだけ長く続くことだけを望んで。

熱海《あたみ》を過ぎ、丹那《たんな》トンネルに入っても高木は本から顔を上げない。よほど面白いものを読んでいるらしく、あのさ、と気安く声を掛けられる雰囲気はまるでなかった。そんな彼女も、列車が予告もなく減速しだしたので本を閉じた。

——あれ、停まりそう。どうして？

訊《き》かれても判るわけはないが、何か答えたかった。

——前の電車がつかえてるんじゃないかな。

——トンネルの中なのに信号があるの？

彼女は疑わしそうな表情になっていた。

——うん、あるよ。別に珍しくない。

なかなか発車しないため車内がざわつきだしたところでアナウンスが流れた。冷静であるべき車掌が、動揺を隠せない声で告げる。

——お急ぎのところご迷惑をおかけいたします。現在この列車は、沿線に巨大怪獣が出現したとの情報を受けて緊急停車しております。くわしいことが判り次第、お客様にお知らせいたします。危険ですので、お席に着いたままお待ちください。

同じ放送が三度繰り返された。最初は聴き違いではないかと思ったが、誰の耳にもそう聞こえたらしい。高木も、周囲の乗客たちも、巨大怪獣と口にしている。

——怪獣が出たって。わたしたち、どうなるのかな。

彼女を安心させてあげなくてはならない。というよりも、自分自身を落ち着かせるためにわたしは言った。

——このすぐ近くに出たんだとしても、トンネルの中なら大丈夫だよ。ぼくたちは運がよかった。

——でも、トンネルに入ってきたらどうする？　暗闇で逃げまどった末に殺されるなんて、絶対に嫌。

——巨大な怪獣だったら中まで入ってこられないさ。

——でも……だけど。

象の何十倍もある長い鼻がトンネル内まで入ってきたり、ひょろりと長い腕を差し入れて列車を鷲摑《わしづか》みにし、外に引き出したりするかもしれない。そんな可能性を訴えられては、完全に否定するのが難しい。

隣の車両が騒がしくなったので様子を見に行くと、車掌が乗客たちに囲まれていた。前方に怪獣がいるから停車したのなら急いで熱海方面に引き返せ、というのだ。もっともなことに思えたが、車掌は申し訳なさそうに答える。

——後ろの列車がつかえていて、赤信号になったままです。勝手に折り返すと重大な事故になりかねません。

——せめてトンネルに入ったあたりまで戻れよ。それぐらいは乗務員の判断でできるだろう。ここで停まっていてトンネルが崩れたらみんな死ぬぞ。

——そんな判断はできません。

やりとりが、こちらの車両にも聞こえてくる。トンネル内で停車したことが幸運だったのかどうか、わたしも判らなくなっていた。

と、乗客の一人が点《つ》けたラジオから、ザーザーという雑音まじりの臨時ニュースが流れてきた。トンネルの出口付近まで接近していたため電波を受信できたようだ。外で何が起きているのか、聴き取りにくい放送に必死で耳を澄ませたのだが——。

あいにく判ったことは多くない。二足歩行する巨大怪獣が忽然《こつぜん》と駿河《するが》湾に現われ、沼津港付近から上陸。市街地を踏み潰しながら北北東へ進んで三島《みしま》方面に移動し、甚大な被害が出ているという。三島駅の東一キロの地点で緊急停車していた新幹線が高架橋から突き落とされたと聞き、背筋が寒くなった。乗客の多くが死亡したであろう。たった一キロならば信号に従って停まったりせず、駅まで進めばよかったではないか。走ろうにも走れないシステムになっているのかもしれないが。

二足歩行。新幹線を高架橋から突き落とす。たったそれだけの情報から巨大怪獣の外見を想像しようとしたが、材料が乏しすぎてイメージが描けない。そのことがかえって恐怖を増幅させた。

扉が開いて車掌が入ってくると、こちらの車両でも乗客たちがわっとばかりに詰め寄った。しかし先ほどとは違い、列車を動かすかどうかで意見は分かれる。

——何をしているんですか。すぐ引き返してください。こんな暗いところに閉じ込められるのは我慢ならない。トンネルがいつ崩落するかもしれないでしょう。

――いや、下手に動くよりこのままがいい。ラジオで聴いたところによると怪獣は北北東に向かっているそうだから、トンネルの中でじっとしてやり過ごせ。そうすれば安全だし恐ろしいものを見なくてすむ。

車掌は曖昧《あいまい》に応対し、乗客を掻き分けて前の車両へ向かった。先頭の運転席に行こうとしているのかもしれない。

新しい情報がアナウンスされることもなく、ラジオだけが頼りとなったが、やがて電池が切れてそれも沈黙してしまう。外界とのつながりを喪失した車内の空気は、ますます重たくなった。時間が経つほどに、いつになったらこの暗がりから出られるのだ、という苛立《いらだ》ちが募っていき、思わぬ持久戦に喉《のど》の渇きを訴える者が出だしたところで――。

――もう出口の近くまできているんだろ。ちょっと見てこよう。

そう言って、中年の男がやにわに非常扉を開けるためのドアコックを操作し始めた。そんなことをしてはいけない、と制する者はおらず、男は手動で開くようになった扉から車外に飛び降りる。おれも、と若い男が続いた。

ひと呼吸遅れて、わたしも外に出ることを決意した。

――ぼくも様子を見てくる。

――そんな怖いこと……。

やめて、と彼女に止められて翻意するぐらいなら初めから言いださない。座して運命の審判を待つだけなのが耐えがたく、何が起きているのか自分の目で見たいという欲求が込み上げていた。単純な怖いもの見たさもあった。彼女の前で度胸がある男のようにふるまいたい、という気持ちも。

——すぐ戻るから。

——待って。なら、わたしも行く。自分の目で見たいから。

きりっと眉《まゆ》を上げて、彼女は言った。どちらかというと無口で内向的なタイプだが、気が強い方だと自称していたのは伊達《だて》ではなかった。男らしいところを示すつもりが当てはずれになったが、こんな場面でともに行動できることを喜ぶ。

まずわたしが線路脇に降り、スカートの裾《すそ》を気にしながら続く彼女に手を貸した。そして、ひんやりとしたコンクリート壁にそって、五十メートルほど向こうに見えている出口へと歩く。先に降りた二人の男はすでにトンネルの外に立ち、揃って何かを見上げていた。怪獣が間近にいるかのように。

——声がする！

高木が、わたしの左肩を摑んだ。どんな猛獣のものとも違う無気味な咆哮《ほうこう》で、怒りが込められている。それは汽笛のように長く尾を引いた。

出口に立っていた二人の男は同時に振り返り、こちらに逃げ戻ってくる。わたしたちとすれ違う時、慄《おのの》きを露《あら》わにした顔で、危ないから引っ込んでいるように警告した。

——車内に入ってください。勝手に外に出てはいけない！

車掌が叫ぶのを背中で聞いたが、わたしたちは固く手を握って前進する。多少の危険は承知の上で、ここまできたら自分たちの身にどんな危機が迫っているのかを確かめずにいられない。問わずとも、彼女の考えも同じであることはその足取りで判った。

さっきまで出口から明るい光が射していたのに、わたしたちがたどり着いてみると何故か夜になっている。夢の悪戯《いたずら》と言うしかない。

怪獣はどこにいる、とあたりを見渡すまでもなく、それは否応《いやおう》なく目に飛び込んできた。トンネルを抜けてすぐの函南《かんなみ》駅の構内に、線路を跨《また》いで立っていたのだ。二足歩行の巨大怪獣と言うより、タワシのように毛むくじゃらで極端に肩幅が広い巨人と呼ぶ方が判りやすい。

ここで夢のカメラが切り替わり、怪獣の全身をズームアップしてなめていく。

身の丈は五十メートルもあるだろうか。両腕は地面に着くかと思うほど長く、鋭い爪《つめ》を生やした指が神経質そうに絶えず動いている。顔立ちは猿よりまだ人間に似ていたが、万力で押し潰したかのごとく上下にひしゃげていた。だらしなく開いた分厚い唇の間から覗く乱杭歯《らんぐいば》がおぞましかったが、何よりも恐ろしいのは炯々《けいけい》と光る両目だった。夜行動物さながらに光を放つだけでも異様なのに、白目には罅《ひび》割れたように血管が浮き、おまけに気味の悪い三白眼だ。グロテスクで醜い。

真正面にそんなものが仁王立ちしていると思わなかったので、わたしは衝撃で動けなくなってしまった。

――こ、こんな近くにいたなんて。

高木はわたしの左肘《ひだりひじ》にすがりつき、小刻みに体を顫《ふる》わせた。いや、ガクガク顫えていたのはこちらかもしれない。わたしたちは寄り添い、言葉もなく互いの恐怖を交換し合っていた。

巨人のような怪獣は何をするでもなく突っ立ち、低く唸りながら遠い彼方へ視線を投げていて、わたしたちに気づいているふうではない。あの高みから見下ろせば小さすぎてまったく注意を引かないのだろう。

見るべきものは見たから、そっと後退《あとずさ》りして電車に戻ればいい。そして、こいつがどこかへ去るまで車内で縮こまっているのが最も賢明だ。怪獣が長い腕でトンネルの中を探ったとしても、からくも電車まで届かないはずだから。

彼女の手を引いて戻りたいのに、全身がこわばって身じろぎもできない。まずいな、困ったぞ、と思っていると、腰が抜けたのか彼女はその場にしゃがみ込んでしまった。わたしも膝《ひざ》の力がなくなって、その横にへなへなと蹲《うずくま》る。

たったそれだけの動きが視野の隅に入ったのか、怪獣はこちらに向き直った。百メートルほどの距離を隔てて、怪獣とわたしの目がぴたりと合ってしまう。心臓が凍るような瞬間だった。

怪獣は顔をくしゃくしゃに歪《ゆが》め、わたしをにらんだまま大音声《だいおんじょう》で吼《ほ》えた。目に、口許に、憤怒《ふんぬ》の色をはっきりと見せながら、さらにもう一度。人形《ひとがた》の怪獣が恐ろしいのは、その感情が表情から容易に読み取れてしまうことだ。何が気に障ったのか相手を怒らせてしまったようで、生きた心地がしない。

白茶けた足の裏を見せながら、怪獣が右足を上げた。それが一歩踏み出すと、ずしんという地響きがして、妖《あや》しく両目を光らせた顔が近くなる。左足が、また右足が大地を鳴動させ、たちまちのうちに怪獣は眼前に迫ってきた。

わたしたちは依然として立ち上がれない。顔を伏せた彼女に、墨のようにべったりと黒い影が覆ってきたというのに。最期の時がきたらしい。車掌の制止を無視したことを後悔しても遅すぎる。

どうせいつか死ぬのなら、今ここで好きな女の子とともに為《な》すすべもなく怪獣に踏み潰されるのもいいかもしれない。彼女にとってはとんでもない悲運だし、痛いだろうし、まったく無為で英雄的ではないけれど、考えようによっては自分にとって最高の死に方ではないだろうか。

乗用車ほどもありそうなあいつの足の裏で踏まれたら、わたしたちは熟れたトマトのようにあっさり潰れてしまう。赤い飛沫が散り、すべての骨は砕け、肉体から解放された内臓が線路や枕木《まくらぎ》の上に広がる。どれがわたしの胃や腸やら、どれが彼女のものやら区別がつかない状態となって。なんと酷《ひど》くも華々しく、なんと特権的で甘美な死だろうか。こんなチャンスは二度とあるまい。

ここで死ぬと決めたわたしは、彼女にかぶさって細い両肩を抱き、不恰好《ぶかっこう》な怪獣の形をした死神を見るため顎《あご》を上げた。覚悟を決めるや恐怖の呪縛《じゅばく》が解け、体中の筋肉は自由を取り戻していたが、彼女をトンネル内に引きずっていくつもりはない。歓喜に包まれて、うっとりするほど甘やかな死を迎え入れるのだ。

わたしはそれで満足だったが、身勝手さから彼女を巻き添えにするのを申し訳なく思った。そもそも、わたしの夢に呼び出されなければ、こんな目に遭うことはなかったのに。

ごめんな。

声に出さずに詫《わ》びたところで、これが夢の世界であることに気づいてしまった。それはそうだろう。あんな怪獣がのしのしと海から上がってきて、暴れ回るなんてことが現実にあるわけがない。

そうか、夢なんだ。

実感したところで、あっけなく目が覚めた。


あれも忘れがたい怪獣の夢だ。

先月観た映画のように再生できるのは、記憶のメンテナンスが行き届いているせいである。幾度となく思い出しては反芻《はんすう》し、淡くなった箇所には補修を施してきた。この調子ならば人生最後の日まで今の状態を保てるだろう。

二つの夢は、気恥ずかしくなるほど簡単に解釈できる。どうしても渡れない大河の対岸にあって遠望するしかできない町は、赤貧洗うがごときの家で生まれ育ったわたしにとって、〈いつか行きつきたい場所〉の象徴以外の何物でもない。冒険者を阻む奇怪な怪獣は、持たざる者の夢を理不尽に打ち砕くアンフェアな社会の仕組み。到底、歯が立たないものに思えた。

巨人のような毛むくじゃらの怪獣は、中学時代にわたしを存分にいたぶってくれた生活指導担当の体育教師だ。理屈の通らない粗野な男で、気分のままに荒ぶるため生徒たちはみんな怯《おび》え、萎縮《いしゅく》していた。戯画化すれば、ちょうどあのグロテスクな怪獣になるだろう。怪獣はどうでもよく、そいつに踏み潰されて高木陽子と一緒にぐちゃぐちゃになる、という夢想こそがテーマだった。性愛を含む生への希求と、それとは相反する死の衝動。エロスとタナトスが混然となって高まった頂点での消滅。現実の人生でどんな死がわたしを待っているのか知るよしもないが、あの夢想ほど恵まれたものではないだろう。これはどうでもよいが、フロイト博士ならトンネル内で立ち往生した電車にもセクシャルな含意を指摘するかもしれない。

二十歳を過ぎても三十代になっても、回数こそ減れ、わたしは怪獣の夢を見た。奴らの信じられない破壊から逃げまどっていたのは、せいぜい二十代半ばまでで、現実で成功の階段を上がっていくにつれて、夢の中身は変容していった。

成功。――貧しさのため十代でなめた辛酸や屈辱の〈貸し〉を神様に返してもらうべく、わたしは常人には真似のできない努力を積み上げ、立てた目標を順番にクリアしていった。希望どおりの大学から希望どおりの官庁に入って、同僚も先輩も押しのけて出世し、この国を代表する財閥の令嬢に見初《みそ》められて婿に入った。三十代半ばで与党の実力者に勧められて政界へ。そこでわたしは〈水を得た魚〉に羽が生えたように活力を増し、還暦を前に党内外から次期首相と目されている。

ただの首相ではない。日本に歴史的な大改革をもたらす救世主、とまで言われているのだ。わたしは、その期待に応《こた》えるための大胆にして精緻《せいち》なヴィジョンを描いているし、それを実現する能力も持っている。

ここにまで至る過程で夢に登場する怪獣は役目を変えていき、わたしは怖がって立ち尽くしたり逃げ回ったりする立場から、人間たちを恐怖させる側に移った。怪獣視点の夢を見るようになったのである。この転換は、色々な意味で愉快でならない。

夢の世界で身長百メートルになったわたしは、自衛隊の戦車やジェット戦闘機を無慈悲に蹂躙《じゅうりん》した。在日米軍の第七艦隊とも相まみえて馬鹿でかい空母を撃沈させた。ロケット弾やミサイルをまともに受けてもびくともしないが、あれは食らうとなかなか鬱陶《うっとう》しいものである。敵を殲滅《せんめつ》するための熱線を口から放射する時、喉がほんのり熱くなる感覚は悪くない。映画の怪獣が気紛《きまぐ》れに熱線を吐くのも合点がいった。おのれの生み出した紅蓮《ぐれん》の炎の只中《ただなか》で咆哮する時は、誇らしさが全身を槍《やり》のごとく貫く。

最新の超高層ビルや橋、鉄道を壊しながら、もったいないが再建するのだからよい公共事業になる、と言い訳する一方、古い家屋が密集した下町は何の抵抗もなく破壊できた。こんな地域は焼き尽くしてしまい、合理的な都市計画に従って作り直すべきなのだ、と思ったら奮い立つばかりで、遠慮も容赦もしなかった。

夢の中で無意識が解放されて非情になるわけではない。目覚めている時のわたしは、もっと非情だ。自分自身のために粉骨砕身してきただけなのに、世間の連中はわたしの苦労話を馬鹿らしいほど愛し、その輝かしい成功に喝采《かっさい》を送って、〈今太閤《いまたいこう》〉の称号を授けたがっているが、笑止と言うしかない。わたしは、いつまでも貧しい者や社会的弱者に興味はなく、その不甲斐《ふがい》なさをひたすら憎んでいるのだから。

次期首相に座ろうとするわたしが、東京・横浜にも大阪にも名古屋にも大地震がくればよい、という希いを表明したら、どいつもこいつも驚倒するだろう。欠陥だらけの大都市を理想の形に改造するには、それが一番手っ取り早いのは知恵があれば自明なのだが。天文学的な額になっている国の債務を吹き飛ばすため、適切なハイパーインフレーションを起こす完璧《かんぺき》な計画も理解しないだろう。整理される側の弱者にとっては当然だ。だから、その時がくるまで賢明に黙っている。

「あなた」

寝室に続くドアが開き、ガウンを羽織った妻が出てきた。

「どうだ、気分は？」

わたしはグラスをテーブルに置いて尋ねる。彼女の偏頭痛は若い頃からの持病だから、たいしたことはあるまい。

「治まったみたい。ごめんなさいね、ほったらかしにして」

申し訳なさそうに言うが、リビングで一人飲むのは心が休まる。一人の方が、とは口が裂けても言えない。

「わたしも飲もうかしら」

「あれでいいかい？」

ワインとソーダを一対一で割ってレモンスライスを添えた特製スプリッツァーを作り、ソファに掛けた妻に恭《うやうや》しく差し出した。こうすると、わたしの前でだけサービスでおどけてくれる、と妻は無邪気に喜ぶのだ。

彼女には感謝しなくてはならない。今の地位に這《は》い上がるための重要なステップの一つになってくれたし、社交面ではずっと助けてもらっているし、いつまでも衰えない美《び》貌《ぼう》はわたしにとっても自慢の種だ。二人の娘が愛らしいのも妻の遺伝子のおかげだろう。

わたしは窓辺に寄り、少しカーテンを開く。熱海の町には多くの明かりが灯っていたが、真正面の山にある熱海城のライトアップは終了している。酒を飲みながら物想いにふけっているうちに十時を過ぎていたのだ。

ここは義父の別荘だが、わがもののように利用させてもらっている。週末にやってくるのに東京からほどよい距離だし、昔から大の温泉好きなので都合がよい。何よりも気に入っているのは、窓からの眺めだった。三方から山に包まれ、懐に湾を抱く熱海の町をこの高台から見下ろしていると、今にも海から怪獣が上陸してきそうだ。いくつかの映画の舞台になったが、熱海には怪獣がよく似合う。山あり、海あり、港あり、線路あり、模造天守あり、ホテル群のネオンあり。それらが湾のチャーミングな弧に沿って配置され、申し分がない。さながら怪獣が破壊するための箱庭で、ゴジラもキングコングもガッパも、この町で暴れることができて本望だったであろう。

「まだお風呂《ふろ》に入らないの？」

気取った仕草で髪を掻き上げながら、妻が訊く。バルコニーの露天風呂に湯を引き込んであるから、気が向いたらいつでも入れる。

「もう少ししたら」

そう答えてカーテンを閉める。

「酔ったままは浸《つ》からないでね。体によくないから」

グラスが空になると、妻はゆらりと立ち上がった。まだちょっと頭が重いので、早めに寝てしまうと言う。

「じゃあ、ごゆっくり。おやすみなさい、カリスマ官房長官」

「ああ、おやすみ」

妻がドアの向こうに消えると、スコッチの水割りを作った。風呂にも入りたいので、一杯目より薄めにしておく。

熱海の別荘に泊まった夜は、怪獣の夢を見ることが多い。窓からの眺めに刺激されるせいだろうか。どうせなら今夜は、極彩色の超大作が見てみたい。

短い夢ならさっきも見た。疲れていたせいでソファに座ったまま十五分ほどうたた寝をしている間に、わたしは身長が二百メートル近い怪獣と化し、東京スカイツリーを体当たりで傾かせた。眠りから覚めなければ隅田川《すみだ》の方角に押し倒せただろう。鞭《むち》のような尾を振るってビルを薙《な》ぎ払うわたしの背後では、向島《むこうじま》から本所《ほんじょ》にかけての一帯が火の海となっていた。

——壊せ、燃やせ。どこもかしこも更地にしてしまえ。

徹底的な破壊は、この都市をあるべき姿に再構築するために必要な過程だ。西からの侵攻に備えて徳川《とくがわ》幕府が出鱈目《でたらめ》に作った道は一本残らずなくし、マンハッタンより整然とした格子状のストリートとアヴェニューに変えなくてはならない。災害時にあっさり倒れたり燃えたりする粗末な家屋は、あらかじめ処分しておかなくてはならない。何万人という人民が結集できるような公共スペースはすべて廃さなくてはならない。最も機能的で、最も管理・監視が行き届く首都を作るには、更地からやり直すのが一番よいのだ。——そんな信念とともに猛《たけ》り狂う怪獣を描いた映画はあるまい。

もちろん、東京全体が更地になっては再建どころではなく、日本国が破綻しかねないから、現実的なプランを持っている。それはわたしが官僚だった頃からひそかに進めていて、大地震を織り込んだものだ。東京は——横浜も大阪も名古屋も——、震災対策のふりをしながら大地震がきた時に最も効果的に壊れるようにデザインし直されつつある。わたしが総理の椅子に就いたあかつきには、そのプランを猛烈に推進して、きたるべき再建の時を待つ予定だ。

常識はずれの政策も、天の使命を受けたわたしなら必ず実行できる。大改革の途上で、社会的に弱い者たちには相当な忍苦を強いなくてはならないが、致し方ない。いたずらに養分を吸うだけの邪魔な枝は、幹をすくすくと育てるために切らねばならぬ。いや、人間を切り落としてしまうわけにはいかないから、忍耐強く諦めを知った人民になってもらえばよい。どうしてもそれが嫌な者もいるだろうし、格差が固定化しようとも厳しいばかりでは救いがないので、わたしのように底辺から這い上がるための道は残す。並はずれた情熱と抜きん出た能力があれば階層は越えられるべきだ。

ソファに身を委《ゆだ》ね、このまま眠ってしまったら、先ほどの夢の続きが見られそうな気がする。どうせならやりかけた仕事を完遂し、東京スカイツリーを地図から抹殺してやろうか。さぞ痛快だろう。

夢の意味を探索するなど野暮なこと。子供のわたしは、怪獣たちが信じられない力を発揮して暴れ回るのがとにかくカッコよくて、爽快《そうかい》で、無邪気に憧れの念を抱いたのだ。大人になると屁理屈《へりくつ》を考えて、どうもいけない。いつまでも怪獣の夢を見るのは、どこまでも現実に適応しようとしてきた自分の心に柄にもなく童心が残っているせいだ、ということにしておく。

などと思っていたら、アルコールがほどよく回ったせいか、瞼《まぶた》が重くなってきた。睡魔が手招きをしている。

行こう、力の権化たる怪獣になれる夢の中へ。

少し気懸かりなことがあった。世界一高い塔に打撃を加えながら、怪獣のわたしは奇妙なものを見た。綿のようにふわふわした黒い影が街の方々から湧き、そのうちのいくつかは合体して肥大化しようとしていた。影の正体は判らないが、有機体だろう。地面からにじみ出した黒い染みのごときものが徐々に集まり、意志を持って固まろうとしていたらしい。合体が完了したら怪獣となり、かっと目を開くのではないか。

そいつと一戦交えるのも悪くない。これまでの夢では他の怪獣と対峙《たいじ》したことはないから、面白いことになってきた。怪獣と怪獣が出会ったら戦わなくてはならない。そして戦えば、わたしの夢なのだから、わたしが勝つ。

だが、本当に勝てるのか？

黒い影が立ち上って参集していく様は、合体というより団結や連帯という言葉がふさわしいようにも思えてきた。わたしが蔑《さげす》んでいる弱々しい者たちが束になり、いつの日か大衆の蜂起《ほうき》とやらを見せてくれるというのか。朝日のごとき勢いのわたしの行く手に、小癪《こしやく》にも立ちはだかるというのか。

よろしい、ならば前哨戦《ぜんしょうせん》だ。

戦ってみよう。

劇的な幕切れ

俺が紫藤美礼と初めて会ったのは、M駅前にある古びた喫茶店だった。内装が重厚で、老舗という風格のある店。

柱の陰のテーブルを周到に予約していたのは彼女だ。他人の耳をまったく気にせずに話せる席だったので、行き届いた配慮に安堵《あんど》した。

月曜日の午後二時。客は疎《まば》らで、店内には懐かしい洋楽のBGMと物憂《ものう》げな空気が流れていた。

白っぽいコットンのワンピースに、薄紫色のスカーフ。目印を確認して、おずおず歩み寄っていったら、彼女は立ち上がって声を掛けてきた。

「〈ソトマチ〉さんですね？」

俺は「はい」と答え、もはや必要もないのに訊き返した。

「〈パープル〉さんですよね？」

「はい。本名はシトウ・ミレイです。紫藤のシは紫、藤色の藤、美しいに礼儀の礼と書きます。――どうぞお座りください」

口許《くちもと》に微笑がある。向かいの席に着いてから、俺はしばらく顔が上げられなかった。待ち合わせていた女が予想よりもずっと美しく、上品だったことに戸惑っていたのだ。紫藤美礼という名前も高雅だ。

「僕は……ウチムラ・タケフミです。内側の村に、武士の武、文章の文」

文武両道を具《そな》えた男児たれ、という親の希望がこめられたこの名前が好きではない。どちらも不得手だから重たくてかなわないのだ。

いちいち漢字まで言い合うのを滑稽《こっけい》にも感じたが、これから運命を共にするのだから、本名を正しく伝えておきたい気がした。彼女も同じ想いでいるのかもしれない。

「ああ、〈ソトマチ〉というハンドルネームは、内村の反対だったんですね」

「単純すぎましたね。深く考えずにつけた名前なので」

思春期からずっと女性と話すのは苦手だ。差し向かいになると、どんな顔でどんな話をすればいいのか判らなくて困ってしまう。

「捻《ひね》ったネーミングじゃないですか。〈パープル〉の方がもっと単純だと思います」

フォローしてくれた。たったそれだけで、いい人だ、と思う。

「あの……すみませんでした」

「えっ？」

「こんな服できてしまって」

扁平《へんぺい》な顔をすげ替えたり身長を引き伸ばしてくるのは不可能だが、せめてもう少しこぎれいな身なりをしてくるべきだった。大学時代からのセーターに、安物のジーンズ、くたびれた靴という恰好《かっこう》が恥ずかしい。

美礼は、今日のこの時のために、俺と会うために、きちんとした装いをしてきていた。化粧も丁寧で、デートに臨むかのようだ。

「紫藤さんは、そんなに素敵な服でいらしたのに……」

彼女は、軽く会釈した。

「そう言ってくださって、ありがとうございます。中身がぱっとしないので、せめて外側だけでも、と気合を入れてきました。〈ソトマチ〉さん、いえ、内村さんに初めてお目にかかるのに失礼がないように」

もう一度「すみません」と言いそうになったが、呑《の》み込んだ。お前は謝ってばかりだからよけい頼りなく見えるんだ、とアルバイト先でからかわれたことがある。

「早速ですけれど」

彼女が口調を改めたので、反射的に背筋を伸ばして顔を上げた。

やはり、きれいだ。女優やモデルのような華やかさはないけれど、よく整った顔立ちで、やや肉厚の唇が愛くるしい。それでいて目許には憂いの色がしっとりと漂っていて、それがとても魅力的だ。

齢《とし》は聞いていないし、さすがに訊《き》けない。俺と同じだったら二十八。物腰が落ち着いているので一つ二つ上にも見えるが、案外年下ということもあり得る。

この人ならば、願ってもない。すでに心は決まった。

「メールでやりとりした件について、お考えは変わりませんか？」

問われて、きっぱり「はい」と答える。逡巡《しゅんじゅん》はなかった。

「そのお返事はとてもうれしいんですけれど……ことがことだけに、しつこく念を押させてくださいね。絶対に間違いのない方と一緒にいきたいので」

「いきたい」は「逝きたい」の意なのは承知していながら、こんな場面で性的なイメージを喚起され、狼狽《うろた》えかけた。しかし美礼に他意があったはずもなく、しゃべり方も淡々としているので、二人の会話を耳にした者がいたとしても、旅行の計画について話しているぐらいにしか聞こえなかったであろう。

「僕は決心しました。もう引き返すつもりはありません。紫藤さんさえよければ、ご一緒させてください」

せいぜい男らしく言い切ったつもりだ。美礼は、こくりと頷《うなず》く。

「ありがとうございます。でも、内村さんには決して後悔していただきたくありません。せっかくお目にかかったので、しばらくお話ししましょう。このお店のコーヒー、おいしいんですよ。それで、『こんな女と逝くのは嫌だな』と思うことがあれば、どうか遠慮なくおっしゃってください。私、諦《あきら》めて他を当たりますから」

何を話せばいいのか見当がつかなかったが、幸いなことに美礼がリードしてくれた。倉庫管理の派遣の仕事が切れたまま、失業中であることは電子メールで打ち明けていたから、それ以前にどんな職に就いたかなど、不躾《ぶしつけ》にならないよう気をつけながら尋ねてくる。大学を中退してからアルバイトを転々としてきただけで、語るほどのことはなかったのだが、ほどよく相槌《あいづち》を打ちながら熱心に聞いてくれた。

「色々なお仕事を経験なさったんですね。私なんかと違って」

美礼は、大学を卒業してから四年勤めた会社で面倒な人間関係に悩んで退社し、その後は自宅に引きこもったまま過ごしてきたと言う。メールのやりとりで断片的に知ってはいたが、トラブルの具体的な例を交えて聞いてみたら、なかなかにつらかった。

家族についても、ぽつりぽつりと教え合うと、どちらも父親からはろくに愛情を享《う》けておらず、母親の過干渉に苦しんだことがあった。

似てるよな、と思う。格別大きな不幸や不運に見舞われたわけでもなく、それでいて生きていくことにとことん倦《う》んでしまった点が二人に共通している。

「何だか私たち、似た者同士ですね」

美礼が言ったので、うれしくなった。客観的にどうなのかは疑問だが、二人の間には相通じるものがある。

「僕もそう思いました」

「内村さんと巡り会えて、よかった。冴《さ》えない人生でしたけれど、最後の最後に引いた当たりくじです」

さすがに当たりくじという表現はどうだろう。一緒に死んでくれるのに具合がいい相手が見つかるのは、幸運と言うより悲運なのではないか？

しかし、冴えない人生という表現には心が騒いだ。俺は常々、そんなふうに自分が生きてきた時間を表していたからだ。ごく当たり前の家庭に生まれ、とりたてて大きな事件や事故にも遭わず、平々凡々と過ごしてきた。どんな目標に向かって進めばいいのか判らないまま、面倒で退屈な日常に堪《た》えながら二十八歳まできたが、ほとほと疲れてしまった。

深刻な悩みを抱えている人間からすれば、ただ甘ったれているだけだろう。自分がどれだけ恵まれた境遇にいるのかよく考えろ、と叱《しか》られてもおかしくない。頭ではそう承知していても、駄目なものは駄目なのだ。こんなことなら、むしろ自他ともにはっきりと判る明確な不幸の束を持たされている方がまだましだった。

俺は、映画やドラマの類を観るのが好きではなく、小説も読まない。自分と無縁の劇的なものがあふれていて苛々《いらいら》するからだ。命を懸けた恋はおろか、仲間とともに困難に満ちたプロジェクトを完遂することも、自分は経験できそうにない。銀河を股《また》にかけた荒唐無稽《こうとうむけい》なSFならば、誰も経験できないことだから気楽に楽しむこともあったが。

劇的なもの。

それに飢えているのだな、という自覚はあったが、どうすることもできやしない。胸躍る瞬間、魂の燃焼、心がとろけるような恍惚《こうこつ》や陶酔とは関係のないままだらだらと生きて、いつか死ぬ。それでいいではないか、むしろ波風のない人生に感謝して小さな幸せを探せばいい、と自らに言い聞かせようとしても、納得がいかない。

身の丈に合わない妙な自尊心のなせる業《わざ》だ。社会の片隅でひっそりと生きて、いなくなっても誰にも気づかれない。自分がそれだけの存在でしかないことが恐ろしく不満だった。

馬鹿らしいと思いながらも、同じバイトの身分で働いていた四十過ぎの男に弾みで内心を吐露したことがある。昼休みに倉庫の中でパンと缶コーヒーの昼食をとりながら。

飄々《ひょうひょう》としたオヤジさんだったので、つい心の箍《たが》が緩んだのである。

――僕の甘えですよね。

言った端から自分で突っ込んだら、そうだな、とあっさり言われた。

――本気で悩んだことがないから、頭の中に霞《かすみ》がかかったようになってんだよ。贅沢《ぜいたく》なもんだ。

それは判っている。

――もし戦争が始まりでもしたら、兄ちゃんはたちどころに別人みたいに変わるよ。急にしゃきっとしてな。戦争は現実味がないとしても、大きな怪我や病気でもしたら「ドラマのような事件や事故に遭わずに暮らせていた頃に戻りたい」と思うに決まってる。

きっと思うだろう。だが、わざわざ怪我や病気を背負いたくはない。

――なんなら、自分で戦争をおっ始めてみろよ。どこかでマシンガンを手に入れてきて、繁華街で乱射するとか。おっ、嫌そうな顔をするねぇ。人でなしになるのは嫌か。マシンガンの乱射までいかなくても、銀行強盗ぐらいはいいんじゃないか？　イチかバチか。うまくいったら大金が摑《つか》めて、明るい未来が拓《ひら》けるかもしれない。

手荒なことは性に合いません、と言ったら笑われた。

――だろうな。とてもじゃないけど兄ちゃんにはそんな度胸はないだろう。相手がどんなに憎たらしい奴でも、向こうが無抵抗だと判っていたら殴れないタイプだ。映画やドラマじゃ簡単に人を殴ったり蹴《け》ったりする奴がいっぱい出てくるけどな。「やってみます」って答えないのが判ってるから吹っかけただけさ。地味にマイペースでいけばいい。映画やドラマっていうのは、みんなが経験できそうもないことばっかりやって面白がらせているんだ。自分の人生と比べてどうする。

力なく笑って、そうですね、と言うしかなかった。

だが、状況は変わった。望んでいた形とは異なるが、俺は劇的なものを手中にしようとしている。運命の女性と巡り会えたのだ。死に焦がれた女と、ともに死ぬ。まさかそんなことができるとは、半月前は想像もしていなかった。

自殺志望者が集うウェブサイトに潜り込み、死の匂いを嗅《か》いでいるうちに決行を考えるようになった。みんなが機嫌よく、あるいは辛抱して観ている映画の途中で席を立ち、「こんなくだらないものによく付き合っているね、あんたたち」という顔で退場する。面当てのような自殺。

「そう思ったのは俺だけじゃない。同じ想いの人間と一緒に出て行くよ」と言わんばかりの自殺は、なかなかオツな感じだ。

いい仲間はいないか、と十日ばかり探し回ったところ、自殺を呼びかける人間は何人も見つけたが、本気か冗談か判別できなかったり、書き込まれた文章がお粗末すぎたりして、レスポンスする気も起きない。自殺願望が薄らぎかけたところで目に留まったのが、〈パープル〉の誘いだった。

――毒を呷《あお》ってくださる方、求む。優しい男性希望。当方、二十代女。

優しさこそ、この俺、内村武文が唯一の取柄と自任しているものだった。柔弱の言い換えにすぎないとしても、優しい男と自称しても間違いではないはず。そう思いながら名乗りを上げてみたら、すぐに返信がきた。

――誠実なお返事をありがとうございます。いくつか確認させてください。

本気かどうかを審査された後、合格だったので話は進んでいった。

――失敗しない道具を持っています。どうかご安心を。

――大勢で旅立つのは嫌です。私と二人でもかまいませんか？

〈パープル〉が提示してくる条件は、俺にとって好ましいものばかりだった。毒による死は理想とするところだ。どうすれば適当な毒物を入手できるかが判らずにいたのだが、〈パープル〉が持っているならありがたい。

二人だけで旅立つのも結構。二十代の女性との服毒自殺。心中ではないか。そんな劇的なもので人生の幕引きができるとは、夢のような幸運だ。

——あなたこそ私が求めていた男性のようです。一度、直接お目にかかってお話しさせてくださいますか。旅立ちの予定を決めるために。

そんなメールをくれた女は、今まっすぐ俺を見つめながら問う。

「私で……いいんですね、内村さん？」

最終回答の時がきた。

「はい。答えは変わりません」

美礼が右手をすっと差し出し、テーブル越しの握手を求めてくる。わずかに動揺しながら握った手は柔らかく、ひんやりと冷たかった。指輪は一つも嵌《は》めておらず、素早く観察すると節が太くて、見た目より実年齢が高いのではと思ったが、そんなことはどうでもよい。

「きれいな手じゃなくて恥ずかしい。指がごつごつと太いし……色んなことをしてきた手だから……」

こちらの心を見透かしたように彼女が言うので、慌てて否定した。「きれいな手ですよ」と。

「方法は、メールで書いたとおり」

「はい。ぜひ、それで」

「ここに持ってきています」

そう言いながら彼女は、傍らのハンドバッグから茶色い小瓶を取り出し、顔の横で翳《かざ》して見せる。他の客からは死角になってはいるが、どきりとした。

中身はシアン化カリウム。より耳に馴染《なじ》んだ呼び名でいえば青酸カリだ。

「本物であることは保証します。ちょっとかわいそうだったけれど、動物で試してみました」

実験台にされた動物——それが何だったのか訊くつもりはない——が苦しみながら死ぬところを見て、思い留まろうとはしなかったわけだ。決意の固さが窺《うかが》える。

「ぼ、僕は、それが欲しかったんです」

つんのめるようにして言うと、彼女は小瓶を俺に渡す。蓋《ふた》を開けてみるのはさすがに憚《はばか》られたので、軽く振っただけで返した。微量の粉末が入っているのを確認しただけだ。

「どこでこれを？」

どうでもいいことだが、興味本位で尋ねてみる。

「伯父が経営していたメッキ工場が倒産して、そのどさくさに」

それ以上の説明は勘弁してください、という目だったので、追及するのはやめた。ご機嫌を損ねて話が流れては元も子もない。

美礼は小瓶をバッグにしまい、取り澄ました顔で訊く。

「いつにしますか？　片づけておきたいことが色々おありでしょうから——」

「二日もあれば身辺の整理はできます。紫藤さんのご都合がいいようにしてください」

即座に返答が跳ね返ってくる。

「じゃあ、三日後。九月十五日の木曜日ということで。かまいませんか？」

迷うことなく承諾した。

「あとは場所ですね。どこかご希望のところはありますか？　私、考えているところが二つあって、下見もすませているんですけれど。他人様に迷惑をかけない場所を選びました」

そんな細かな打ち合わせに要したのは、せいぜい十五分だった。

そして迎えた木曜日。

山間《やまあい》の終着駅で降りた二人はハイキングコースになっているT山遊歩道をたどり、他愛もない会話を交わしながら一時間ほどそぞろ歩いた。今生《こんじょう》との別れの散策であり、人《ひと》気《け》がなくなるのを待つための時間潰《つぶ》しでもあった。

秋の気配を漂わせた深山の眺めは目に沁《し》みるほど美しく、吹く風はあまりにも心地よい。それに感動するどころか、俺はからかわれているようで面白くなかった。

——死のうとしたらいい気分にさせやがって、とんでもないお為ごかしだ。こんなものに騙《だま》されないぞ。

死への恐れもなければ、ようやく念願がかなうという高揚もなく、さばさばした気分だ。そして、そんな自分の精神状態に満足していた。何の山場もない人生に、劇的な幕切れを用意できたことで、運命に復讐《ふくしゅう》を遂げられるような気がしていたのだ。

美礼の表情も穏やかだ。同じ想いなのだろう。

今日は山歩き向きの軽装で、大きな鍔《つば》の白い帽子をかぶっている。三日前のワンピース姿が好ましかったのだが、ここであんな恰好をしていたら人目について仕方がない。もっとも、人気のハイキングコースでもないから人気はごく少ないし、目立ったところでかまいはしないのだが。

「いいお天気でよかった。最後の最後に、ちょっとだけサービスしてもらっているみたいですね」

同感だ。彼女は、異議を挟みたくなるようなことをまったく口にしない。

ただ、喫茶店で会った時とは少し印象が違っている。初めて見た瞬間に、まさかこんな美人が、と驚いたのは錯覚だったようだ。明るい陽光の下で見た彼女は、十人並みより幾分は上といったところで、正直いって拍子抜けした。指が太いだけでなく、苦労の証《あか》しなのか、若くして手には所帯やつれの気味がある。〈パープル〉が素敵な女性でありますように、という願望によって、随分と美化していたようだ。

「山でよかった。内村さんに決めてもらって正解でした」

美礼は、リュックを揺らしながら言う。「海が見える場所にしますか？　山の中にしますか？」と訊かれて、俺は後者を選んだ。さしたる理由はない。

ハイカーたちの姿がなくなってから脇道に分け入り、椈《ぶな》林の木立の中で残照に染まりながら二人で最期を遂げる。そんな美礼の計画を受け容《い》れた。星降る空の下で、という図も想像していたのだが、あたりが真っ暗になってしまうと気分が滅入るかもしれない。

「これはカケスの声。……向こうでチッチッと地啼きしているのはアオジ」

彼女は鳥の声に詳しかった。意識すると色んな種類の鳥が啼いているものだ。鳥の名前を教えてもらうと、風にもほんのり色彩がついたように思える。

「内村さんは、どうして毒にこだわるんですか？」

脇道に入ってまもなく、世間話をする口調で彼女は問う。

「何となく、ですよ。何かに入れて、ぐいっと呷るだけですむのが楽に思えるからかな。それが体に入ったらどんな現象が起きるのかなんて知らないし、調べたこともないまま、飲み下す。これでおしまい、ザマーミロという感じです」

何に対してザマーミロなのか、言っていて自分で理解できなかったが、彼女は黙って頷いた。

「あちこち下見をして回ったんですか？」

俺からも尋ねる。

「七箇所か、八箇所ほど。これから行くところがベストだと思います。どうということもない場所なんですけど、しっくりきたんです。内村さんにも気に入ってもらえるといいんですけれど」

「きっと気に入りますよ。このあたりでも悪くない。山の霊気……って言うのかな。そんなのが漂っていて、いい感じです」

「よかった。でも、もう少しだけ奥まで行きましょう。もっと静かで落ち着くところへ」

そこで息絶え、大地に伏す。劇的で甘美な幕切れだ。野生動物の餌《えさ》になって、肉体はぼろぼろになるのかもしれないが。――と考えたところで、思念を読み取ったかのごとく彼女は言う。

「死んだ後、ひと晩だけ一緒に横になっていましょう。でも、ずっとそのままだと動物や虫の餌になってしまうから、明日の午後には見つけてもらうつもりです」

信頼できる友人に宛てて、明日の午前中必着の宅配便を発送済みだと言う。形見の品にメッセージが添えてあるのだとか。

「だから、もう後戻りできないんです」

最後の最後の確認のつもりでそんなことを言うのかもしれない。

「かまいませんよ。引き返さないんだから」

それからしばらく、二人は曲がりくねった径《みち》を無言で歩いた。

――内村さんは、どうして毒にこだわるんですか？

美礼が投じてきた先ほどの問いが脳裏で谺《こだま》する。悟られていたか。

毒物には昔から関心があった。どんな成分がどう作用してどんなダメージを人体に及ぼすのか、といったことはどうでもいい。毒を服《の》む、あるいは盛る。その場面を想像するだけで暗い興奮を覚えてしまう。特に投毒のイメージは刺激的で、ニュースで毒殺事件に接する度にことの詳細を貪《むさぼ》り読んだりした。

危ない志向だ。美礼は倒産した伯父のメッキ工場から小瓶の中身をくすねたそうだが、自分がそんな真似のできる環境になくてよかった、と思う。おそらく何十人、何百人を殺害できるだけの青酸カリがあったのだろう。それだけの量がわがものになるのなら、自分一人に用いるのはもったいない。繁華街でマシンガンを乱射する粗暴さは持ち合わせていないが、毒を投じるのならば話は違ってくる。突拍子もないことをやらかした可能性は否定できない。

「誰かにお別れを告げましたか？」

長い沈黙を美礼が破った。

「いいえ。——ああ、たまたま昨日の夜、母親から電話がありました。『まだ次の仕事が決まらないの？』という耳の痛い電話です。『もうすぐ解決するよ』と答えておきました」

「それだけ？」

「この前も言ったとおり、母親とはずっとうまくいっていないので」

何年か前に、テレビを点《つ》けたら『海と毒薬』という映画をやっていた。冒頭しか観ていないが、後で知ったところによると原作は有名な小説らしい。そのタイトルを見ていて発見したことがある。海はすべての生命の源だから海という字には母が含まれている、と聞いたことがあったが、毒という字の下半分は母だ。確かに、自分にとって母親は毒性を持っていたな、と薄ら笑いをしてしまった。

毒なる母。母なる毒。

自慢できるわが子でいて欲しい一心なのだろう、母は俺に過大な期待を掛けては、いつも失望させられる結果に苛立ち、「どうしてお前は」と責めてくれた。よくまあ子供にあんなにうまくコンプレックスを植えつけられるものだ、と感服してしまう。おかげで末路はこのザマだ。

どこの誰とも知れない女と心中したと知ったら、さすがに魂消《たまげ》るだろう。憐《あわ》れみはしても、おそらく悲しむことはない。不肖の子を持ってしまったわが身をかわいそうに思うかもしれないが。父は——不愉快そうに顔をしかめるだけか。

しかし、今になって後悔もする。母の期待に応えたら負けだ、と中学生の頃から臍《へそ》を曲げて、ささやかな反逆を試みた。何事にも本気でぶつからない、という姿勢がその時に身についてしまい、結局は自分に跳ね返ってきたのだから嗤《わら》うしかない。どんな母親を持ったにせよ、一番愚かなのは俺自身だ。

「紫藤さんは、さっき言っていた友だち以外に誰か……」

「いいえ、他にはいません。私たちが自分の意思で死んだことを証明するために、遺書を用意してリュックに入れてあります。それだけ。身軽な旅立ちです」

「うん、身軽ですね。実は、同じように遺書を僕も持ってきています。宛名は警察です」

「あとで見せ合いっこしましょうか」

そんなことをするつもりはなかったが、事務的な文章を簡潔に綴《つづ》っただけだから読まれてもかまわない。世を儚《はかな》むクサい言葉を並べなくてよかった。

十五分ほど歩いたところで、美礼は足を止めた。目的の場所に着いたのだ。

「あのへん、どうですか？」

彼女は、椈の木立の奥をまっすぐに指差す。あたりの緑は滴るかのよう。木洩《こも》れ日が斜めに射し、名画さながらの光景がそこにあった。申し分ない。

「いいですね。思っていた以上に素敵です」

「内村さんに喜んでもらえて、よかった」

近くに倒木があったので、腰を下ろして一服する。二時間ほど歩きづめだったし、夕映えにはまだ少し早い。径からわずかに逸《そ》れただけだが、人が通りかかる気配はまるでなかった。誰にも邪魔されずに、残された時間を過ごせそうだ。

「サンドイッチ、食べますか？」

美礼は足許に置いたリュックからピンク色のタッパーを出しながら言う。

「電車に乗る前、駅ビルの食堂で食べた秋刀魚《さんま》の塩焼き定食が最後の晩餐《ばんさん》だと思っていました」

食にこだわりがないのか、食欲がなかったのか、美礼が注文したのは掛け蕎麦《そば》だけだった。

「お好きだって言っていましたね。秋刀魚の塩焼きが最後のままにします？」

「いいえ。せっかく作ってきてくれたサンドイッチですから、ありがたくいただきます。得した気分ですよ」

「コーヒーもありますからね。まだアレが入っていないのが」

小さなポットを揺らして見せた。この世で最後に喉《のど》に通すのはコーヒーと決め、彼女に用意を任せていた。

「ミックスサンドです。おいしくなかったら、ごめんなさい」

六切れあった。美礼が「私は二つでいい」と言うので、俺が四切れもらう。マスタードがぴりっと利いていて、お世辞抜きでうまかった。コーヒーはやや温《ぬる》かったが。

これが最後の食事。

何をしてもこれが生涯で最後のものになる。歌えば最後の歌、腕立て伏せをすれば最後の腕立て伏せ。美礼と唇を重ねたら最後のキスになるが、合意をもらえる気がせず、あえて頼み込む気も起きなかった。

「日が傾くまで、だらだらしゃべっていましょう。できるだけつまらない話がいいわ」

「つまらない話だったら得意ですけれど」

いざとなると出てこなかった。つくづく不器用にできている。

「私、一度だけＵＦＯを見たことがあるんです。高校の卒業式の帰り、友だちと歩いていたら——」

美礼が率先して話しだす。ＵＦＯのように見えたけれど友人は見ておらず、あの銀色の丸いものは何だったのかしら、というだけの話。それにつられて、大学時代に泊まった安宿で幽霊らしきものが窓から覗《のぞ》いていた話をしようとしたが、彼女が本気で怖がってはまずいので自重した。

「あれは何の声ですか？」

キッキッと高い声で鳥が啼いたので、話の接ぎ穂に訊いてみる。

「ツグミね」

それは違う、モズだろう。俺でも知っている。

彼女の話をどこまで信じていいのか、わずかに疑念が湧いた。しかし、愛鳥家のふりをしたいので、知らないと答えたくなかっただけかもしれない。野暮な突っ込みは慎むことにした。

「秋の陽は釣瓶《つるべ》落としと言うけれど、だいぶ低くなってきましたね」

わずかに顎《あご》を上げた彼女の顔を、柔らかな光が照らしていた。

夕映えの中で毒の入ったコーヒーを飲む、と決めたのは正解だったかもしれない。森が暗くなるまでの短い時間にやらなくては、無遠慮な闇に包まれてしまう。「夜の森は怖い」と彼女は言っていたから、決心が鈍らずにすむ。

子供時代によく観たテレビ番組や、好きだった歌について話した。同世代なので、懐かしさを共有できて都合がいい。そうこうしているうちに、太陽は向こうの山のすぐ上まで下りてきていた。

倒木に腰掛けてから、一時間近くが過ぎている。

「もう一杯、コーヒーを味わいますか？　一人三杯分はありますから」

「いただきます」

俺がさっきの紙コップを差し出そうとすると、彼女はリュックから新しいものを出してきて注いだ。


どんと衝撃が突き上げた。

一瞬、近くで何かが爆発したのかと思ったが、そうではない。地震の縦揺れだ。

美礼が反射的に俺に身を寄せてきたので、肩を抱く。縦方向の強い揺れが何度かあり、次に世界が左右に揺れだした。重心を失い、美礼とともに後ろにひっくり返りそうになった。懸命に踏ん張る。木々の枝が激しく騒ぎ、梢《こずえ》から飛び立った鳥がけたたましく啼く。屋内にいたら、大きな家具が倒れてきそうな震動だった。

地震の揺れなど、せいぜい一分程度で治まる。そう自分に言い聞かせはしたものの、やはり恐ろしかった。死ぬ覚悟をしていても関係がない。

暴力的な揺れが去ってからも、彼女は俺に上半身を密着させたままでいた。小刻みに顫《ふる》えたまま。

ようやく体を離したかと思うと、リュックにしまっていたスマートフォンを取り出してどこかへ電話をしようとする。つながらず、何度もかけ直す。

「ああ、駄目。何回やってもつながらない」

軽いパニック状態に陥っていた。

「どこへ、かけているんですか？」と訊いてみる。

「実家。うちの家は古くて、耐震性がまるで弱いの。ぺしゃんこになっているかもしれない！」

どうなっていてもいいじゃないか、俺たちはこれから死ぬんだし、とは言えなかった。彼女は必死の形相《ぎょうそう》で画面をタップし続けている。何度試してもつながらない。大きな地震の直後で輻輳《ふくそう》しているせいだけではなく、電波状態が悪いところまできているので圏外の表示が点いたり消えたりしているようだ。

「ああ、もう！」

悲嘆の声を、俺は冷ややかに聞いていた。だが、ちょっと気になって自分のスマホで試してみると、運よくつながった。震源地は隣県の北部だ。それを伝えると、彼女は顔面蒼白《そうはく》になった。まさに、そこに実家があると言う。

「いつもお祖父ちゃんがいる部屋、倒れやすい家具がいくつもあるの。押し潰されていたらどうしよう……」

そんなに家族を大事に思うのなら、何故あんなに熱心に自殺の相手を募集したりしたんだ、と言いたくてたまらない。家族に宛てた遺書も書いていないくせに。口がむずむずしたが、どうにか我慢した。

美礼の反応こそ、人間として自然なのだろうか？　俺の心はすでに死んでいるらしく、よく判らない。

余震がきた。これも大きい。

落ちてくるのは木の葉だけなのに、美礼はリュックで頭をかばった。怯えているのが滑稽だ。

「私、死ぬのをやめます」

二度目の余震の後、ついにそんなことを言いだす。

「待って。そんなわけにはいかない。自殺しようと誘ってきたのは、あなたですよ。遊園地に行く予定をキャンセルするみたいに、あっさり中止しないでください」

「でも、でも……死ぬどころじゃなくなった」

「はあ？」

地震のせいで生きる本能を取り戻したのか。そんな馬鹿な話があってたまるか、と俺は呆《あき》れた。

「ふざけるんじゃないよ。地震がこようが雷が落ちようが関係ない。こうなったらさっさとアレをコーヒーに入れて飲もう。地震なんか知ったことか、とやりましょうよ」

「無理っ」

猛烈に腹が立ってきた。

俺だって、女の子を好きになったことはある。いつか指折り数えてみたら、片想いばかり五回していた。愛の告白といったものは一度もしていない。勇気を振り絞って交際を求めても、どうせ拒絶されると端《はな》から諦めていた。情けないが仕方がない。「できません。ごめんなさいね」ならまだいいが、「無理っ」などと言われたら立ち直れなくなるほど傷つくのが目に見えていたから。——その「無理っ」を選《よ》りによってここで聞かされようとは。

「おい」

俺は凄《すご》む。柄にもない声だが、自分でも驚くほど迫力があった。

「ふざけるなって言ってるんだ。この期に及んで死ぬのは無理なんて、通るわけないだろ。もう引き返せないんだって」

「引き返せるわよ。歩いてきた道を戻ればいいだけ」

「戻っていったら山が崩れたりして」

「そんな危ないところはなかった。下りだから三十分も歩いたら駅に着く。そのへんまで行ったら電話もつながりやすくなる」

「俺はどうする？　勝手に独りで死ねってか？」

さすがにためらいながらも、美礼はぬけぬけと言う。

「……好きなようにして」

そう答えると思った。ならば、俺がすべきことは一つしかない。

「死ぬ気がなくなった人間を道連れにするわけにはいかないな。俺だけでやるよ」

俺はすっくと立ち、大きく開いた右手を突きつける。それだけで意味を察してもらいたかったのに、美礼はきょとんとしていた。

「アレを」

毒を渡せ、と命じられていることにようやく気づき、しゃがんでリュックから茶色の小瓶を出す。俺は、ひったくるように受け取った。目を細めて見ると、粉末の量は思っていたよりも多い。

「行っても、いい？」

蹲《うずくま》ったまま彼女が訊くので、できるだけ冷淡な声で応えてやった。

「まだいたのか。さっさと行けよ」

脱兎《だっと》のごとく駈《か》けだす。こんなところには一秒もいたくない、というように。俺が心変わりして、無理心中に持ち込まれるのを恐れたのかもしれない。こっちは白け切っていて、そんなつもりはさらさらなかったのだが。

木立の向こうに美礼が消えると、大きく深呼吸する。土壇場であんな無様に豹変《ひょうへん》するとは、見下げ果てた女だ。独りになって晴々《せいせい》した。

だが、行きずりに等しい女と心中して劇的な最期を遂げるという希《ねが》いがかなわなくなったことが残念ではある。わくわくしながら立てた計画はいつも頓挫《とんざ》してしまう。天が俺に狙《ねら》いを定め、邪魔しているのだろう。そう思うと面白くない。まさか地震なんて卑《ひ》怯《きょう》な飛び道具を使いやがるとは、手段を選ばないにもほどがある。

俺は倒木に腰を下ろして、掌中で小瓶を弄《もてあそ》んだ。コルクの蓋を取って、中身を確かめる。

青酸カリの致死量がどれぐらいか正確には覚えていないが、耳搔《みみか》き一杯分もあれば人を殺せるのではなかったか。ここに入っているのは、たっぷり大匙《おおさじ》五杯分はあった。すごいものが手に入ったな、と瓶の底に溜《た》まった猛毒に見入る。これだけあれば何十人もの命を奪えるのだ。俺だけではとても使い切れない。こんなご馳走《ちそう》を食べ残していいものか。もったいない、という感情が起きた。こんなご馳走を食べ残していいものか。どうにかしたい。

陽が翳《かげ》ってきたが、焦りはしない。大事な問題を抱えてしまったのだから、じっくり思案しよう。俺だけならば、ことが真夜中になってもかまわないのだ。

使い切るには、誰かの助けを借りなくてはならない。といっても、今からネット上で同志を募って冥途《めいど》へのツアーを企画するのも億劫《おっくう》だ。世話好きではないし、そもそも団体旅行は嫌いだった。

では、どうする？　まさかメッキ工場を始めるわけにもいかない。この毒物にメッキ加工と自殺と殺人以外にどんな用途があるのか、俺には知識がなかった。毒薬好きだが毒薬オタクではない悲しさだ。

メッキ工場も自殺ツアーもボツならば、残るは殺人しかない。大量殺戮《さつりく》の四文字が、ぽっかりと浮かんだ。

そんな大それたことをする能力を自分は得た。みんなが度肝を抜くようなしっぺ返しをしてからあの世に旅立つことができる。漫画に出てくるような悪魔の姿が頭上に現われ、にやにやと笑いだした。

良心の声も微《かす》かに聞いたが、最初から負けるのが判っているように弱々しかった。止めてもどうせやるんだろ、という調子だ。

口許がほころんでいた。地震というハプニングのおかげで面白いことになってきた。体に力が漲《みなぎ》っていく。毒薬をわがものにしただけで、生まれ変わったみたいだ。

そうは言っても、生き直そうというのではない。現世から退場する前に、何か大きなことをしたくなった。派手なこととは無縁のまま生きてきたから。

ろくでもない奴がちょっと頭をめぐらせると、ろくでもないことを思いつく。この毒で人を殺してみたくなった。特定の誰かではなく、運の悪い人間に死んでもらう。

毒物には無知でも、毒が絡んだ犯罪についてはよく知っている。昭和二十年代の帝銀事件、昭和三十年代の名張《なばり》毒ブドウ酒事件、昭和の末のトリカブト保険金殺人から、平成に入っての和歌山毒入りカレー事件まで。新聞の三面記事的なものなら、有名どころの事件は詳細まで覚えていた。

その中の一つが、チカチカと点滅する。俺が生まれる十数年前に起きた青酸コーラ無差別殺人事件だ。当時は日本中が震撼《しんかん》したというが、俺と同世代で知っている奴は稀《まれ》だろう。数々の事件の中からそれがクローズアップされた理由は、使われたのが青酸系の毒物だったためか。

　当該事件では二人が死亡し、犯人は捕まっていない。第一、第二の被害者は東京で、第三の被害者は大阪で出た。毒物が直接の原因で死亡したのは東京の二人だったはず。犯人はコーラのボトルの栓をいったんはずして青酸ソーダを投じ、丁寧に栓をし直してから電話ボックスや公衆電話のそばに放置した。たまたまそれを拾って飲んだ者が犠牲になったのだ。ボトルのコーラ、公衆電話。昭和の匂いがぷんぷんする。

　非道極まりない事件だが、正体不明の犯人の心理を想像したら心が顫えてしまう。どのタイミングでどこの誰が飲むのだろう、と思いながらニュースに注目し、事件が発覚した後は、警察が自分を探り当てることができるか、と息を殺しながら何食わぬ様子で日常生活を送る。どんなにスリルがあったことだろう。

　まさに劇的。痺《しび》れるほどに。

　事件が迷宮入りしているのも、それを摸倣しようとする俺にとって縁起がよい。――いや、どうせ一度捨てた命。捕まってもかまいはしないのだ。むしろ自分がやらかしたことだと世間に知ってもらいたい。暗号めいたメッセージを残すとか、大手マスコミに挑戦状を送りつけるとか、わざと防犯カメラにちらりと映るとかして、警察に手掛かりを与えてやろうではないか。ワンワン吠《ほ》えながら何日ぐらいで自分の許にたどり着くのか興味がある。

　最高のゲームだ。

居ても立ってもいられない気分になり、俺は歩きだす。日は暮れ、黄昏《たそがれ》の薄闇が広がり始めていた。山を下り、街に戻るのだ。

美礼が去ってから三十分近く経《た》っているので、追いつくことはないだろう。それでも駅で電車を待っている姿を見なくてすむよう、わざとゆっくり歩を進めた。あんな無様な女には、もう二度と会いたくない。

明日、T山で男が服毒自殺したニュースが流れず、青酸カリによる無差別殺人が起きたら、彼女は俺を疑うだろうか？　関連づけて考える可能性もあるが、まるで結びつけないかもしれない。ゲームの大きな支障にはならないと思われる。

俺が完全犯罪を企《たくら》んでいるのであれば、そんなふうに軽く考えてはいけないが、いずれ警察に尻尾を摑まれるのは織り込んでいる。目をつけられ、証拠を握られたところで、俺は一方的にゲームを終了してしまうつもりだ。自分用に取っておいた青酸カリを呷って、ケリを付けてやる。そのタイミングを計るのもエキサイティングではないか。

真理を一つ発見した。勝負事にはからっきし弱くて苦杯をなめ続けてきたが、勝とうとしなければゲームには楽しみ方があるのだ。死の淵《ふち》で思考が切り替わった。

下山して駅に着くと、五分前に電車が出たところだ。美礼はそれに乗って行ってしまったのだろう。ちょうどよかった。

ホームのベンチでのんびりと待つ間も、電車に揺られている間も、俺は殺人計画を練ることに集中した。ガラス窓に映る顔は真剣そのもので、死地から舞い戻ってきた男には見えない。この風采《ふうさい》では、明日の会議でするプレゼンテーションの段取りを考えているビジネスマンにも見えないだろうが。

　このご時世にそのへんに置いてある缶ジュースを平気で飲む人間もいないだろう。何に毒を入れるか？

　スーパーかコンビニの陳列棚に並ぶ食品が適当だろう。青酸カリの溶液をパンにでも注射する、というのが手っ取り早い。注射器を持っていないけれど、ペットの餌やりなどを目的に売られているから簡単に買えるはずだ。値段はせいぜい数百円か。

　店内で針を刺すか、買ったものに毒を注入して店頭に戻しておくか、迷うところだ。後者の方がやりやすいように思う。

　場所は遠くにしよう。青酸コーラ無差別殺人の犯人は、東京と大阪でやらかしている。それに倣って、新幹線で西へ東へ移動すると事件のスケールがより大きくなるし、捜査がしにくくなって、お楽しみの時間を長引かせることができそうだ。ここは出費を惜しまないでおこう。

　スーパーにもコンビニにも防犯カメラが設置されているから、顔を隠す必要がある。帽子を目深にかぶり、マスクをして、ふだん掛けない眼鏡でも掛ければ充分だろう。犯行時に身に着けるものはすべて新品とし、現場を離れたらできるだけ早く処分する。それしきは基本だ。

　さて、何回ぐらいやれるかだが、そこは俺の腕次第と言うしかない。二回三回と続けば、店も消費者も警察も揃って厳重に警戒しだすだろうから、だんだん難しくなっていくのは避けられない。途中からターゲットを変更し、意表を突くのが望ましい。独創的なアイディアで世間をあっと驚かせたい。たとえば……たとえば何だ？

食品を製造しているラインに侵入して、そこで毒を仕込むという手もある。難易度は格段に上がるが、それを突破した時の効果は絶大だ。この犯人はどこまでやる気だ、と日本中が戦慄《せんりつ》するに違いない。

犯行声明に使う名前を思いついた。注射器からの連想で、〈ドクター・ブルー〉。言うまでもなくブルーは青酸カリの青だ。悪くない。こういう名前は幼稚で馬鹿っぽいぐらいが無気味でいいのだ。

〈ドクター・ブルー〉の名は、俺の本名とともにわが国の犯罪史に深く刻まれる。どういう形であれ、自分の名前が歴史に残るだなんて夢想したこともなかった。青酸カリという凶器を入手しただけで、ここまで運命が変わるとは。

――とてもじゃないけど兄ちゃんにはそんな度胸はないだろう。

いつかのオヤジさんの声が甦《よみがえ》る。

世紀の毒殺事件の犯人が俺だと知った時、あの人は仰天するだろう。

――手荒なことは性に合いません。

俺の言葉を思い出して、首を傾げるかもしれない。説明してあげる機会はないが、誰かの口に毒物を押し込むわけではないのだから、手荒なことではない。歴然とした暴力であっても、俺にとって毒殺だけは例外なのだ。理解してもらえそうにないが。

終点が近い。二度と目にしないはずだった街へと帰ってきた。

これまた永遠の別れをしたはずのねぐらに立ち戻る前に、どこかで注射器を買おう。

そして、青酸カリが本物かどうかを確かめるとしよう。野良猫《のら》にでも食べさせてみればいいだろう。効き目があったら死骸《しがい》はきちんと始末する。

さて、どこを第一の犯行現場に選ぼうか。土地勘はまるでないが、東京の高級住宅地にある食品スーパーでデビューを飾るのも面白いのではないか。


などと考えた。


「ありがとう」

と言って、差し出された紙コップを両の掌《てのひら》で包むようにして受け取る。じっくり味わって飲むことにする。

「私も飲もう」

美礼は自分のためにもコーヒーを注ぎ、カップを目の高さに上げる。俺たちは、おどけて乾杯した。

死へのカウントダウンが始まった途端に大地震がやってきて、事態を一変させる。――そんな劇的な上にも劇的なことが、この冴えない人生の最後に起きるはずもない。馬鹿げた妄想をしたものだ。空想癖なんて持ち合わせていなかったはずなのに。人の心は、どこまでも謎だ。

彼女がうまそうにコーヒーを啜《すす》り、「ああ」と大袈裟《おおげさ》な嘆声を上げている。俺も、温いコーヒーをひと口飲む。

喉が、かっと熱くなった。

飲んではならないものを飲んだことを、舌に残る不快な味が告げている。俺は愕然《がくぜん》として、美礼の方を向いた。

彼女は勢いよく立ち上がり、こちらを見下ろしている。目が据わり、唇をきつく結んでいた。

手違いだ、と思った。まだ投じるはずではない毒を誤って入れてしまったのだ、と。しかし、そうではないことは彼女の態度で判った。突然、俺が苦しみだしたのに、まるで驚いていない。

「……せい」

青酸カリを入れたのか、と訊こうとしたが、声に出せなかった。呼吸が乱れ、俄然《がぜん》、脈が速くなるのを感じる。

「……な、ぜ？」

どうにかそれだけ言葉になったが、相手はじっと俺を見つめたまま答えようとしない。そのまなざしの、なんと冷たく無慈悲なことか。

俺の覚悟のほどを疑い、怖気《おじけ》づかれないうちに先に逝かせようというのか。こんな乱暴なやり方があるかよ、と叫びたいのに、苦悶《くもん》の呻《うめ》きしか発することができない。喉に指を突っ込んで吐こうとしたが、もう手遅れだ。俺は地面に膝《ひざ》から崩れ落ち、ぜいぜいと荒い息をする。助かる希望はないことを、ありありと感じた。飲みさしの紙コップを持ったまま、美礼は微動だにしない。それでも視線は俺に張りつけたままだ。俺の死の過程をつぶさに観察しようとしているらしい。彼女の真の目的が判った。死ぬつもりなど端からなく、俺の死を目撃したかっただけなのだ。

いや、俺でなくても誰でもよかった。ネット上に釣り糸を垂れ、適当に自殺志望者を見つけて心中を持ちかけたのだろう。たまたま引っ掛かったのが俺だったというにすぎない。

手際よく騙されたものだ。もしかすると、彼女がこんなことをするのは初めてではないのかもしれない。何人もの男女が愕然とし、悶《もだ》え死んでいくのを見てきたのではないか。

ネットで知り合ったばかりの男と山に分け入って恐れないのも呆れるに足りない。この女の方が怪物なのだ。

何度も何度も繰り返してきたのに違いない。だから、こんなに手馴《てな》れているのだ。あの青酸カリにしても、他の自殺志望者から奪ったもののように思える。とんでもない奴に引っ掛かってしまった。

俺が息絶えた後、こいつはリュックから俺の遺書を抜き取り、内容を確かめるのだろう。そして、「心中する」など不都合な記述があれば持ち去る。やがて、何も書き遺《のこ》さず独りで服毒自殺した男の死体が見つかって——事務的に処理されておしまい。そこに劇的な要素は何もない。

すべては周到に仕組まれており、きっと俺との通信記録から足がつくことのないよう手立てを講じている。大きな鍔の帽子を目深にかぶってきたのは顔を隠すためで、夕刻を決行時間として提案したのは下山しやすいように。コーヒーがあんなに温かったのも計算した上のことで、その方が俺の喉を通しやすいからだ。嫌になるほど合点がいく。

紫藤美礼という名前だって、偽名と考えた方がいい。

——〈パープル〉、残酷すぎるだろ。

罵《のの し》りかけて、俺の心に変化が起きた。

後悔ではなく、反省だ。

母の育て方に始まり、どれだけ多くの人やものに毒づいてきたことだろう。自らの不《ふ》甲斐《がい》なさ至らなさを、誰かのせいや社会のせい、果ては運命のせいにするばかりで、結局のところ真剣に生きてこなかった。どうせ不遇なのだから、と不実なことを山ほどしてきた覚えもある。俺というのは徹底的に不真面目で、傲慢《ごうまん》で、怠惰な男で、挙句に青酸カリを使った無差別連続殺人を頭に描く始末。そんな愚かさの報いを受けているのだとしたら、文句を言えた筋合いではない。

今際《いまわ》の際になって気づくとは、あまりにも遅すぎる。

体の芯《しん》で、かっと何かが燃えていた。目眩《めまい》と吐き気が襲ってくる。息ができない。意識が遠くなるまで、わずかな時間しか残されていないだろう。

反省を噛《か》みしめながら苦痛にくるまれて俺は逝く。

最後の最後、幕が下りる直前になって、この愚か者の心に起きた劇的な変化を誰も知ることはない。

出口を探して

ふと気がつくと、私は床に横たわっていた。

それまで意識をなくしていたようだ。

ほっぺたに触れている床は、ひんやりと冷たくて気持ちがよかった。緑色のプラスチックタイルを貼った床だ。

——私……どうしたんだろう？

怪訝《けげん》に思いながら体を起こした。スカートの裾《すそ》を直してぺたんと床に座り、あたりを見回す。真っ白い壁で囲まれた正方形の部屋だった。

広さは六畳ぐらい。照明がないのに明るかった。壁の一つに赤いドア、その反対側の壁に青いドアがあるだけで、窓はない。

「何なの、この部屋は？」

思わず声が出る。自分がどこにいるのか、どうしてこんなところにいるのか、見当もつかなかった。

ゆっくり立ち上がり、赤いドアを開けてみようとしたが、鍵が掛かっているのか、押しても引いてもびくともしない。

よく磨かれたドアは、鏡のように私を映していた。不可解な事態に当惑し、口をぽかんと半開きにした二十七歳の女を。髪がぼさぼさに乱れていたので、さっと手櫛《てぐし》を入れて整える。身につけているのは、バラの花びらを散らしたワンピース。見覚えがなかったが、おしゃれな感じで悪くない。

もう一度試してみたが、赤いドアは開かない。まるで糊《のり》付けされているかのようだ。

——誰かに閉じ込められたのだとしたら、どうしよう。

不安を感じながら、反対側の青いドアのノブを捻《ひね》ってみたら、こちらは何の抵抗もなく動く。ほっとしかけたが、向こうに何があるのか判らないので、ノブを握ったままましばらく逡巡《しゅんじゅん》していた。

外がどうなっているにせよ、ずっとその白い部屋に留《とど》まっているわけにもいかない。狭苦しいだけではなく、長くいる場所ではない、という気配が漂っていたのだ。

——きっと大丈夫。赤いドアは危険、青いドアは安全ということなんだわ。

そう自分に言い聞かせて、押してみた。ドアは音もなく開く。

隣の部屋か、あるいは廊下に出るのではないか、と思っていたのが、まるで違った。目の前には予想していなかった光景があったのだ。

「ねえ、ちょっと。これ、どうなってるの？」

問いかけは虚空に消え、答えてくれる者はいない。

小部屋の中と同じ緑色のプラスチックタイルを貼った通路が、ドアからまっすぐ伸びていた。幅は三メートルばかり。両側は高さ三メートル以上の壁だ。それは青っぽい蛍光色で、ウレタンのような素材でできているらしく、見るからに柔らかそうだった。

天井はない。壁と壁に挟まれ、空が細長く広がっていた。朝焼けなのか夕焼けなのか、ほんのりとオレンジ色に染まっている。日が傾いているのは、壁が床に落とす影を見ても明らかだった。不思議な空間だ。

私は部屋を出て、一歩踏み出す。右手の壁に触れてみると、ふんわりと柔らかく弾力性があった。こんな壁は初めて見たが、あるものを連想した。三歳になる姪《めい》を連れていった幼児向けの施設に、こういう素材でできた遊び道具がたくさんあった。だけど、ここはそんな楽しい場所ではなさそうだ。よそよそしく、得体の知れない空気を感じる。

歩くと、ハイヒールの下でカツコツと床が鳴った。壁を撫《な》でながら、私はしばらく進む。通路はどこまでもまっすぐに続いているわけではなく、二十メートルも行くと右手に折れていた。

角を曲がると、同じような床、同じような壁が前方に現われた。少し先に、右や左に曲がる通路が見えている。自分がいるのがどういうところなのか判った。ここは迷路の中なのだ。

いや、まだそうと決まったわけではない。そうではありませんように、と思いながら今度は左に曲がってみると、いきなり壁が立ちふさがり、通路はそれを挟んで左右に分かれていた。方向を示す表示や順路を示す矢印などはいっさいないのだから、これはもう迷路と認めるしかない。

私は、迷路が苦手だった。何年か前に友だちと旅先で入って、ひどい目に遭ったことがあるのだ。「出られなくなったら、ところどころに非常用の出口がありますので、そこから脱出してください」と係員に聞いていたのに、その非常用出口が見つからず、おまけに友だちとはぐれてしまい、楽しむどころかパニックになりかけた。

――あんなことにならないでしょうね。

まだいくらも歩いていないが、とても大きな迷路の予感がして、うんざりする。しかし、引き返しても何もない部屋に戻るだけだ。前に進むよりなかった。

いくつも角を曲がり、何度も影が差す方向が変わった。同じことの繰り返しだ。息苦しいような状況。何故こんなことになったのか理解できず、不安よりも怒りを感じた。

怒りは強い感情だが、時間がたつと萎《な》えてくる。するとまた不安がせり上がってきて、しだいに恐怖に変わっていく。私は、涙ぐみながら迷い続けた。

遠回りさえ厭《いと》わなければ必ず迷路から脱出できる、という方法を思い出す。右なら右の壁に手をつけたままどこまでも進めば、最後には出口にたどり着けるのだそうだ。しかし、すでにかなりの数の角を曲がっていて、スタート地点に戻ってやり直すこともできない。もっと早く気がつけばよかった。

——そもそも、出口はあるのかしら？

ない、と考えるのは恐ろしすぎる。案外、次の角を曲がればゴールかもしれない、と思って歩くことにした。そんな可能性を信じなければ耐えられない。

どれだけ時間が経っただろうか。足が痛くなってきたので、途中からハイヒールを脱いで素足になった。空の色は仄《ほの》かなオレンジ色のまま。太陽は天空の一点で静止してしまっているようだ。

「出して。私をここから出してよ」

恨み言をこぼしながら左に折れたところで、はっとして足が止まった。次の角から、長い影が伸びていたのだ。

延々と独りきりで迷うのはやりきれない。せめて誰か一緒にいてくれたらいいのに、と思いかけていたのだが、いざ人影を見ると怖くなる。自分にとって好ましい人物とは限らないのだから。

体を硬直させて立ち止まっていると、影の本体が姿を現わした。私よりいくらか年上、三十代前半ぐらいの男だった。スーツにネクタイを締めていて、柔和な顔立ちをしている。物騒な雰囲気はない。

「やぁ、君も迷っているんだね」

気さくな調子で声を掛けられた。私は無言のまま頷《うなず》く。

「僕もさっきからずっと迷っているんだ。よかったら、一緒に出口を探そうか」

ためらわず、今度は「はい」と声に出して答えた。迷子がペアを組んでも事態は好転しないけれど、悪い人ではなさそうだし、独りに戻るのは心細くてたまらない。

「じゃあ、行こうか。力を合わせれば何とかなるよ。とりあえず、この分かれ道、どっちに行く?」

私は左を選んだ。

※

曲がり角ごとに「どっちにする?」「こっちでいい?」と相談したけれど、どこまで行っても出口に近づいているという実感は得られなかった。それは仕方がない。迷路なんて、いきなり出口に着くものだ。

「右なら右、左なら左の壁に手をつけて歩けばいつか迷路を出られるんですよね。今からでもそうしてみませんか?」

私の提案に、彼は首を振る。

「いや、その脱出法は万能じゃない。スタート地点とゴール地点が迷路の外部に面していたらいいんだけど、どちらかが内部にあったら通用しない」

「スタート地点は迷路の中にあったのかもしれないけれど、ゴール地点が迷路の内部っていうのはどういうことですか?　もしそうなっていたら、壁の外に出られないままじゃないですか」

「そこに行けば、壁の外に続く穴が開いているのかもしれないよ」

「私がスタートしたのは、赤や青のドアがある小さな部屋でした。あなたはどうでしたか？」

「白い壁の部屋だろう？　僕も同じだ」

何故そんなところにいたのか、彼も見当がつかないと言う。

「迷路から必ず脱出できる別の方法があるんだけどな」

「えっ、あるんですか？　だったら早くそれを――」

私が勢い込んで言うと、彼は申し訳なさそうに頭を掻《か》いた。

「実行するのは無理だ。その方法というのは、すべての通路にいったん入り、行き止まりにぶつかったら、分岐点まで引き返して『この先は駄目』の印をつけるんだ。行き止まりを全部つぶせば、ゴール地点へのルートだけが残る。膨大な時間がかかるけれど、確実なやり方だ。でも、残念ながら印をつける手段がない。僕は筆記用具を持っていないんだ」

「私も持っていません。だけど、ペンなんかなくても何とかならないかしら。壁に爪で瑕《きず》をつけるとか――」

「試してみたけど、どうやっても瑕はつかない。『この先は駄目』の目印に何か置いて歩こうにも、僕も君も手ぶらだ。この脱出法も使えない。運と直感だけを頼りに、ひたすら歩き回ることしかできないんだよ」

うな垂れてしまった私を、彼は落ち着いた声で励ましてくれる。

「諦《あきら》めないで、がんばろう。絶対ここから出るんだ。二人で」

少しだけ勇気が湧いた。

またしばらく彷徨《ほうこう》してから、私は彼にこんな提案をしてみる。

「壁の外を見ることはできませんか？　出口がどっちの方角か判るかもしれません」

「僕の肩に君が立ったとしても、壁の上まで顔が出ないどころか、壁の縁を摑《つか》むこともできないよ。これだけの高さがあるんだからね」

そう言いながら彼は、いまいましそうに壁を見上げた。どうにかなりそうで、どうにもならない。文字どおり八方ふさがりだ。

「いくら考えてもうまい方法はない。黙々と前に進むしかないんだよ」

「進んでいれば……いいんですけれどね」

つい愚痴がこぼれる。

あまりにも理不尽、あまりにも不条理。これは何かの罰なのだろうか、と思う。ただひたすらに清く正しく美しく生きてきたわけではないけれど、平凡でつつましく懸命に生きてきたつもりだ。何気ないひと言で他人を傷つけたこともあっただろう。誘惑に負けてよくない行ないをしたこともあっただろう。だけど、人並みはずれて過ったことをした覚えはない。何故こんな目に……。

気持ちが挫《くじ》けそうになると、それを察知したように、彼は明るく屈託のない声で「何とかなるよ」と言う。こんなひどい状況にあって、彼が冷静さを保っていることに感謝するべきだろう。

まだ彼の名前も聞いておらず、自分も名乗っていない。何となくきっかけを逸してしまった。今さらのように自己紹介をすることが、どうしてもできない。彼の方は、そんなことはまるで意に介していないようだった。

どれだけの時間が流れたことだろう。迷路を抜け出す糸口すらいっこうに摑めない。パートナーと巡り合えたおかげでがんばってこられたけれど、私の精神はこの拷問に耐え切れなくなりかけていた。どうしても出られないのだ、という絶望から、ぽろぽろと涙がこぼれる。

「しっかりして。少し休もうか？」

優しい言葉にさえ苛立《いらだ》ってしまう。

彼がどうしてそんなに落ち着いていられるのか不思議だった。もしかして、ここから出る道順を知っていながら、私が怯《おび》えるのを見て喜んでいるのではないか？　この男こそ、私をここへ連れてきた張本人なのでは？

そんな疑惑が浮かび、胸の内で急速に広がっていった。混乱して頭が爆発しそうになる。

ふがいなくも、私はその場にしゃがみ込んでしまった。「大丈夫かい？」と言いながら、彼の手が肩に伸びてきたところで、大声を張り上げる。

「もう嫌よ！」

そう叫んだ途端、目が覚めた。私は自分の部屋のベッドにいて、慣れ親しんだ家具や置物に囲まれている。

夢を見ていたのだ。幽霊や怪物が出てきたわけではないけれど、額に脂汗がにじむほどの悪夢だった。枕元の時計を見ると、朝の六時半。眠り直す気にはなれず、ベッドを出て冷たい水を飲んだ。

ちょうどいい、と思うことにした。午後からの会議でプレゼンテーションをしなくてはならないので、その準備の確認をする。おかげで資料の不備を見つけることができた。

奇妙な夢を見たのは、よくないことの予兆ではないのか、と考えて、その日は言動に気をつけ、会社の行き帰りには身辺に注意を払ったのだが、変わったこともなく過ぎる。プレゼンがうまくいき、上司からいたく褒められて、むしろいい一日になった。

見た夢のことなど、二日も経てば忘れる。

迷路の悪夢から数週間後のことだ。

仕事を終えて駅に向かっていたら、一人の男がすれ違う人を止めて、紙切れを見せていた。道を尋ねているようだ。訊《き》かれた人は、「知らないな」と言うように首を振るばかり。

すれ違う際に、自分も声を掛けられそうだな、と思って男の顔を見た瞬間、あっと声が出そうになった。

夢に出てきた男と瓜《うり》二つだったのだ。とうに忘れていたはずなのに、ひと目見るなり彼だと判った。

私は慌てて身を翻し、きた方に走りだした。どうしようもなく怖かったのだ。夢で見た人間に現実の世界で再会するなんて、気味が悪くてたまらなかった。ましてや、あんな夢で会った男なのだ。

逃げなくては、の一心でタクシーを拾って隣の駅まで行き、そこから家に帰ったのだけれど——。

今になって思う。あの男は、私にとって大切な運命の人だったのではないか。それを神様が夢の中で教えてくれたのに、みすみす逃してしまったのではないか、と。

取り返しのつかないことをしてしまったのかもしれない。またどこかで彼に会ったら、その時は……。勇気を出して、私から声を掛けてみたい。

未来人F

東京じゅう、いえ日本じゅうをさわがせた霧男《きりおとこ》の事件も、その正体である怪人二十面相《かいじんにじゅうめんそう》が逮捕《たいほ》されたことでぶじに解決しました。言うまでもなく、今回も名探偵・明智小五郎《あけちこごろう》が二十面相を追いつめたおかげで、つかまえることができたのです。

霧とともに現れ、霧とともに去る、という魔術を見せた大怪盗も、いまは拘置所《こうちしょ》にとじこめられ、げんじゅうな監視のもとにおかれてすっかり降参というようすです。にげようとしてくじいた右足首をさすりながら、苦笑《にがわら》いを浮かべたりしています。

とはいえ、これまでなんどもなんどもだつごくに成功してきた二十面相のこと。牢《ろう》の前では二十四時間休むことなく看守《かんしゅ》がにらみをきかせていました。なにかあれば、すぐに応援を呼べるように首から笛をぶら下げて。

「おいおい、そんなにこわい顔でにらみなさんな。にげるつもりはないよ」

二十面相は、太い鉄ごうしの向こうから看守に声をかけます。からかうような軽い口調です。

「きみもたいへんだな。にげるつもりのないわたしから目をそらすこともなく、立ったままで交替時間まで見はるのはさぞ退屈だろう。まあ、仕事だからしょうがないがね。ご苦労さま、と言わせてもらうよ」

看守は無言のままでした。すきを作らないため決して話しあいてにならないよう命令されているのです。

それでもかまわず、右足首をさすりながら二十面相はおしゃべりをやめません。

「きみは、えりすぐりの優秀な刑務官なのだろうね。まったく気のゆるみを見せない。筋骨隆々《きんこつりゅうりゅう》というのではないけれど、わかくて力があっておまけにすばしっこそうだ。しかも、その笛を吹けばたちどころにお仲間がわっとかけつけてくるのだから、たまらない。こんどばかりは天下の怪人二十面相もかんねんした……」

ちょっと言葉を切ってから、こう続けます。

「……かどうかはさておいて、三食つきのここでしばらく静養《せいよう》させてもらうつもりだ。ずっと働きづめで休みがほしいと思っていたところだ。朝から晩まで取りしらべがあってうるさいことだが、それしきのおつきあいはなんでもない。これは負けおしみではないよ。そして、きみを油断《ゆだん》させるためにへたなうそをついているのでもない」

そんなことを言うのは、油断をさせるためだろう、と看守は警戒をときませんでした。ますます神経をとがらせて、檻《おり》の中の男にきびしい視線を投げかけます。

自分の生まれつきの顔を忘れてしまった、などとふざけたことを言う変装《へんそう》の名人も、いまは素顔をさらしたままで、遠藤平吉《えんどうへいきち》という本名で呼ばれています。名前と同じく、その素顔もいたって平凡なものでした。

これが本当にあの怪人二十面相なのだろうか、まちがえて別人をつれてきたのではないかしら、というとんでもない考えがふと看守の頭をよぎるのですが、まさかそんなはずはありません。明智探偵や中村《なかむら》警部らに逮捕されたあと、ただちにここへ送りこまれてきたのですから。

「ぜんぜん口をきいてくれないね。どうもきみはおもしろくない。……でも、わたしはきみが好きだよ。何人もいる看守の中でいちばん好きだ」

それっきり二十面相もだまってしまいます。最後のひとことがどういう意味なのか気になりましたが、くちびるを結んだまままたずねたりはしません。

そのとき、遠くからヘリコプターの音が聞こえてきました。はっとする看守を見て、囚《とら》われ人《びと》はさもゆかいだとばかりに笑うのです。

「アハハハハハ。わたしの手下がヘリで拘置所をおそいにきたのではないよ。いくらわたしだって、そんな大がかりなことはできない。……ほおら、通りすぎて行くじゃないか。肩の力をぬいてリラックスしたまえ」

たしかにヘリの音は小さくなり、看守は安心しました。まさかとは思っても、二十面相のことですからなにをたくらんでいるか知れたものではありません。

「わたしは休みたいんだ。そして、ともに働きづめだった明智小五郎にも休みをプレゼントしてあげたい。この親切心をかれには感謝してもらいたいね。どれ、そろそろ寝るとしようか」

　二十面相が横になり、毛布をかぶったところで交替の刑務官がやってきました。ずんぐりと背は低いものの、柔道空手とも五段のせんぱいです。

「異状ありません」

「うむ」

　牢の鍵《かぎ》をわたして引きつぐと、きんちょうがほぐれて肩の力がぬけます。

（待てよ。これは本当にせんぱいだろうか？　二十面相の手下とすりかわっていたらたいへんなことになるぞ）

　そんなとっぴなうたがいを持ちましたが、かりにそうだとして二十面相が牢から脱出できたところで、ろうかに続くとびらの向こうには夜間もおおぜいの刑務官がいます。にげようとしてもたちまち見とがめられ、拘置所の外に出られるわけがない、と思いなおすのでした。


　タラップをかろやかに上がり、明智小五郎のせなかがパンアメリカン航空機の中へと向かいます。空港のエプロンからそれを見ていた小林芳雄《こばやしよしお》少年は、これでしばらく先生ともおわかれだな、とさびしい気分になりかけました。明智先生は、最後にこちらに向きなおって、かぶっていたソフトをふります。

　しょんぼりするな。るすのあいだ、きみにまかせたぞ。

と言うかのように。そして、すっと機内に消えたのでした。

その飛行機が離陸し、大きくせんかいしてからゴマつぶほどになり、かんぜんに見えなくなるまで小林くんはエプロンを立ち去りません。もうさびしがってはおらず、はれがましく、ほこらしい気分になっていました。

（日本を代表する名探偵の明智先生は、いよいよ世界的な名探偵になるんだ。すごいことじゃないか）

二十面相が世間をさわがせた霧男の怪事件を解決し、ほっとしたのもつかのま、明智小五郎のもとに意外なところから意外な依頼がまいこみました。なんとアメリカのFBI（連邦捜査局《れんぽうそうさきょく》）が、力をかしてほしい、と言ってきたのです。日本の警察庁のとりつぎでそれを聞いたときは、さすがに明智小五郎もじぶんの耳をうたがったほどです。

FBIが持ちこんできた相談は、こんな内容でした。

二ヵ月前からアメリカ東海岸の各地に神出鬼没《しんしゅつきぼつ》の怪盗が現れて、美術館や画廊《がろう》から高価な絵画《かいが》や彫刻《ちょうこく》などを盗みだしており、犯行の前やあとに新聞社やテレビ局に「わたしをつかまえてみろ」というふてきな手紙を送りつけてくるというのです。それだけなら、わざわざ極東《きょくとう》の島国の名探偵まで「力をかしてほしい」と言ってくるほどのことでもなかったでしょう。

怪盗は〈ファントム・ニンジャ〉と名のり、黒ずくめでまさに忍者そっくりのいでたちだというのです。名前や装束《しょうぞく》のみならず身のこなしも忍者なみで、サーカスも顔負けのアクロバットをこなし、何十人もの警察官が追いつめても煙幕《えんまく》にまぎれてにげてしまうというからふつうではありません。まるでアメリカ版の怪人二十面相です。

鉄人にも宇宙人にもロボットにも化ける二十面相のことはアメリカでも知られているため、そのまねをする者が出現したとしか考えられません。そこで、二十面相の手口をよく知っているコゴロウ・アケチを招いてファントム・ニンジャをつかまえよう、とFBIは考えたのです。

この依頼がとどいたのは、ちょうど霧男事件が解決をみたあくる日のことでした。

「どうするんですか、先生？」

小林くんがたずねると、日本一の名探偵はにこやかに答えました。

「ファントム・ニンジャとは、幽霊《ゆうれい》忍者という意味だ。まったくもってふざけた名前だね。いつも黒ずきんで顔をかくしているから年も性別も国籍も不明なのだけれど、正体は日本人ではないか、と言う人もいる。日本人がアメリカで悪さをしているのなら日本人のぼくがこらしめたいし、そうでなくてもほうってはおけない。この次にはニューヨークのメトロポリタン美術館からピカソの名画を盗むと予告してきているのだから」

「『温泉《おんせん》にでも行ってひと休みしたい』ときのうはおっしゃっていたのに」

「事情が変わったのだからしかたがないね。さっそくアメリカ行きの用意をするとしよう。あちらの期待にみごとこたえて、日本の探偵代表としてせいぜい名を上げてくるよ」

そんなしだいで、明智小五郎はしばらく日本をるすにすることになったのでした。

警視庁の中村警部はこのことを「わが国のほまれです」と大よろこびし、出国するときはぜひお見送りがしたいと希望したのですが、それを探偵はていねいにことわりました。じぶんが日本をはなれることは秘密にしたいので、そっとしておいてほしい、という理由を打ちあけると、警部はなっとくするしかありませんでした。

ですから、東京国際空港のエプロンで手をふったのは小林くんだけで、それも野球帽とマスクで顔がわかりにくいようにしてのことでした。ほかの少年探偵団のメンバーには、先生はご旅行にいらした、とだけつたえてあります。FBIに呼ばれてアメリカにわたったと思う子がいるはずもありません。

明智先生がいらっしゃらないあいだ、大きな事件がおきませんように。平和な日々が続きますように。それだけが小林くんのねがいだったのです。

ところが、そのねがいはかないませんでした。

探偵が日本をたった五日後のことです。中村警部からとんでもない電話がかかってきました。またもや二十面相がだつごくしたというしらせです。

「こんどというこんどはぜったいにがさない。二十面相もこれでおしまいだ、とおっしゃっていたのに……」

小林くんは、そんなことを口走ってしまいました。同じ失敗をいつまでくり返すのか、とあきれていたのです。

「めんぼくない。思ってもみない手を使われてしまった」

電話なので顔が見えませんでしたが、警部もばつが悪そうでした。こほんとせきばらいをしてから、あの怪人がどんな手でだつごくしたのかを説明してくれます。

「きのうまではなにごともなかった。ところが、けさ七時に看守が交替に行ってみると、なんと檻の中に夜勤の看守がふたりも入っていて、二十面相のすがたはどこにもなかったんだよ。ふたりの看守はぐったりとしていて意識がない。拘置所はハチの巣をつついたような大さわぎになった」

「わけがわかりません。どうやって二十面相とすりかわったんですか？」

「檻にとじこめられていたのはわかい看守とそのせんぱいだ。呼びかけるとせんぱいのほうは目をさまし、『すみません、やられました！』とさけぶ。わかいほうは、頭がぼおっとしているようで、なかなかふつうにしゃべれなかった。時間がたつとしゃんとなって、おぼえていることを話してくれた。ま夜中、日づけが変わるころに毛布をかぶっていた二十面相がむくりとおき上がり、『寝つけないからおしゃべりの相手をしてくれないかな』と言ってきたんだそうだ。どんなたのみも聞いてはいけないことにしてあったから、看守は指示どおりに無視をした。すると二十面相が『相手をしてくれないのなら、ヒツジでも数えるとしよう』と笑って、ひどくまのびした調子で『ヒツジがいっぴーき、ヒツジがにひーき』とやりだした。それを聞いているうちにまぶたが重くなって……気がついたら鉄ごうしの内側にいた、ということだ。ひとことで言えば、催眠術《さいみんじゅつ》にかかったんだよ」

ただ眠らされただけではなく、「鍵をわたしなさい」といった命令にしたがわされたのです。二十面相は自由になると、自分が着ていた服と看守の制服を交換し、牢に鍵をかけて外に出ます。そこにせんぱいの看守がやってきたのですが、あいてがすりかわっているとは気がつかず、毛布をかぶって壁向きに横たわるわかい看守を二十面相だと思いこんで油断したところ、柔道の落とし技をかけられてきぜつしてしまったのです。

「それだけで数時間も気をうしなっているのはおかしい。二十面相は、なにかの薬品をかくし持っていて、せんぱいの看守を朝まで眠らせたらしい、そこも大失敗だ」

中村警部は力なく言います。

「おおぜいの刑務官たちは、だれひとりとして看守の制服を着て出てきたのが二十面相だとは気づかなかったのですか？」

小林くんはえんりょなくたずねます。

「制帽をまぶかにかぶって顔をかくして、声色《こわいろ》を使って『異状ありません。これでしつれいいたします』とまわりにあいさつしたので、みんながだまされたということらしい。体つきもよくにていたんだな。どの看守に術をかけるか、体格で選んだのだろう」

ふたりの看守の証言によって二十面相が牢をぬけ出した方法はわかったものの、時すでにおそし。拘置所の門を堂々と出ていってからすでに三時間がたっていました。

（催眠術だなんて、たかがそれだけのことでだつごくされてしまうなんて……たるんでいるんじゃないだろうか）

小林くんはやりきれない思いでしたが、さすがにそこまでは言いませんでした。

「いやあ、本当に二十面相に骨休めをさせてやったみたいだ。あいつは、くじいた右足がよくなるのを待っていただけで、いつでもだつごくできると余裕《よゆう》しゃくしゃくだったのかもしれない。何かわかったらまた伝えるよ。明智先生から連絡があったら、このことを話しておいてほしい」

しおれた声で警部が電話を切った一時間ほど後、その明智先生から国際電話が入りました。いつどこにいるのかわからないので、電話は先生からの一方通行なのです。

「幽霊忍者くんは、やはり二十面相と同じくサーカス出身だったよ。みもとをつきとめてアジトの見当もついた。捜査は順調に進んでいる」

「もうそこまでいっているんですか。さすがは明智先生ですね」

こちらからは残念なことを伝えなくてはなりません。二十面相があっさりだつごくしてしまったことを聞いた先生がおこりだしたらどうしよう、と思いましたが、受話器の向こうから返ってきたのはいつもの快活《かいかつ》な声でした。

「またしてもやられたか。しゃくにさわるが、すんでしまったことはしかたがない。ぼくはまだアメリカを離れられないし、やっこさんもしばらくはおとなしくしているさ。じきにまたぞろ悪さを始めるだろうから、とっつかまえてやるよ」

そして、帰国するめどが立ったらすぐに知らせる、とおだやかに言うのでした。

だつごくから三日がたっても、二十面相の足どりはつかめませんでした。新聞やラジオは、「いまごろ怪盗は南の島でのんびりしながら、つぎの犯罪計画をねっているのではないか」などというひにくをまじえて、警察を非難《ひなん》しています。

ある新聞社から明智探偵事務所に電話があり、「二十面相ににげられたことについて明智先生のご感想が聞きたい」と言ってきたのですが、「先生はおるすです」とことわると、電話はすぐに切れました。「またすぐに先生がとっつかまえます」と言えばよかった、と思う小林くんでした。

事務所のソファにすわって、気ばらしにラジオを聞くことにします。毎日夕方の五時から放送されている番組で、いっぱんの人たちが電話してくるゆかいなお話、めずらしいお話が大人気でした。

歯切れのいい司会者の声にのって、番組はいつものように進んでいきました。

「さて次は、みなさまからのお電話のコーナーです。おたのしみになさっているかたも多いことでしょう。最初のお電話は東京都世田谷区《せたがやく》にお住まいの……これは中国《ちゅうごく》か台湾《たいわん》ご出身のかたでしょうか、王《おう》さんからです。こんにちは」

「こんにちは。王です」

電話に出た声にはなまりがなく、日本人の発音と変わらないのですが、ひどくかん高い声の男でした。

「ご出身はどちらですか？」

「シントウキョウです」

「シントウキョウといいますと……はて、どのお国のどのあたりでしょうか？」

「おたくのラジオ局から電車で三駅ぐらいのところで生まれたのですが……まあ、どこで生まれたかなんていいではありませんか」

司会者はさからいません。

「そうですね。きょうは、変わった芸をするワンちゃんのお話をうかがえるそうですが」

この電話の主は本名ではないように小林くんには思えました。王の中国語の読み方がワンなので、犬の話をするためにダジャレで王と名のっているのかもしれません。

「うしろ足だけで立って歩ける犬の話なんかより、もっと重要なことをお話ししましょう。ラジオをお聞きのすべてのみなさんに関係がある大事なお話です」

かん高い声がそんなことを言いだしたので、司会者が返事につまります。生放送《なま》だというのに、打ち合わせとちがう話をされてはあわてるのも無理ありません。

「王さん、ちょっと待ってください。どんなお話をなさりたいのかぞんじませんが、きょうはかわいいワンちゃんのことを……」

司会者にかまわず王は勝手にまくしたてます。

「日本は、先の戦争であまりにも多くのものをうしないましたが、自由と民主主義《みんしゅしゅぎ》を大切にする国として生まれ変わり、国民の努力のかいあってめざましい復興《ふっこう》をとげました。しかし、思い上がってはいけません。産業最優先《さんぎょうさいゆうせん》で水や空気をよごし、山を次々に切り開くばかりだとたいへんなことになります。ゆたかな自然を守り、環境《かんきょう》について考えなさい、とわたしなどが言っても、この流れはとまらないのでしょうけれどね。近いうちに、日本人はみずからのあやまちを知るでしょう」

「王さん、ご意見をうかがいたいのではなく、この番組はたのしいお話を……」

「原子《げんし》爆弾《ばくだん》を投下されたただ一つの国として、核兵器《かくへいき》をなくすことにも真剣でなくてはなりません。それは、人類の未来をあやうくしたのです」

「あやうくした？　あやうくする、とおっしゃりたいのですね？」

うっかり話に引き込まれて司会者が訂正しようとしたら、王は「ふふ」と笑いました。

「これはしっけい。人類が滅亡《めつぼう》の危機《きき》におちいったのは、わたしにとっては過去のことなので『あやうくした』と言ってしまいました」

「なにをおっしゃっているのかわかりませんね。あなたが見た夢の話をしているのですか？」

おかしな人だな、とラジオの前の小林くんも首をかしげます。

「わかりやすいように、はっきり言いましょう。わたしは二十三世紀からやってきた未来人です。時空《じくうい》移動《どうき》機で二十世紀にやってきたので、漢字の二と十を組み合わせた王という名前を使ってみたのです」

司会者は、もううろたえてはいませんでした。悪ふざけで番組をめちゃめちゃにされたことに腹を立てたようで、きつい口調で言います。

「公共の電波をいたずらに使わないでもらいたいですね。二十三世紀からきた未来人だなんて、こどもだって信じるもんですか」

「未来を知っているわたしの忠告に耳をかたむけるべきなのに、すなおになってくれない。やれやれ、ラジオを聞いているみなさんも同様かな。わたしが未来からやってきたということを、まずは信じてもらう必要がありそうだ」

「王さん、いや、名前のわからないあなた。もうたくさんです。電話を切らせてもらいます」

司会者は会話を打ち切りかけましたが、未来人と称《しょう》する男はそうさせません。

「待ちなさい。あすの朝刊に大きなニュースが載《の》ります。日本じゅうがほっとして胸をなで下ろすでしょう」

どういうつもりなのか、そこで未来人は言葉を切って短く口笛を吹きました。大ヒットしている流行歌《りゅうこうか》のメロディです。そして、さらにこう続けます。

「もう少し先に起きることだと、きたる東京オリンピックで日本がかくとくする金メダルの数は十六個。選手たちはよくがんばりましたよ。大会は大成功に終わり、二〇二〇年にはふたたび東京に五輪《ごりん》がやってきます」

「でまかせだ。てきとうなことを言うな。本当に未来を知っているのなら、来週発表の宝くじの当たりの番号を言ってみなさい」

そんな不正はできない、と未来人は笑いました。

「にわかに信じられないのも当然でしょう。わたしは、またどこかに現れてみなさんに呼びかけますよ。わたしが言ったことが、すべて的中するのをおたしかめなさい。……いや、こういうやり方もあるな」

　未来人は声をひそめて、ぼそぼそと何かつぶやきます。司会者がいらだって問いました。

「よく聞こえません。なにが言いたいんですか？」

「わたしが時空移動機を使えば、この時代ではいくらでも奇跡《きせき》を起こすことができます。文字どおり不可能はない、と断言してもいいでしょう。たとえば……たとえばですよ、どんなにしっかり戸じまりがなされた家や施設《しせつ》にも自由に出入りすることができます。その家や施設に鍵がかかっておらず、るす番も見はりもいない時間に移動すればいいだけですから。ばかばかしいと言いますか？　うそでないことは簡単に証明できますよ。ゲームのつもりで、ひとつ宣言してみましょう。東京国立博物館におさめられている国宝、松林図屏風《しょうりんずびょうぶ》を消してごらんにいれます。すぐに消してはおもしろみがないので、三日後にいただくことも予告しておきます」

「な、な、なんだと。あんたは二十面相みたいなことを言うじゃないか。いいかげんにしなさい！」

「長谷川等伯《はせがわとうはく》が描いたあの絵はすばらしい。こんな不安定であぶなっかしい時代においておくより、はるかに技術が進んだ二十三世紀で保存するのがふさわしい」

あとで聞いたところによると、未来人がオリンピックのメダルの数などを話しているうちは、「おもしろいから、そのまましゃべらせろ」という電話が放送局にたくさんかかっていたそうです。しかし、国宝を盗み出すというのは冗談《じょうだん》にしても度がすぎています。その予告が出たとたんに、「あんなけしからん電話はさっさと切ってしまえ」という抗議《こうぎ》がさっとうしていたのでした。

司会者が二十面相の名前を出したところで、未来人の態度もがらりと変わり、ふきげんになりました。

「手品ができる器用なコソドロといっしょにしてもらいたくはありませんね。発煙筒《はつえんとう》とドライアイスで煙幕を作って霧男だなんてばからしい。鉄人Qだの電人Mだの、仮装《かそう》をして目立ちたいだけのもとサーカス団員とちがって、わたしは未来からきた人間なんだ。未来人というだけでは名前にならないから、二十面相をまねるようだけれど、未来人Fとでもしておきますか。Fは、英語で未来を意味するフューチャーからとりました。夢のような、という意味のファンタスティックのFでもある」

「未来人F……」

「みなさん、この名前をよくおぼえておいてください」

司会者は「もしもし、もしもし」と呼びかけましたが、返事はありません。電話がふいに切られたのです。

国宝を消す予告とは、おだやかではありません。ただのいたずらとも思えず、小林くんはこのことを明智先生につたえたくなったのですが、アメリカからの電話はかかってきませんでした。

そのあくる日、午前中に中村警部から「未来人Fのことで」と電話があり、午後すぐに麹町《こうじまち》の明智探偵事務所にやってきました。そして、あいさつもぬきで用件に入ります。

「小林くん、けさの新聞を読んだね。流行歌手、湯本大作《ゆもとだいさく》のお子さんがぶじに帰ってきたニュース」

「はい。ゆうかいされていたんですね。びっくりしましたけれど、ぶじに帰ってきたそうで、何よりです」

「うん、犯人一味も逮捕して、事件は解決した。警察が動いていることを犯人に知られたら人じちの身にきけんがあるため、報道《ほうどう》はひかえてもらっていたのだけれど……」

「未来人Fは知っていたようですね」

日本じゅうがほっとするニュースと言っただけで、ゆうかい事件が解決すると言いあてたわけではありません。しかし、そんなことを話すとちゅうで湯本大作の歌のメロディを口笛で吹いてみせたのですから、警察のごくひ捜査を知っていたようです。

「小林くん、こんな新聞記事もあるんだ。ちょっと読んでくれたまえ」

警部が取り出した朝刊の切り抜きに目を走らせると、思いもよらないことが書かれていました。名物記者が書いた連載《れんさい》コラムで、内容をかいつまんでいうとこうです。

おととい、小学五年のむすこがおかしなことを話した。学校の帰りに道ばたに落ちていた紙くずをひろってゴミ箱にすてたら、銀色のコートを着て、先のつり上がった変なサングラスに大きなマスクをした通りすがりの男から「えらいね」とほめられた。男はかん高い声で「きみはいい子だから教えてあげよう。あしたのこの時間に、駅前に近づかないほうがいいよ。角の銀行に強盗が入って大さわぎになるから。わたしは未来からきた人間なので、そのことを知っているんだ」とまじめに言う。きみが悪くなってにげるように家に帰ったあくる日、男が話したとおりの事件がおきたのでおどろいた。むすこはラジオの未来人と同じ声だったと言うが、本当だとしたらふしぎなことだ。

「きのう、銀行強盗なんてありましたか？」

「日《ひ》の出《で》駅前の銀行におもちゃのピストルを持った覆面《ふくめん》の男がやってきて、『金を出せ』と行員《こういん》をおどす事件があった。何も取らずににげたんだが、ちょっとした騒動《そうどう》にはなったよ」

「未来人の予言にしては、ごく小さなできごとですね」

小林くんは、その点をおかしく感じました。

「きのうのラジオの予言にくわえて、朝刊のこのコラムだ。未来人Fのことで警察にたくさん問い合わせの電話がかかってくるんだ。『あれはほんものの未来人なのか？』とか『国宝が盗まれないよう、早くとらえろ』とか。『わたしも銀色のコートを着た未来人と会った。これからおきることを予言するだけではなく、自分のおいたちについて完全に言いあてた』という電話もくる。東京だけではなく、北海道や九州にも未来人Fは現れている。この調子だと、あしたになれば日本全国が未来人の話題で持ちきりになるだろう」

「北海道や九州でもって、そんなに速く移動できるでしょうか？」

「時空移動機というのがあるのなら、できるかもしれないが」

　そんなものがあるとは思えず、小林くんは未来人Fが二十三世紀からきたというのを信じていませんでした。それでも国宝を消すという予告は気がかりです。

「国立博物館のほうは、警備をかためているよ。出入りする人間のみもともあらためてたしかめなおしているし、心配はいらない」

　中村警部は言いますが、安心はできません。

「未来人Fというのは、怪人二十面相じゃないでしょうか？」

「どうしてそう思うんだい、小林くん？　あいつは、ラジオで二十面相のことを『手品ができる器用なコソドロ』とこきおろしていたよ」

「正体が二十面相だからこそ、それをかくすため自分のことを悪く言ったとも考えられます。王という仮の名前が二十を組み合わせたものだというのは本当だとして、それは二十世紀の二十ではなく二十面相の二十だとしたらどうでしょう？」

「それは何とも言えないね。だけど小林くん、きみは二十面相のことを買いかぶっているみたいだ。あいつは、まだだつごくしてから一週間もたっていないんだよ。すぐさま未来人Fなんてものになり、悪事を始めるなんて早すぎる。つかまる前から次の犯罪計画をねっていたとでも言うのかい？　大きな犯罪は準備するのもたいへんだよ」

「二十面相なら、それぐらいのことはやりかねません。いろいろなものに変身したくて、うずうずしているようですから」

「それは明智先生の見方でもあるのかな？」

「いいえ、先生とは連絡がつきません。きっと幽霊忍者にせまっているところで、おいそがしいのでしょう」

「だから、きみは先生のかわりにがんばろうとしているわけか。まあ、警察にまかせておきたまえ。二十面相のまねをしたニセ未来人をつかまえるぐらい、何でもないよ。おそれることはない」

　おさえてもおさえてもわき上がってくる少年探偵の不安をよそに、警部は胸をはります。

「警部さん。ぼくも博物館の警備にくわえてもらえませんか？」

「アハハ、そうきたか。かまわないよ。わたしといっしょに、いちばん大切なところを守ってもらおうか。おもしろい冒険ができて、きっと未来人Fをふんづかまえる現場に立ちあえるよ」

「なにか作戦があるんですか？」

「まだまとまっていないんだが、わなをしかけられそうなんだ」

部屋にはふたりきりしかいないのに、警部は声を低くしてささやくように話すのでした。

未来人Fのかん高い声がラジオで流れてから四日目をむかえました。

上野《うえの》の森《もり》にある東京国立博物館のまわりにはたくさんのおまわりさんが配置され、ものものしいふんいきです。それを見た人たちは、未来人Fが『松林図』を盗みだすと予告したのがきょうだということを思い出さずにいられませんでした。

明智小五郎からの連絡はとだえたままです。さしもの名探偵も、ふだんと勝手がちがう異国で悪戦苦闘しているのかもしれません。

そのあいだに、日本じゅうの警察に未来人Fが出現したという知らせが入っていました。おもしろ半分のいたずらだとわかった例も多いのですが、ぜんぶがうそだと決めつけられないのでこまります。

でも、どれもこれもいたずらか、そうでなければかんちがいだろう、と小林くんは考えていました。明智先生がいらしたら、そう言うはずだと思うのです。

未来人Fがしたことは、ラジオの人気番組でびっくりするような発言をしたことと、新聞で人気コラムを担当している記者のむすこに予言のようなことをふきこんだだけなのでしょう。たったそれだけで、坂道から雪玉をころがしたようにうわさが大きくなり、ひとりでに広がっていくのを見こしていたのです。ラジオと新聞を利用したかしこい手口ではありませんか。

その日の夕方、未来人Fはだいたんな行動にでました。またあのラジオ番組に電話をかけてきたのです。耳に残るかん高い声は、こんなことを言いました。

『松林図』はまだぶじかな？　もうニセものとすりかわっている、なんてことがないか、たしかめてはどうかな。アハハ、それは冗談。日づけが変わるまでに参上するので、せいぜい名画とのなごりをおしむといい」

日づけが変わるまでということは、夜《よ》がふけてから盗むつもりなのでしょうか。警護についた人たちは、きんちょうを強くしました。

さて、小林くんはどうしていたかというと、中村警部とともに博物館の地下にいました。白いしっくいで塗られた通路の両側に、いたんだ美術品を修復するへややら調査研究のためのへややらがならび、その奥に進むと行きどまりに黒いとびらがあります。それを見はっていたのです。

未来人Fがただの人間ならば、あれだけ警戒されている地上からしのびこむのは不可能というしかありません。博物館の館長の話を聞き、建物の設計図を見せてもらってわかったのは、侵入《しんにゅう》するのなら地下の奥にあるとびらしかない、ということです。

「このとびらの向こうは、ふだん使われていない秘密通路です。戦争中、いざというとき美術品を安全な場所へ運び出すために造られたもので、三キロほどの長さがあり、現在は東京都が管理しているある施設につながっています」

　そんな館長の説明を受けてある施設というのを調べてみると、地下通路へのとびらは封鎖《ふうさ》されているのに、最近になってだれかが錠《じょう》をいじった形跡がありました。美術館側のとびらにも同じあとがありましたから、両方のとびらの合い鍵をこしらえて博物館に出入りしようとしているものと思われます。

「ならば、わざとあちらの施設は警備をせずにおくのがいい。いったん未来人Fの好きなようにさせるんだ。博物館の地下で待ちぶせて、大歓迎してやろうじゃないか。ねえ、小林くん」

　中村警部はたのしげに言ったのですが、小林くんはほかのことを考えていて、なま返事をしてしまいました。もし、未来人Fの正体が二十面相だとしたら、こんなに単純な方法を選んで、みすみすつかまりにくるかしら？　そこになっとくがいかなかったのです。警部が言うとおり二十面相ではないのでしょうか？

「アメリカの幽霊忍者と同じで、二十面相のまねをした別の人間のしわざなのかな」

　そんなひとりごとが口からこぼれます。

　閉館時刻がすぎ、九時がすぎ、十時がすぎました。警部と小林くんのほかに十人以上の警官がろうかの角に身をひそめて、未来人Fがやってくるのを待ちます。

　秘密の地下通路の向こうにある施設もこっそり監視されていて、怪しい人物が入るとすぐに連絡がくることになっていました。もちろん、中村警部に知らせたあとは、施設に進入して未来人Fがにげられないようにするという手はずです。

警部や小林くんたちがしんぼう強く見はっていると、十一時が近くなろうとしたとき、黒いとびらがゆっくりと開きだしました。ヌーッと現れたのは、銀色のコートに身をつつんだ男です。それが未来のファッションなのか先がピンとつり上がったおかしなサングラスをかけ、顔の下半分は大きなマスクでおおわれているので人相《にんそう》はわかりませんでしたけれど、未来人Fにまちがいありません。

「取りおさえろ！」

警部が号令をかけると、警官たちがわっと飛び出します。怪人は銀色のコートのすそをパッとひるがえして、とびらの向こうに引き返しますが、にげられるわけがありません。あちらからおおぜいの警官が押しよせているので完全にはさみうちです。

あかりがないのでまっくらな秘密の地下通路を、警部や警官たちにまじって小林くんも懐中電灯を手にして走りました。必死でかけるうちに先頭にたっていましたが、怪人のせなかは見えません。

もう三分の一ぐらいはきただろうか、と思ったところで、向こうからやってくる懐中電灯の光がいくつも見えてきました。反対側からきた警官たちです。作戦はうまくいったようでした。

「そこにいるぞ。つかまえろ！」

警部はさけびましたが、奇怪《きかい》なことがおきました。未来人Fのすがたがどこにもないのです。通路にいるのは、中村警部と小林くんのほかには制服警官だけです。

「どういうことだ?」

とまどう警部に、小林くんは言います。

「通路にかくしとびらがあって、どこかで枝分かれしていないことは確認ずみでしたね。とすると、未来人Fはこの場にいるぼくたちの中にまぎれているはずです。すばやく制服のおまわりさんに変装をしたんです。こうなることも予想していて、どこかに着がえを用意していたのでしょう」

明智先生でなくても、それぐらいのからくりは見ぬけます。

「そうか。この中に見なれない顔の人間はいないか? 懐中電灯で自分の顔を照らしてみろ」

みんながいっせいに警部の指示にしたがうと、やみの中にぶきみな顔が二十ほど浮かび上がりました。

「きみはだれだ?」

「おい、名前を言え」

ある警官に光が集中します。色黒でするどい目つきをしていました。小林くんの指摘のおかげで、あっさりニセ警官が判明したようです。

「そいつを逮捕しろ。おい」

ピシリとムチ打つように警部が言うのにこたえ、大がらな巡査が一歩前に出て、名前を言えずにだまっている警官の右手首にガチャリと手錠をかけました。そして、もう片方の輪を自分の手首にかけるのかと思いきや、それは中村警部の左手首にはめてしまったので、小林くんはおどろきます。

「アハハハ。まんまとひっかかったね」

色黒の警官がさもおもしろそうに笑いだしました。いったい何がおきたと、小林くんは頭がこんらんしてきます。

「これはどういうことだ？　ふざけるな」

顔を赤くしておこる警部を、色黒の警官はなだめます。

「ぼくは未来人Fではありません。走りながら変装をといて、警官の制服に着がえるなんて無理ですよ。できたとしても、ぬいだ服をどこに隠すというんですか？　そんなものは通路に落ちていなかったでしょう」

「さがせばどこかにある」

「ええ。どこにあるのか、ぼくは知っていますよ。ここから二十メートルほど先にぬぎすてた銀色のコートやサングラスが落ちています。そこで着がえて、あちらからきた警官たちといっしょになりました。あらかじめ打ち合わせしていたことで、みんな協力してくれましたよ」

警官たちが未来人Fに協力するとは、どういうことでしょうか？　とまどう小林くんに、色黒の警官はおちついた声で言いました。

「おちつきたまえ。事件は解決だよ」

　そして、自由な左手を顔にやったかと思うと、ビリリと変装をときます。現れたのは、なんと明智小五郎の顔でした。

「先生！　日本に帰っていらしたんですか」

「うん、ないしょにしていて悪かったね。むかしから兵法で言われるとおり、敵をあざむくにはまず味方から、ということだよ。幽霊忍者の逮捕はＦＢＩにまかせて、六日前には帰国していたんだ。未来人Ｆという怪人になるために」

「どうしてそんなことをしたんですか？」

「かれをおびき出すためだよ。いっこくも早く牢屋にもどしたかったからね」

　明智先生は、手錠でつながっている中村警部の顔にすっと左手をのばして、変装をむしりとります。とっさのことで警部は顔をそむけるひまもありませんでした。

「中村警部にばけるとは、ふとどきだね、怪人二十面相くん。しかし、おあいにくさま。みんなだまされたふりをしていただけなんだよ。きみのアジトのひとつにとらえられていたほんものの警部は、さっき助けだされて警察署できみと対面するのを待っている」

　正体をあばかれた二十面相は、にくにくしげに探偵をにらんでいます。

　ああ、この人物は物語に登場したときから警視庁の中村警部ではなかったのです。これまでずっと中村警部と書くしかありませんでしたけれど、訂正しなくてはなりません。

「アジトから助けだしただと。どうして場所がわかったんだ？」

「ある人が案内してくれたんだ。気がついていないようだね。小林くんと会ったあと、きみは中村警部のようすを見にアジトに立ちよっただろう。ぼくがあとをつけているのに気づかなかったのはうかつだ」

何がおこったのか、小林くんにもだんだんとわかってきました。

二十面相がだつごくしたと聞くなり、明智先生は日本に飛んでもどってきていたのです。そして、飛行機の中でふつうの探偵では考えつかないような作戦をたてました。なんと、じぶんが国宝を盗みだす予告をする怪人になりすますことで、二十面相をおびき寄せてつかまえる、というものです。

明智小五郎は、すずしい目をして言います。

「とうめい人間になったり宇宙人になったりしてきたきみは、そのうち未来からやってきた人間になりすまそうと考えていたんじゃないのかね？　あれもこれもやったから、まだやっていないのはそれぐらいだろう。ぼくは先まわりして、未来人Fになることにした。それだけでもしゃくにさわるはずなのに、ラジオで二十面相をコソドロよばわりすれば、二重にぶじょくされたきみが腹を立てないはずがない。情報を集めるため警察の内部にもぐりこみ、かならず未来人Fに近づいてくるだろう。じっさい、そのとおりになった。中村警部とすりかわるとまでは予想していなかったが」

「すべて……わなだったのか」

二十面相は、ギリギリと歯がみしました。こてんぱんにやられた気分なのでしょう。いくらくやしがっても、かれと探偵とを手錠がしっかりとつないでいるため、にげることはできません。せっかくだつごくできたというのに、もう鉄ごうしの中に逆もどりです。

「では、二十面相くん、パトカーで警察にごあんないしよう。お気にめさないだろうが、ぼくがつきそいだ」

「とくいげだな、明智。ルール違反《いはん》までしやがって。ここはおまえの勝ちだから、いまはいい気になってろ。だが、じきにほえづらをかかせてやるからな。アハハハハハ」

わなにはまった二十面相の笑い声が通路にこだましますが、負けおしみでしかありません。

名探偵のあざやかな手なみに、小林くんはバンザイと大声でさけびたくなりました。

警察と明智探偵が催眠術へのたいさくを立ててから、二十面相は拘置所にもどされました。

次の朝、小林少年は事務所で明智先生にコーヒーをいれながら言います。

「これでもう安心ですね」

「どうだろう。あいつのことだから、また思いもよらないことをするかもしれない」

「それではこまります」

「ああ、こまるね」

先生は、あまりこまった顔もしていません。またつかまえればいい、ということでしょうか。

「帰りの飛行機で未来人Fになることを考えて、帰国するなり日本じゅうをさわがせたというのはすごいことですね」

小林くんは感心するばかりでしたが、探偵はにこりともしません。

「ぼくはたいしたことはしていない。世間にさわぎが広まるように、必要最小限の細工をしただけさ。ラジオへの飛び入り出演と、名物コラムに書かれることを見こして記者のむすこさんに話しかけたこと。やったのは、そのふたつにすぎない」

「ええ、そうしておいて、あとはうわさが広まるのにまかせたんですね。ゆうかい事件があったことを言いあてたのは、警察にこっそりと聞いていたから」

「そう」

先生は、おいしそうにコーヒーを飲みます。

「日の出駅前の銀行に強盗がはいることは、警察でも事前にわかりません。あれは、先生が……」

「だれにもけがをさせないよう、注意してやったおしばいだ。あまりこわくない強盗だったと思うよ。予言を的中させるいちばんかんたんな方法は、予言したとおりのことをじぶんでやること。手品としては初歩の初歩だね」

「未来人Fのさわぎが広がっていくのは、楽しかったですか？」

「ハハハ。つまらないことを聞くね。それはもちろん、ゆかいだったよ。いつも二十面相がどんな気持ちで鉄人や宇宙人にばけているのか、あじわうことができた。こんごの参考にもなるだろう」

なにからなにまで、先生の思うつぼだったのです。こんなことを考えついて、計画どおりに実行できる人は世界じゅうをさがしてもほかにいないでしょう。

「でも、わからないことがあります」

「なんだい、小林くん？」

「東京オリンピックで日本人選手が十六個の金メダルをかくとくするというのは、どうしてわかるんですか？」

「わかるはずがない。それぐらいとってくれるとうれしい、というぼくの希望だよ」

「なあんだ。まじめに考えすぎました。では、二〇二〇年に東京でまたオリンピックが開催されるというのも……」

「うん。それぐらいにまた順番がまわってきてもおかしくない、という予想にすぎない。二、三日先のことでも来週のことでもないから、まちがっていると断定できる人はどこにもいない。そこがつけめだよ」

ありえないことですが、明智先生が悪の道にころんで二十面相のようになったらたいへんなことになる、と小林くんはこっそり思いました。そのときは、二十面相が心を入れかえて探偵になってくれさえすれば、つりあいがとれてよいのかもしれませんが。

先生にコーヒーのおかわりをいれているとき、またおかしなことを思ってしまいました。それを口にしようかどうしようか少しまよってから、明智先生に言います。

「東京オリンピックで日本人選手がとる金メダルは、ぼくも十六個のような気がします。なんとなく、思うんです」

それを聞いた探偵は真剣な顔になり、もじゃもじゃの頭をゆっくりとかきまわします。

「さすがは小林くんだ。するどい感覚を持っているね。こちらも感じたまま正直にしゃべろう。日本の金メダルは十六個だ。ぼくはそれを知っている」

びっくりせずにはいられません。

「……先生は未来人なんですか？」

「ちがう。きみもそうじゃないけれど、やはり知っているんだ。どうしてだろうね？」

考えてもわかりそうにありません。

「ひどく常識はずれなことを言うけれど、まじめに聞いてほしい。こう考えたらつじつまが合う、という答えが一つだけそんざいする。未来人がぼくたちを動かしているんだ」

「未来人がどこからどうやってぼくたちを動かせるんですか？」

「たとえば、きみやぼくが小説の登場人物で、未来の作者が過去をぶたいにお話を書いているとしよう。すると、どうなる？　たとえば二〇二〇年にいる作者が書いているとしたら、一九六四年の東京オリンピックで日本がとる金メダルの数もわかっているし、二度目の東京オリンピックの開催だって過去に生きているぼくたちにしゃべらせることもできる。オリンピックの開催は何年も前に決定することだから、二〇一五年ぐらいにいる作者でも書けるだろうね」

「先生もぼくも小説の登場人物だなんて、そんなことは信じられません」

「それはそうだろう。しかし、そうとでも考えなければぼくたちが未来を知っていることの説明がつかない。おそらく二十面相も知っているんだろう」

「なぜそう思うんですか？」

「地下の通路で、かれは『ルール違反までしやがって』と毒づいていたね。どういうことかわからなかったんだが、『一九六〇年代がぶたいなのに、作者に教えてもらった未来のことを話しやがって』という意味だったのだね。かれが言うとおり、今回はやりすぎてしまったかもしれない」

「ぼくたちは小説の登場人物……」

　まるで実感がわかず、小林くんはほっぺたや胸をなでさすり、じぶんがここにいることをたしかめるのでした。

「でも先生、その推理があたっているとしたら、この物語を書いている作者はものすごく長生きですね。五、六十年もぼくたちや二十面相のお話を書き続けていることになります」

「太平洋戦争前からぼくたちは登場しているから、五、六十年どころではない。そんなに長生きな小説家はいそうもないね。おそらく作者はひとりではなく、何人かいる。書きつがれているのさ」

「そんな小説は、めったにありませんけど」

「ごくまれに、ある。いつまでも読者に愛されるとくべつな小説だ。きみやぼくや、二十面相の物語はそういう小説ということになる。少なくとも二〇二〇年近くまでは生きながらえることがやくそくされている、と言っていい」

「すごいことですね。ドキドキします」

　小林くんは、リンゴのようなほっぺたが熱くなるのを感じていました。

「ああ、とてもたくさんの読者との出会いが待っているのだから、それを思うとドキドキするね。期待にこたえられるように、しっかりがんばろう」

「はい！」

　思わず小林くんは、指先までのばした「きをつけ」の姿勢になっていました。

「二十一世紀でも、ぼくたちを応援してくれる人がいるんですね」

「もっともっと先の未来にもいるかもしれない。そうであってほしいものだね」

「終わりがあるとは思いたくありません」

「ぼくもだ。未来人Fと名のったときに考えたことがある。Fは、フューチャーやファンタスティックのFというだけではない。フォーエバー（永遠に）のFだったら最高だね」

「そう思います！」

　ふたりは、にこりと笑顔をかわしました。

などと明智小五郎がきれいにまとめていたころ、二十面相は鉄ごうしの中でぶつぶつと文句をならべていました。あいては直立不動で見はっている看守です。

「返事をしなくていいから聞いてくれよ。きみがここの鍵を持っていないのは知っているから、もう催眠術なんか使わない。ただ聞いてくれるだけでいいんだ」

だまったままの看守に、二十面相は一方的にしゃべるのでした。

「明智のやろう、この時代に生きている人間が言ってはいけないことをラジオで話した。こんなひどいルール違反がゆるされるわけがない。もっと紳士《しんし》だと思っていたのに、見そこなったよ。おまけに、おれをわなにかけるために未来人というアイデアまで使ってしまいやがった。未来人は、何年も前からずーっとあたためていたものなのに。あいつは、それでもいいだろうよ。こんどは鉄人だ、宇宙人だ、機械人間だ、とうめい人間だ、海底人だ、地底人だ、とこっちはたえず工夫をこらさなくてはならないのに、あいつはなんの知恵もしぼらず、いつもいつも『おまえは二十面相だな！』でおしまい。クリエイティヴィティってものがつめの先ほどもないじゃないか。こんな表現はこの時代ににあわないけれど、そんな言葉も使いたくなろうってものさ。いやになるよ。未来人があんなことで使用ずみになったら……ほかになにがある？　きみに思いつくことがあったらおしえてくれ。ただし、おれは独創性《どくそうせい》を重んじる犯罪芸術家だから、ほかのだれかが使ったアイデアはうけつけないぜ。東宝《とうほう》映画に出てきたガス人間や、液体人間や、キノコ人間なんていうのはいけない。退屈しのぎに、ちょっと考えてみてくれないか。おもしろいぞ。しんせんなアイデアをたのむ」

せすじをピンとのばした看守は口もとをもぞもぞさせたのですが、なにも答えはしませんでした。

盗まれた恋文

自他ともに認める名探偵（よくない噂《うわさ》もあるが）のZ先生は、足取りも軽やかに事務所に戻ってくると、テーブルに何かをぽんと投げた。見ると開封された一通の手紙だ。

「取り戻せたんですか！」

助手のぼくは驚いて叫んだ。

「わたしにかかれば、このとおり。奴《やつ》の旅行中に留守宅に忍び込み、二昼夜かけて家捜ししたという前任の探偵は、どうやら無能すぎたね」

「どこに隠してあったんですか？」

Z先生曰《いわ》く。適当な用件をこしらえて相手宅を訪問し、トイレを借りるふりをして家の中を数分見て回っただけで求める手紙を発見したという。

「古いトリックだ。あまりにも大胆に、あまりにもさりげなく、隠さないことで隠していたのさ。どこにあったかって？　のし袋に入れて神棚に上げてあった。まさか大切な恐喝の材料を人目につくところに置くまい、という思い込みの裏をかいたつもりだろう」

しかし、名探偵のわたしは欺かれない、と自慢が続く。

「偉大な先人、オーギュスト・デュパンやシャーロック・ホームズも、貴人が不用意に書いた恋文の奪還に尽力した。名探偵にとっての伝統的な責務を果たせて、いささか気分がいいね。――コーヒーを頼む」

問題の手紙は、知性と品格をそなえた美貌《びぼう》の国民的女優が書いたものだ。公表されると彼女の社会的地位が吹き飛ぶおそれがあるらしい。それが卑劣な恐喝者の手に渡り、深刻な事態になっていたのだが、危機は去った。

と思われたのだが、Z先生の口元に不穏な笑みが浮かぶ。

「破格の報酬を約束されているが、読んでみるとまるで足りないね」

ああ、ひそかに恐れていたことが現実に。先生は天才的な名探偵だが倫理観に欠落があり、ときとして突きとめた依頼人の秘密を悪用したがるのだ。

「極端な話、『この恋文を公にされたくなければ、わたしと結婚しなさい』と要求したら、彼女は従うしかないほどのものだ。さて、どうするかな」

コーヒーのおかわりを半分飲んだところで、Z先生は「ん？」と顔をしかめ、ずるずるとソファから床へ崩れ落ちる。ぼくは、深い溜《た》め息をついた。

ある事件の関係者から入手した毒薬が効いてくれた。解剖しても自然死にしか見えない優れものだ、と聞いている。残りはすべて処分してしまおう。

冷たくなっていく名探偵に、ぼくは言葉を投げた。

「自業自得ですよ、先生」

そして、テーブルの手紙を見る。差出人は、ぼくの女神。決して手の届かないところにいる女性だが、一方的に恋心を捧《ささ》げることはできる。

声に出さずに、ぼくは言った。

――あなたを守りましたよ。受け取ってください。この殺人が、ぼくからのラブレターです。

本と謎の日々

七時半が近くなり、客足が途切れたのでレジカウンターの中でブックカバーを折っていた。電気スタンドを描いた版画をあしらったデザインも、〈華谷堂書店《はなたにどう》〉という書体も古風なもので、詩織《しおり》は気に入っている。店自体はまだ新しいのだが、あえてノスタルジックな味わいを出しているのだろう。

「すみません」

呼びかけられたので手を止め、「はい」と顔を上げた瞬間、「ぐふっ」と妙な声をあげてしまう。

ベレー帽をかぶった老人が、にっこり笑って立っていた。耳の孔《あな》から白い毛が生えていて、向かって右の前歯が欠けている。どう見てもお馴染《なじ》みの金子《かねこ》だ。

──そ、そんな……。

驚きのあまり、詩織は心臓を鷲掴《わしづか》みにされたような気がした。

「注文していた本が入ったみたいなので、取りにきました。思っていたより早く入荷しましたな」

「は、はい。少々お待ちください」

平静を装いつつ、客注品を並べた背後の棚から『決定版・原色昆虫図鑑』を出した。

「ああ、これだ。ありがとう。手間だけど、プレゼント用に包んでもらえますか？」

包装は苦手だったが、なんとかきれいに包めた。会計をすませた金子が帰っていくのを見届けてから、雑誌売場の整理をしていた高校生アルバイトの杉下《すぎした》優《ゆ》真《ま》が走ってきた。店名が入ったデニム地のエプロンが、とてもよく似合っている。

「今の金子さんでしたよね。気がついたらレジの前に立っていたから、どきっとしました。橋立《はしだて》さんは平然としていましたけど」

「平然としてないよ。『うわあ』とか大声をあげそうだった」

詩織はムンクの『叫び』のポーズをしてみせる。

「生きてたんですね」

「お元気そうだったねぇ。おでこなんか、てかてか」

文庫の補充作業をしていた店長の浅井弘《あさいひろし》と詩織の目が合った。一メートル八十五を超す長身が、のっしのっしと大股《おおまた》でやってくる。二人のアルバイトが額を寄せて話していたので、何事かと思ったらしい。

「どうかしたの？」

詩織が説明をすると、浅井はやたら細くて長い首を掻《か》きながら、ふっと笑った。

「二人とも、そそっかしいにもほどがある」

「でも」優真が言う。「日曜日の午後、わたしが電話をしたらお経が流れてて、木魚がポクポクいってて、家族の人が『ちょっと取り込み中なんですけど……』って暗い声で言ったんですよ。あのお爺《じい》さんは奥さんを早くに亡くしてるって聞いてたから、誰か死んだんだとしたら本人だと思うじゃないですか。わたし、まずいところにかけちゃったなと思って、慌てて電話を切りました。で、橋立さんと『金子さん、亡くなったんだ。突然のことだね。お取り寄せした本、返品か』と言ってたんです」

店長は、またどこかニヒルな笑みを浮かべる。接客業をしているのに、明るい笑顔が作れない人だ。それを補うように、声は嫌みなく甘い。ラジオでムード音楽の紹介をしたら人気が出そうである。

「早計すぎる判断だな。二十歳と十八歳の若い諸君なら、今時は自宅で葬儀をすることなんか稀《まれ》だと知っているだろう。お経と木魚がハーモニーを奏でていたんなら、そりゃ単なる法事だ」

「先月、うちの法事にきたお坊さんは木魚なんか叩《たた》きませんでしたけど」

優真が言うと、すかさず答えが返る。

「みんな叩くわけじゃない。杉下さんとこの宗派は何？　浄土真宗か。あれは天台宗や禅宗や浄土宗の読経で叩くものなんだ」

——ただの法事だったんだろうな。金子さん、にこにこしてたから、家族に不幸があったとは思えないし。

詩織は納得した。確かに、優真も自分も早とちりをしていたようだ。

「お婆さんのご命日だったたんじゃないか。三十三回忌とか三十七回忌だったのかもしれない。五十回忌ってことはないだろう」

そういう区切りで法要をするのか。店長だってまだ三十前で若いのに、色々なことを知っているものだ。

「僕は読書なんかしないよ」と言いながら本の知識もすごく広い。書店員が商品の中身に精通する必要はなく、ただ広く浅い知識があればいい、と考えているそうだ。浅井弘という名前を体現している。

「杉下さん、コミックの売場がちらかってるから片づけておいてね。行儀の悪い中学生が荒らしていったみたいだ」

「はい。しょうがないですね。最近の若いモンは」

おどけて作業に向かった。左右に揺れるポニーテールを見ながら、可愛いなぁ、と一人っ子の詩織は思う。自分もショートをやめて髪を伸ばしてみようかな、とも。

店長もレジカウンターに入り、注文短冊《スリップ》を整理し始めた。横に並ばれると、小柄な詩織との身長差がはなはだしい。

そこへ「どうもどうも」と手刀を切りながら、スーツ姿のお客がやってきた。上得意の小田島《おだじま》だ。いつも閉店時間が迫った頃にやってくる。

「どうも。頼んでた本、入っているかな？　おお、そこにあるわ」

「いらっしゃいませ。昨日、揃って入荷したんですが」

浅井は客注棚からしかるべき本を出してきて、カウンターに置いた。一冊が一万円以上もする『定本久生十蘭全集《ひさおじゅうらん》』のうちの三冊。

「申し訳ないことに、八巻と九巻は帯が破れたものが入荷しました。十巻は箱の角が傷んでいます。搬送中の事故のようです。こんなことはめったにないんですが。お時間をいただけるのなら美本を再発注いたします」

ぼそぼそとした張りのない声ではあったが、店長は丁寧に言った。この本の状態については、詩織も気になっていた。うるさい客なら「こんな瑕物《きずもの》を売るつもりか」と怒りかねない。

「うん、これでかまわない。俺はそういうの、全然気にしないいんだ。むしろありがたいぐらいだ」

小田島は財布を取り出した。解《げ》せない。

――むしろありがたい、ってどういうこと?

「ただね、この本は重いだろ。一冊ずつ持って帰らせてもらう。お金は先に払っておいていいよ」

「いえ、その都度のお支払で結構です。本当に申し訳ありません」

「気にしなくていいって。いつもありがとう」

仏様のようなお客さんだな、と詩織は思った。

いつもより深く頭を下げて小田島を見送った後、浅井はカウンターの上に残った二冊を後ろの棚に戻す。

「新しいのを注文し直しておこうかと思ったけど、その必要はなさそうだな。『むしろありがたい』とまでおっしゃるんだから」

「こっちこそありがたいけど、変ですよね。傷んだ本の方がいいだなんて不思議」

「何も不思議なことはない」

面白くもなさそうな口調だった。

「不思議ですよ。ちょっとミステリー」

詩織はミステリーのファンだから、ささいなことにも謎を見つけて楽しむタイプだった。

「小田島さんに限ってなら理解できる。お客さんのことを詮索《せんさく》するのはよくないんだけれど、あの人は恐妻家なんだ」

「ご本人から聞いたんですか？」

「僕の推理さ」

——おお、推理ときた。わたしの趣味に合わせてくれているのかな。

詩織は面白がる。

「どうしてそう推理できるんですか？」

「小田島さんは、お小遣いの大半を本に費やしているんじゃないかな。あのペースで買うんだから、家中が本だらけのはずだ。そういうのを嫌う奥さんは世の中にたくさんいる。『あなた、また本を買ってきたのね』とこぼすんだ。——小田島さん、『注文の本が入ったことを報《しら》せる電話は無用だよ。店に寄った時に声をかけてくれればいいから』と言うだろ。奥さんが本屋からの電話を受けたら、『また頼んだのね』とか言われるからだろうな。下手をしたら、勝手にキャンセルされかねないのかもしれない。それを回避しようとしているところが恐妻家っぽい」

〈電話は無用〉というより、〈絶対しないでくれ〉と厳命されていた。

「さっきみたいに全集本を一冊ずつ持って帰るのは重いからもあるだろうけど、目立たないようにしたいんだよ。こそっと本棚か本の山に加えるんだろうな」

情景が目に浮かぶようだった。ありそうなことだ。

「そうかもしれませんね。でも、帯が破れたり箱がへこんだりしていた方がいい、というのが判りません」

「『またこんな高い本を買ってきて！』と叱《しか》られた時に言い訳がしやすいからだろう。『古本屋で見つけて、あんまり安かったので、つい』とか」

推理というよりほとんど憶測だが、腑《ふ》に落ちる感じがあった。

「それより橋立さん、お願いがあるんだ。コミックの担当をしてくれないかな。うちへバイトにきてまだ三ヵ月だけど、君ならできる」

ずっとコミックを見ていた漫画オタクのフリーターが辞めてしまったので、その後任ということだ。仕事だから選《え》り好《ごの》みはできないが、正直なところ、今やっている文庫サブ担当の仕事が気に入っていたので、担当替えはうれしくない。

「わたし、漫画はほとんど読まないので、自信がありません」

「ミステリーマニアだから文庫の方が面白いとは思うけれど」

「マニアというほどではありませんけど」

熱心なファンという程度だろう。高校一年で目覚めたからファン歴は四年だ。

「そこを見込んで頼んでいるんだ。あるジャンルに精通している人は、まったく知らない他のジャンルの本もすぐ判るようになる。辞めた坂上《さかがみ》君も、コミックの前は文庫を担当してもらっていたんだ」

「えっ、あんなに漫画にくわしかったのに？」

「コミックを長く担当していたパートさんがいたので、彼には文庫に回ってもらったんだ。本人は『俺、有名な作家の名前もろくに知らないっすよ』と尻込《しりご》みしてたけど、二ヵ月もしたらすっきりした棚を作ってくれたね。『この作家は、あの漫画家みたいなポジションなんだな』とか『この新人作家はメジャーになりかかっている。漫画家でいうとあの人か。プッシュしてみよう』という具合だ。漫画という分野全体を理解していたから、小説のサブジャンルやサブ・サブジャンルの見分けもちゃんとできたし、レーベルごとの特徴の呑《の》み込《こ》みや死に筋の見極めも早かった。カバーの紹介文も読まないで、『この作家、カルトっぽいっすね』とかも言うんだ。表紙のデザインで嗅《か》ぎ分けてたらしい」

「はあ」

「もちろん本人にやる気がなかったら駄目だよ。それと、上っ面だけの温《ぬる》くてうっすい漫画好きも書店員としては使い物にならない。文庫担当をきちんとこなしてくれたから、坂上君が本当に漫画を愛していることが判ったよ」

「はあ。……そういうもんですか」

言い換えると、コミックがちゃんと管理できなかったら、詩織は上っ面だけの温くてうっすいミステリーファンということになる。

「じゃあ、お願いね。巻数切れだけ注意して。まとめ買いしようとしているお客さんを逃がすから、歯抜けは禁止」

「はい」

引き受けることになってしまった。坂上のおかげで、この店にはコミックのいいお客さんがついている。その人たちを失望させてはならないから責任重大だ。

――ま、いいか。コミックを店長が片手間で見てるようじゃ売り上げが下がるものね。判らないことがあったら漫画好きの優真ちゃんにも訊《き》こう。

閉店時刻が迫ってきた。八十坪の店内を見渡すと、もう客は売場に二人しかおらず、がらんとなった店が広く見える。客の一人、長髪の若い男は立ち読みだけにくる常連で、いつものようにリュックを足許《あしもと》に置いて文庫を読み耽《ふけ》っていた。今日は閉店まで粘るつもりらしい。

――これぐらいの書斎があればいいのに。大富豪になったら持てるかな。そんなことをしたお金持ちって聞かないけど、本ばっかり読んでたらお金儲《もう》けができないってこと？　かもね。

こんなに本があったところで、一生かかっても読み切れない。人が読める本なんて高が知れている。

コミック売場では、まだ優真が腰を屈《かが》めて本の整理をしていた。あそこを任されるのだ。

――店長になって店全体の責任者になったら、結構しんどそう。せめて社員さんがもう一人いたら気分的に楽だろうけど。

華谷堂書店は、県下と隣県に七つの店を持つチェーン店だ。駅前商店街を抜けたところにあるテナントビル一階のここ、柳町《やなぎまち》店は最も小さな店舗で、当然のように社員は一人しかいない。店長によると、本部は優秀なパートタイマーが見つかれば、経費削減のため店長にしたいと考えているらしい。「卒業したら、どう、橋立さん？」と冗談めかして訊かれたが、もし公務員試験に落ちたら、こちらからお願いすることにならないとも限らない。

――案外、悪くないかも。

通学定期の途中下車で通えるのが好都合だから、と始めたこのアルバイトは、楽なものではない。立ち仕事だし、やたら忙しくて追われるような気持ちになることが多かったけれど、本に囲まれ、本に触れられるのが楽しい。もともと読書好きだった詩織は、いまや書店中毒になりかかっていた。

ある日の夕方。

「ちょっと……すみません」

自分とあまり年が違わない女性客が、おずおずとレジにやってきた。ハードカバーの単行本を二冊手にしている。どちらにも店のカバーが掛かっていたので、彼女が何を言おうとしているのか、詩織にはピンときた。

「同じ本を二冊買ってしまったので、一冊返品できますか？」

やはり思ったとおりだ。そう珍しいことではない。内気なのか、それしきのことがとても言いにくそうだった。

「ダブったんです」

ベストセラーを飛ばしはしないが、少数の熱烈なファンがついている作家のものだった。客は、二冊の本から二枚のレシートを抜き出す。

「どっちもこのお店で買いました。これが証拠です」

いずれも華谷堂書店柳町店のレシートで、金額も同じ。分類は〈ブンゲイ〉だ。金額横の番号を見たら、誰がレジを打ったのか判る。どちらも店長を示す1。日付は、一枚が8月19日。もう一枚は、つい三日前の9月10日になっていた。

書店によってこういう場合の対応に違いがあるのかもしれないが、華谷堂書店では返金やむなし、とされている。店長からは、どうせ返金するのだから気持ちよく、と指示されていた。

「かしこまりました。お代金をお返しいたします」

レジから出した千八百三十八円を渡し、単行本の一方に手を伸ばしたら、「こっち」と別の方を突き出された。そして、客は消え入るように小声で、ぼそりと呟《つぶや》く。

「これからは……気をつけてくださいね」

胸の中で「はあ〜?」と奇声を発してしまった。意味が判らない。

足早に去っていく後ろ姿を見ながら、これまた声には出さずに漫才っぽく大阪弁で突っ込む。

——なんでやねん。

そこへ学校帰りの優真がやってきた。

「代わりますよ。橋立さん、コミックのお仕事をしてきてください」

「うん」と答えてカウンターを出てからも、釈然としない思いが頭から離れなかった。

その日、レジを締め終えたところで、詩織は返金があったことを店長に報告し、客が残した謎めいた言葉について意見を求めた。

「これを返品にきたんだね?」

浅井は、彼女が客注棚の端に置いておいた本を手に取り、カバーをはずして見る。

「ああ、売った覚えがあるな。若い女の人だと言ったね。色白でおとなしそうなお客さんだろ？」

「よく覚えてますね」

「同じ本を二冊売ったことも記憶にあるよ。僕は読んだことがないけれど、この作者って癖《くせ》のある小説を書くんだろ。それを知ってるから、『こういう感じの人が読者層なのか』と意識したことがあるんだ」

「前にも同じ本を買ったことについては、何も言わなかったんですね？」

「そりゃ黙ってるよ。読んで感激したから、友だちにプレゼントしたくなったのかもしれないだろう。上巻を二冊レジに持ってきたお客さんに『どちらも上巻ですが、よろしいですか？』と確認することはあるけれど」

「わたしたちも、そうしています。店長に倣って」

「で、返金を承諾した橋立さんが別の方のを受け取ろうとしたら、『こっち』と言われた」

「はい。どっちを店に返すか決めてたみたいです。わたしが新しい方を引き取りかけたら、あのお客さん、ちょっと怒ってたみたい」

「どうせなら、もう読み終えた旧《ふる》い本を返品しよう、と思ったのかな」

「でしょうね。それ、日付が旧いレシートが挟んであった本です」

「それにしても、この本はきれいだ。汚れも瑕もない。乱丁や落丁がある……というわけでもないか」

長い首を突き出すようにして見分している。

「どっちの本を返したかは、どうでもいいじゃないですか。おかしいのはクレームをつけられたことです。『これからは気をつけてくださいね』っていうのは、こっちの台詞《セリフ》です。もちろん、思っていてもそんなことは口にできませんけど。何故あんなことを言ったのか、ミステリーですね」

ページを最後までめくったところで、浅井は「いや」と言う。

「謎は解けた。そういうことか」

詩織は、きょとんとなった。電光石火の解決ではないか。

「本当ですか？」

「想像の域を出ないけれど、有力な仮説を思いついた。奥付を見て。この本は二刷だ。もう確かめることはできないけれど、お客さんが持って帰った方は初版なんだろうね。違いがあるとしたら、それしかない」

初版本にこだわる客というのは、ちょくちょくいる。先日も、高校生同士が文庫の奥付を見て「おっ、初版だ」とうれしそうに言っていたりするのを見掛けた。

「昔から疑問だったんですけど、初版って何がありがたいんですか？」

「どんな本の初版でも価値があるというわけではない。判りやすい例で言うと、後に文豪になる作家のデビュー作で、刷り部数がごく少ないものは稀少《きしょう》価値があるとされるね。作家や作品を研究の対象としている人にとっては実際的な価値を持つ。重版や文庫化の際、作者は加筆や訂正をすることがあるから、初版と突き合わせてどこをどう書き換えたのかを調べるわけだ。だから、本来は初版に普遍的な価値はない。ただ、それでも何となく初版がいいもののように感じる人が現われたら、根拠なく値打ちが生まれる。幻想が生む価値だよ。たいていの場合、初版が一番たくさん世に出回るんだから、一番珍しくないんだけれどね」

「ああ、そういうことだったんですか」

「初版にあった誤植やミスが重版で訂正されることもあるから、初版を避けたがる人がいてもおかしくないんだけれどね。辞書については初版を買うのは避ける、という人もいる」

そんなことより、早く聞かせてもらいたいことがあった。

「初版にこだわったのだとしても、まだ判りません。『これからは気をつけてください』の意味が」

「そのお客さんは、これを探していたんだろう。出たのは二年ほど前の本だから、最近になってこの作家のファンになったのかな。やっとうちで見つけて、初版じゃないことにがっかりしたけれど、近隣の店にもなかったので購入した。ところが、三週間ほどたった時、ショッキングなものを目にする。なんと、棚に同じ本の初版が並んでいたんだ。

『こっちを買えばよかった！』と地団太を踏みたくなったのかもね」

そういうこともあるだろう。補充注文の際に「初版を」とか「二刷を」なんて書店は指定できない。たまたま倉庫にあった本が出荷されるだけだ。

「うちの店に最初に新刊として入荷したのは、当然ながら初版だ。それが売れて補充した時、二刷が届いた。また売れたので再度補充したら、今度はどこかの店で売れ残って返品されていた初版が入荷した、というだけのことだ」

「うちに落ち度はありませんよね」

「もちろん。でも、お客さんの目にはそう映らなかった。『初めから初版を置いていたらよかったのに。意地悪だな』と感じたんだろう。そこで一計を案じ、その初版本を買った上で、『ダブったので返品したい』と言ってきたんだな。そして、最後にひと言。『これからは気をつけて、こんな意地悪をしないでくださいね』――筋は通るだろ？」

「ええ、まあ。……だけど、ちゃんと説明してくれないと判りませんよ。言われても対処のしようがないから困りますけど」

「『なるべく初版を売るようにします』と確約はできないものな。むしろ重版分の方が新しいから美本だし。そのへんは、丁寧に実情をご説明するしかない」

ずっと傍《かたわ》らで聞いていた優真が、腕組みをして大人びた呟きを洩《も》らす。

「色んなことがあるわね」

「店頭はステージだ。日々、即興のドラマが演じられる」

この店長にしては珍しく、気取った言い方をした。

「そのお客さんのために、この作家の珍しい本を仕入れておこうかな。ささやかなお詫《わ》びだ」

「初版で揃えないと、また嫌な思いをさせてしまいますよ」

「なあに、売れっ子作家じゃないから心配しなくても初版が入ってくるよ。重版したのはこの本ぐらいだ。今日のお客さんは運が悪かった」

渋い作家についてもよく知っているものだ。読みもしないのに。

そんな浅井を見ていると、中島敦《なかじまあつし》の『名人伝』という小説を連想する。天下一の弓の名人になろうとした趙《ちょう》の紀昌《きしょう》の物語だ。そこに登場する仙人めいた老師は、〈不射之射〉という神技を使う。素手で弓矢を打つ真似をしただけで飛ぶ鳶《とび》を射落とすのだ。浅井は〈不読之読〉を心得ているかのようだ。

「じゃあ、今日もお疲れさま。気をつけて帰ってね」

と言ってから、詩織を呼び止めた。

「明日は天気が荒れるって予報が出てるから、やばそうだったら早く上がってもいいよ」

えらく気を遣ってくれている。

「台風がくるわけでもないから大丈夫ですよ。明日、店長は取次の店売《てんばい》にいらっしゃるんですよね？」

急いで調達しなくてはならないフェア商品があるので、問屋にじかに仕入れに行くという予定を聞いていた。

「うん。昼前に行って、五時ぐらいには店に戻る。パートさんが六時で上がった後は人手がなくなるけど、悪天候だったらお客さんも少ないだろう。僕一人でも店は回る」

「判りました。じゃあ、様子をみて」

ありふれた、だけど小さなドラマがあった一日が終わった。


翌日は、朝から重たそうな雲が垂れ込めていた。

午前中の講義を受けてから出勤した詩織は、バックルームで上着を脱ぎ、エプロンをつけるなりコミックの補充作業を始めた。商品知識がないのでまだ勝手が判らないが、とにかく欠本補充だけはこまめにすることを心掛けている。

せっせと体を動かしていたら、後ろの方で「あー」と声がした。夕方までのパートの豊島《とよしま》だ。よく笑う楽しいおばさんが腰に手を当てて、文庫の平台《ひらだい》を見下ろしている。マナーのよくない客がジュースでもこぼしたのか、と思った。

「どうかしましたか？」

そばに寄っていくと平台を指差すが、何も変わったところはないように見える。

「またなくなってるの。わたしが丹誠込めて描《か》いたのに」

豊島は大手スーパーでＰＯＰライターをしていたことがあるので、この店でもその特技を発揮してもらっている。店長が考えたお薦めのキャッチコピーを、彼女がきれいな

ＰＯＰに仕上げるのだ。

「ああ、ここのが」

針金製のスタンドだけが虚しく残っている。その前に積まれているのは、レイ・ブラッドベリの『刺青《いれずみ》の男』。題名は中学生の頃から知っているが、まだ読んではいない。高校時代に文芸部に入っていたクラスメイトが絶賛していたから、気にはなっている。

「『またなくなった』ということは――」

「二回目。ひと月ほど前にもなくなってたの。スタンドからはずれたのかな、と捜しても見つからなかったので、同じものをまた描いたんだけど」

どんなＰＯＰだったか、店長を手伝って文庫のメンテナンスをしていた詩織はよく覚えている。〈月光を浴びた刺青が語る18の夢幻　物語の万華鏡の中へ入ってみませんか〉といったコピーだった。店長に「愛読書なんですか？」と訊いたら、「目次しか読んでいないけど、面白そうだよね」と言われた。

ちなみに、カバーに書いてある紹介文はこうだ。――暑い日にもかかわらず、ウールのシャツのボタンを胸元から手首まできっちりとかけた大男。彼は全身に彫った18の刺青を、18の秘密の物語を隠していた。夜、月あかりを浴びると刺青の絵は動きはじめ、18の物語を演じはじめる……。

――無性に読みたくなってきたぞ。

それはさておき、消えたＰＯＰの謎だ。

「万華鏡っぽくカラフルで不思議な感じのPOPでしたね。とてもきれいだったから、お客さんが欲しくなって持っていったのかもしれませんよ」

「二枚も？」

「そんな人が二人いたとか」

「まさか。いい出来だったけれど、たかがこれぐらいのPOPよ。盗むほどのものとは思えない」

だろうな、と詩織も思う。人気作家の直筆サインでも入っていたら話は別だが。

「『刺青の男』という本が大嫌いな人がいて、『こんな小説を客に薦めるのはやめろ』と怒ってはずしていくのかしら」

思いつきを口にしたら、豊島は唇を尖《とが》らせる。

「そんな勝手なことをされてはかなわないわ。営業妨害ね。意地になって、もう一回描こうかな。それを取ろうとしている現場を見たら注意してやろう」

——でも……大嫌いな本のお薦めPOPが平台に立っていたからといって、二度も取って持ち去ったりするかな？

自分で言っておきながら、詩織は首を傾《かし》げた。あまりにも子供じみている。それに、いくらPOPをはずしたって、憎い本そのものは積まれたままなのだから無駄な抵抗だ。

「待って、これはもしかしたら……」

豊島はにやりと笑い、人差し指で詩織の二の腕を突《つつ》いた。

「POP泥棒は、橋立さんの大ファンなのかもよ」

「ど、どういうことですか？」

話に飛躍がありすぎて理解できない。

「あのPOP、描いたのはわたしだけれど、取り付けたのは橋立さんだった。そこを目撃したら、橋立さんが描いたものだと勘違いしそう。あなたに恋心を抱いている男の子が、『愛《いと》しい人が描いたものだ、あれが欲しい』と出来心に駆られて失敬した、とも考えられる。一度ならずも二度までも。惚《ほ》れられたものね」

「リアリティがないんですけれど」

「そうかしら」

『『刺青の男』のPOPだけを取っていくのが変です。他の本についているPOPはどうして持って行かないんですか？　もっとロマンティックなコピーのもあるのに」

「それもそうね」と豊島は自説を撤回する。

――またミステリーだ。店長に推理してもらおう。

コミックの欠本チェックをすませると、バックルームのファックスで発注書を送る。送信が完了したところで電話が鳴ったので、素早く受話器を取った。

「橋立さんか、お疲れさま」

店長だった。取次での商品調達を終え、これから遅い昼食をとるところだと言う。

「ますます曇ってきているね。さっさと食べて、五時までには店に戻るようにするよ。

――変わったことはないね？」

「はい、特に。また『刺青の男』のPOPがなくなった以外は」

「どういうことだい？」

わざわざ報告するほどのことではなかったけれど、落ち着いて話せる状態にあるらしかったので、かいつまんで話した。

「ということなんです。今日のミステリー、ですね」

ほんの数秒、間が空いた。苦笑されているのかな、と思ったら、予想もしていなかった指示が返ってくる。

「アガサ・クリスティーの『親指のうずき』という本を調べてみてくれ。もしも何か挟まっていたら、そのページを控えておくこと。以上」

そこで電話は切れてしまった。怪訝《けげん》に思いながら売場に出て、クリスティー文庫『親指のうずき』を捜す。『刺青の男』を平積みしてある上の棚に収まっていた。クリスティーは有名どころを五作ほど読んだが、この作品は未読だ。

――何が挟まってるんだろう？　まさか、ここからPOPが出てきたら手品よね。

ところが、その手品を見せつけられてしまった。中ほどのページから失《う》せ物が現われたのである。慌てて豊島に見せに走った。

「電話で聞いただけで店長が言い当てたの？　嘘みたい」

「五時前に帰ってくるそうです。顔を見たら、すぐ種明かしをしてもらいましょう」

挟まれていたページをメモしてから、ＰＯＰをスタンドに戻す。豊島によると、これは描き直したものらしい。もう一枚の行方は依然として不明だ。

「早く店長に説明して欲しいわね」

四時頃になると雨が降りだした。ガラス扉から外の様子を窺《うかが》うと、風も強いようで斜めから吹きつけている。傘をさして歩く人たちは、前傾姿勢になっていた。

返品するコミックをバックルームに運んでいたら、電話が鳴った。出てみたら、また浅井だ。少し遅くなるのかと思ったら、それどころではなかった。

「電車が停まってしまった。変電施設の大きな事故が原因らしくて、いつ動くか判らない。昨日は『早く上がってもいいよ』なんて言ったけど、最後まで残ってくれるかな。最悪の場合、レジ締めまで一人でお願いすることになるかもしれない」

電車は駅と駅の間に停まったままで、彼はどうすることもできないのだ。他の乗客が「間に合いそうにないんだ」とか話している声も聞こえていた。やはり携帯電話でどこかに連絡を取っているのだろう。

詩織は快く引き受けた。一人でレジ締めから売上の入金までしたことはないが、店長が休みの日に男子アルバイトと二人だけでやったことはある。

「はい、やります。心配しないでください。……さっきのＰＯＰ、見つかりました」

こんな時にどうかと思ったが、その件を伝えておきたかった。焦《あせ》っても仕方がない状況のせいか、浅井はのんびりとした口調で話しだす。

「そんなことだろうと思ったよ。どういう推理をしたのか、気になるだろ。何でもないことだ。あのへんの棚で、いつも立ち読みに耽ってくれるお客さんがいるよね。長髪に眼鏡の、二十代半ばぐらいの人だ」

華谷堂書店柳町店の名物といってよい。

「いますね。うちの店に一番長く滞在してくれる人。何かを買ってもらった覚えがありません」

「一冊まるごと店で読む強者《つわもの》だ。ひと月半ほど前から、その彼が立ち読みしていたのが『親指のうずき』。何を読んでいるんだろう、と思って書名を覗《のぞ》き込んだことがある。ミステリーだのSFだのハヤカワ文庫だの、僕は読んだことがないけれど、一つだけ知っていることがある。あそこの文庫には、栞《しおり》もスピンもついていない」

いきなり自分の名前が出てきたのかと思ったが、シオリ違いだ。スピンが栞にするため付けられている紐《ひも》だということはバイトを始めてから知った。

「栞がないと、ミスター立ち読みにとっては不便だ。そこで彼は、すぐ近くにあったPOPを抜き取って、本に挟んだんだ。それだけのことだよ。栞に代用できる投げ込みチラシも入ってなかったんだろう」

——そういえば、なかった。挟まっていたのはPOPだけ。

「でも、なくなったのは二枚なのに、挟んであったのは一枚だけです」

「そんなことミステリーか？　『親指のうずき』は、一度売れてしまったんだな。ミスター立ち読みが挟んだPOPとともに。買ったお客さんは気づいただろうけど、『こんなものが挟まっていましたよ』と店に返しに行くほどのことでもないと思ったのか、あるいはうちにくる機会がなくて、そのままになったんだと思う」

やがて『親指のうずき』が補充されると、ミスター立ち読みは読書を再開する。その際、またも『刺青の男』のPOPを栞として借用したわけだ。

「174ページと175ページの間に挟まっていたって？　うん、見たところそれぐらいは読んでいたな。栞にしていたと考えて、まず間違いない」

詩織は、不快感を訴えずにはいられなかった。

「本屋を何だと思っているんでしょうね。立ち読みする自由はありますけど、そんなふるまいは常識の範囲を超えています。人間が汗水たらして作ったものを、人間が汗水たらして売っているって、判ってないんです。あのPOPだって、豊島さんがどれだけ丁寧に描いてくれたか」

「声が大きい。売場に聞こえるよ」

注意されたので、口許を押さえた。

「自分が好きなものにさえ金を払いたくない人間がいるんだよ。本人がよっぽど安い人間なんだろうな」

毒舌だ。詩織の怒りを鎮めるため、代わりに毒づいてくれたのかもしれない。それなのに彼女は、つられて皮肉っぽいことを口走ってしまう。

「お金を払って読むほどでもないから、店長は本を読まないんですね」

——まずっ。言い過ぎちゃった。

ひやりとしたが、浅井は淡々と応える。

「それは違うなぁ。僕の家は製本屋なんだ。そのせいか、子供の頃からマテリアルとしての本に興味があってね。うちの小さな町工場で完成して、次々に送り出されていく本を見ているうちに、本に愛着を抱くようになった。本の川の岸辺に座って、眺めていたみたいなもんだ」

生家が製本工場だとは初耳だった。彼がどうして書店員になったかを聞いたこともない。

「でき上がった本を見て、何が書いてあるのかと想像するのも楽しかった。そうすると、タイトルや本の佇《たたず》まいから中身がうっすら見えてきたりする。これがまたいいんだな。その境地に達するのも快感だ。膨大な種類の本を片っ端から読んだとしても、海の水をコップで掬《すく》うようなものさ。それを虚しく思ったわけじゃないけど、僕は海の水を掻き出すことはせず、潮風に吹かれて楽しむことを選んだ。今の仕事は、性に合っているよ」

詩織は大の本好きで、友人にも読書家が多かった。本を読まない人間とは話が合いにくく、人種が違うと感じることもある。読書は人間の知性や感性を深めたり広げたりするだけのものだと信じていたが、最近はふと疑いが湧くことがないでもない。時として、読書は人を頑《かたく》なにする。自分の信念や快楽原則に沿ったものだけを選べば、心が狭《せば》まることもある。自分の中にもそんな傾向があるのを察していた。浅井は、あらかじめそんな罠《わな》から自由なところにいるのだ。それも読書家である、と言えるかどうかは疑問だが。

「他店から応援を出してもらうように本部に頼んでみようか？」

「いいえ、本当に平気です。一人でできますから」


六時になって、豊島が帰る。詩織が一人きりになることを気にしてくれたが、雨が強くなってきて客が少なかったから、忙しくて困ることはないだろう。ブックカバーを折りながら、のんびりとレジに立っていられそうだ。

七時に店長から電話があり、もうすぐ動くとアナウンスがあったが信用できず、電車が動きだしたとしても閉店時間までには店に行けそうにない、と伝えてきた。その前には優真からも電話があり、「電車が停まってるから店長が帰ってこられないいんじゃないですか？　橋立さんだけで大変だったら行きますよ」と言ってくれたが、どちらにも安心するように応えた。

店内には、もう三人しか客がいない。うち一人が雑誌を買って出ていき、残る二人もやがて去った。この時間に店に一人っきりになったのは初めてなので、新鮮な解放感がある。

それでも面白がってばかりはいられなかった。雨の降りはさらに激しくなり、雷鳴が轟《とどろ》きだすと心細くなってきた。店内には煌々《こうこう》と明かりがついてはいるが、ガラス扉から覗く外は深夜のように真っ暗。ここまでの荒天になるとは思っていなかった。

——何、これ？　ホラー映画みたい。

人の気配がまったくしない。バケツをひっくり返したような降りだから、誰も外を歩いてはないか、とすら感じる。世界中の人間が眠り、目覚めているのは自分だけなのでいないようだ。勤め帰りの人たちが店の前を通り過ぎていく時間なのだが。

ガラス越しに眩《まぶ》しいばかりの稲光が射し、次の瞬間、凄《すさ》まじい迅雷《じんらい》が響く。あまりの迫力に詩織は耳をふさいだ。

自動ドアが開き、風が店内に吹き込んだ時は、浅井が帰ってきたのかと思った。こんな雷雨を衝《つ》いて本を買いにくる者などいそうもないから。

入ってきたのは、店長ほどではないが長身の男で、ゆっくりと本棚の間に分け入っていく。茶色の鞄《かばん》を手に提げ、灰色らしいスーツはずぶ濡《ぬ》れになったせいで黒衣のようになっていた。カツコツと高い靴音がした。見たことのない客だ。

詩織の胸に、雷に対するのとは別の恐怖が芽生えた。何とはなしに嫌な感じがする。まさか女子大生アルバイトが一人で店番をしているのを見てやってきた強盗ではないだろうけれど。

男は文庫の棚を見て回ると、突き当りの壁面に沿って左に移動する。実用書の棚だ。死角になって姿は見えずとも、靴音で動きが判る。時々立ち止まり、また歩き出すという調子で、左の角まで行くと、今度は児童書とコミックの棚の間を同じように進む。

——何か目的の本を捜しているというふうじゃない。雨宿りのつもりなのかな。

それならば商店街にある喫茶店に入ればよさそうなものだ。雨は夜半まで続くという予報が出ており、閉店間際の書店で小降りになるのを待つというのも合点がいかない。

男は、棚の間から姿を現わした。鼻が大きく、唇は薄くて、目つきが鋭い。年齢は三十代以上というぐらいしか見当がつかなかった。胸許で紫色のネクタイが揺れていた。

次は雑誌売場を端から順に見て回る。スポーツ誌、芸能音楽誌、コンピュータ誌、文芸誌からファッション誌まで、均等に見る客など普通はいない。やはり雨宿りなのか、と思いながら様子を窺っていると、レジカウンターの前を通り過ぎて、学習参考書が並ぶ右の壁面に向かった。詩織の方には視線をやろうとしない。

男の一挙手一投足のすべてが気になりだした。柱に貼ってあるアルバイト募集の告知や、子供たちにマナーを守ってもらうために書いた〈ジュースをのみながら本をみないでね〉というお願いにも、いちいち目を留める様がおかしい。文字を読めない怪物が人間に化けていて、〈コノ模様ハ何ダロウ?〉と興味を示しているように思えた。

雷は、この町の上空に達したらしい。稲光はいよいよ目映《まばゆ》く、雷鳴がするたびに店内の空気も震えるようだ。詩織は身を固くする。どこかに落雷した時は、「わっ」と小さな悲鳴を上げてしまった。

男はそんなものにはかまわず、単行本の新刊平台を見ている。十冊積んだ本の九冊を持ち上げて一番下の本を覗き込んだり、背中を丸めてPOPを覗き込んだり。蒼《あお》い雷光がその横顔を照らすと、歯を見せてにやにや笑っていた。どうしたらそんな顔ができるのだ、というほど残忍な表情だ。

——店長、早く帰ってきて。変な人と二人きりになってるの。

時計の針は、七時四十五分を指している。この男が居座るのなら、まだ十五分は我慢しなくてはならなかった。華谷堂書店は『蛍の光』を流さない。八時になって閉店だと告げても出ていこうとしなかったら……などとも考えてしまう。一人で大丈夫だと言い切ったけれど、こんな事態は想定していなかった。

男を観察する勇気も失せて、詩織はカバーを折り始めた。黙々と作業をして、時間をやり過ごしたかった。

やがて、靴音がこちらへやってくる。

「すみませんが」

男が目の前に立った。右手が持ち上がり、何かを差し出す。今日発売の週刊誌だ。

「これを」

「はい……」

レジを打ち、代金を受け取る。レシートと釣りを渡し、雑誌を袋に入れようとしたら、

「それはいいよ」と言われた。男は雑誌を鞄に収め、雷雨の中へと出ていく。ドアが閉まった時は、ほうと溜《た》め息が出た。

時計を見たら七時五十七分。もう店を閉めてもいいだろう。〈本日は閉店いたしました〉の札をドアに掛けようとしたら、向こうから浅井がやってくるのが見えた。大きな

体が頼もしく映る。

「ごめんごめん。かろうじてレジ締めには間に合ったか。何もなかった？」

涼しい顔で「はい、何も」と答えるのは無理だった。この三十分ほどのことを話すと、浅井は真剣なまなざしで聞いていた。

「その男なら、今さっき商店街のはずれですれ違ったよ。今朝、開店してすぐにもきていたな」

やはり雨宿りではなかったのだ。開店直後にきた時は店をざっと一周し、レジ脇に置いてあるガムを買ったという。

「ガムだけを？」

「一番安い商品を買ったんだろうね。うーん、そいつが閉店時間にもやってきたか」

「とても無気味でした」

「異様な顔でにやにや笑っていた、というのは稲光のせいだろう。目の錯覚だよ」

そうかもしれない。

「でも、普通のお客さんにも思えませんでしたよ。何か、違和感が……」

「鋭いね。普通のお客さんではないだろう。あいつは――」

言葉を切って、詩織を焦《じ》らす。

「何なんですか？」

「死神」

雨が去った翌日は、からりと晴れた。

三日続けてのバイトで、その日は六時から閉店まで勤務だ。大学からの帰りに定期券で下車し、駅前商店街を通り抜ける。その途中、工事現場の前で少し歩調を落とした。来年の春に大手スーパーが出店する。そこに書店が入るのだろう、と店長は言っていた。

昨夜、レジを締めてからのやりとり。

「まだ情報は流れていないんだけれど、競合店ができるんだろうな。そこと一騎打ちになる」

「うれしくありませんね」

「新しい店ができるのは仕方がない。うちが出店した半年後に、商店街に古くからあった小さな書店が店を畳んだ。後継者がいなかったのが原因らしいけど、うちの影響もあったはずだ。どんな店が後から出てきても、泣き言は並べられない」

灰色の服の男は、出店を検討している書店の人間で、競合店となるこの店の調査にきたのだろう、というのが浅井の読みだった。

すべての棚を隈《くま》なく回ったのは、商品構成を見るため。開店してすぐと閉店間際に買い物をしたのは、レシートの通し番号から客数を調べるため。バイト募集などの表示やPOPをチェックしたのも、どんな店なのかを知るための情報収集だ。平積みの下を覗いたのは上げ底の有無を確かめて、新刊配本数の見当をつけるためらしい。

「競合店からの使者だから、死神ですか」

「死神というのは冗談だ。橋立さんを怖がらそうとして、どぎつく言ってみただけ」

聞いた時は、ぞくっとしてしまった。

「本当に死神なんかじゃない。だけど、ぼやぼやしていたらお客さんを取られてしまう。それで店が潰《つぶ》れたら、やっぱり死神だったということになる」

「そうならないように、一生懸命やらないといけませんね」

雷は去り、雨も小降りになった静かな店内で、二人は話した。

「今日はなかなか刺激的でした。POPの謎を店長が解く、というイベントもあったし」

そう言うと、浅井は真顔になった。

「あんなもの、謎解きのうちに入らないよ。そんなことより、どんな店にしたらもっとお客さんに喜んでもらえるかを考えないと。まだできることが何かあるはずなんだ。僕にとっては、それが謎だ」

競合店が出てきそうだと知り、浅井は発奮しているようだ。

「コミックでは絶対負けないようにします」

店長にほだされて、詩織は威勢のいいことを言ってしまった。

工事はまだ始まったばかりで、競合店がオープンするとしても半年先だ。時間がある。

――それまでに、店長が謎を解くのを手伝おう。

詩織は、速足になって店に向かった。

謎のアナウンス

悪天候のために飛行機の便が大幅に乱れ、僕はオランダ・スキポール空港で三時間も待たされることになった。就職が決まり、ヨーロッパに貧乏旅行に出た帰路のことだ。

どういうきっかけだったか、カフェで隣に座った日本人の紳士と言葉を交わすようになった。六十がらみで恰幅《かっぷく》がよく、仕立てのいいスーツで身を固めていた。気さくな人で、異国の空港で日本人同士の話が弾むうち、僕が推理小説のファンだと知った彼は、こんなことを言いだす。

「ミステリーがお好きですか。退屈しのぎに、私が実際に経験したおかしな話をしてみましょう。その謎を解いてみてください」

時間はたっぷりある。僕が挑戦を受けると、紳士は歯切れよく語り始めた。

「よく行くスーパーがありましてね。全国展開している大手のチェーン店です」

「スーパーによく買い物に行くということは、自分で料理をお作りになるんですか？」

意外に思って、つい尋ねてしまった。

「質問は後でまとめて受けます。——ある時、そこでこんな放送を聞いたんです。『迷子さんのお報《しら》せを申し上げます。ただ今、黄色い服に黄色いスカートのお嬢ちゃんが迷っておいでです。お心当たりのお客様は、お近くの従業員までお申し付けください』

どうということもない案内だ。

「何歳ぐらいの女の子だろうか？　名前を言わないということは、泣いて答えられないほど幼いということか。だとしたら、およその年齢をアナウンスした方がいいのではないか。いや、服装に特徴があるから言わずとも保護者には判るだろう――などと考えました」

それから三カ月ほどして、彼は同じスーパーの別の店舗に行く。すると、こんな放送があった。

「『迷子さんのお報せを申し上げます。ただ今、黄色い服に黄色いスカートのお嬢ちゃんが迷っておいでです。お心当たりのお客様は、お近くの従業員までお申し付けくださ い』――三カ月前とそっくりの内容だ。同じ女の子が同じ服装でまた迷子になったかのようです。しかし、二つの店は百キロ以上も離れていたのですよ。同一人物とは考えにくいでしょう」

僕は頷《うなず》く。

「さらに半年ほどしてから。そのスーパーのまた別の店に行き、例の迷子の案内のことを思い出していると、チャイムに続いてアナウンスが流れました。一度だけ私から質問させていただきましょう。そのアナウンスは何と言ったと思いますか？」

僕が答えると、紳士は手を打った。

「そのとおり。『迷子さんのお報せを申し上げます。ただ今、黄色い服に黄色いスカートのお嬢ちゃんが迷っておいでです。お心当たりのお客様は、お近くの従業員までお申し付けください』。またもや黄色い服装の迷子のお嬢ちゃんだ。偶然とは思えないでしょう。ちなみにその店は、前の二つの店舗から二百キロは離れたところです。ああ、何ということだ、と私は頭を抱えてしまいました。——話はこれだけです」

そこで彼は、にんまりと笑う。

「さて、なぜ私は頭を抱えてしまったのでしょうかね？　思いついたことがあれば、どんどんおっしゃってください」

あまりにも不可解な出来事に遭遇して困惑してしまったから、では答えにならないだろう。質問で探りを入れてみることにした。

「女の子が何者なのか判ったんですか？」

「ええ、察しがつきました。私だから判ったんですね。これはヒントですよ」

「その子の姿を見て？」

「いいえ。見られるものなら、見てみたかった。——はは、こいつは思ったより面白い。出題者というのは愉快な立場ですな。自分だけが正解を握っているというのは優越感をくすぐられる」

僕も回答者という立場を楽しんでいた。

「迷子なんか本当はいなくて、それは従業員にだけ判る符牒《ふちょう》だったのでは？」

紳士は「うーん」と唸《うな》った。

「いいところを突いてきますな。はい、そうです。いやいや、これは思ったよりも早く正解にたどり着くかもしれません。私としては、もっと長く楽しみたいんですが」

気をよくした僕は、さらに斬り込んだ。

「黄色は警戒色だから、何か警戒すべき事態が発生したことを伝える暗号のようなものだったんでしょうね」

「これまた鋭い指摘です。いいですよ、その調子」

「ズバリ、それは火事ですね？　お客がパニックにならないように暗号を使ってアナウンスしていたんでしょう。違いますか？」

自信があったのだが、これは空振りだった。

「それはあり得ませんよ。私が行く先々で、そのスーパーから火が出るわけがない。私は放火魔ではありませんからな。仮にそうだったとしても、アナウンスは私が火を点《つ》ける間もなく流れたんです。――さあ、もう判ってきたのでは？」

腕組みをして考え込む僕に、紳士は言う。

「いいですか、思い出してください。問題は女の子の正体ではなく、『なぜ私は頭を抱えてしまったのでしょうか？』ですよ」

そう、それが問題だった。

「最初のお尋ねに答えていませんでしたな。私が料理をするのか、について。――いいえ、自分で料理を作ることはまずない」

料理をするでもないのに、頻繁にスーパーに行く目的は何か？　その点に絞って考えるうちに、不穏な答えが閃《ひらめ》いた。

「あなたが店に行く度に同じアナウンスが流れるのだとしたら、あなた自身が原因なのではないですか？　その……つまり、アナウンスはあなたの来店に対する警戒警報」

その先を言うのはためらわれた。すると紳士は、こちらの胸中を見透かしたように言う。

「遠慮なさっていますね。私が万引きの常習犯で、警戒を促す注意報だとでも勘違いしましたか？　駄目ですよ。そんな危険人物がきたならば、放送なんかせず警備員を張りつけるなり警察を呼ぶなりするはずでしょう」

確かに。凄腕《すごうで》の万引き犯でないとしたら彼は何者なのか、と顔をあらためて見ているうちに、どこかで見覚えがある気がしてきた。やがて「あっ！」と声が出る。

「この顔を新聞か何かでご覧になったのを思い出しましたか？　そう。私は、そのスーパーの社長です。今はプライベートな旅行中なので、供の一人も連れていませんが」

そんな人と気安く話す機会があろうとは思ってもみなかった。悪天候が生んだハプニングだが、今まで判らなかったのは迂闊《うかつ》だ。

「私があちこちの店に行ったのは、視察のための巡回です。抜き打ちで回るのですが、どうしてもスケジュールから巡回情報が洩《も》れ、店側に伝わってしまう。すると彼らは、私が入店する前に慌てて売り場を整理し、視察に備える。黄色い服に黄色いスカートの女の子が迷っているというアナウンスは、『社長が店に着いた。注意せよ』の合図だったのですよ。

私が頭を抱えてしまった理由は、もうお判りですね？　そんな下手な警戒警報に社長は気がつかないと彼らは思っていた。人を見くびるのにも程がある。せめて、もっと自然な形で警報を出せなかったものか。……自社の恥をさらしてしまいました。経営者の私が至らなかったからこうなったんでしょう。今後、どう会社を引き締めていくべきか、その方策に迷っています」

そう言って頭を抱えてみせたが、口許《くちもと》には笑みがある。社長は、あらたな挑戦を楽しんでいるようだった。

矢

あの夜。

降りしきる雨を通して、
私は……窓から見たんです。

雨合羽を着て
庭で穴を掘る男。

その背中をめがけて、

何かが一直線に飛び……

次の瞬間、男は穴へ
転げ落ちました。

つまり

犯人は、あの庭に立ち入ることなく、

崖の上から

射たのです。

こうして誰もいなくなった

1

四月二十七日、土曜日。

三重県の伊勢《いせ》湾に浮かんだ小島に向けて、一艘《そう》の船が波を切って進んでいた。定員十人の遊漁船で、黒いキャップを横かぶりにした船長が舵《かじ》を操っている。乗り込んだ客は四人しかおらず、船内のスペースには充分な余裕があった。

「豪華なクルーザーでお迎えかと思ったのに、違いましたね、先生」

頬骨が張ったスーツ姿の男が、ベンチシートの近くに掛けた小太りの男に言う。心安い間柄であるのが判《わか》る口の利き方だった。年齢は、いずれも五十代半ば。

「港で見た時は、拍子抜けしてしまったよ。まさか、これが招待客へのサプライズじゃないだろうね。はは」

ピンクのポロシャツの上に紺色のジャケットを羽織った小太りの男に合わせるがごとく、スーツの男もわずかに顔をほころばせたが、目はまったく笑っていない。どこか冷酷さをたたえた細い目だ。

「こういうのに初めて乗りましたけれど、ちゃんと個室トイレも完備されているんすね。

って、沖に出て一日中でも釣りを楽しむ人がいるだろうから当たり前か。ここに住めそうだな。——おっ、網《あみ》が詰め込んである」

勝手に座席下の収納庫を覗《のぞ》く三番目の男は、三十代前半。デニムのジャケットにデニムのワイドパンツ。髪を金色に染めて、左右の耳たぶにデザインの違うピアスをした彼は、浮ついた口調でさらに言う。

「豪華なクルーザーよりこんな船で島に渡る方が面白いんじゃないかなぁ。せいぜい三十分しか乗らないそうだし。——そう思いません？」

顔を向けて問い掛けた相手は、二人の中年男とは反対側に座っている女だった。年齢は金髪の男よりいくらか上に見える。手脚がすらりと長く、顔立ちはシャープにして理知的。値が張りそうなパンツスーツに身を包んだ彼女は、窓外を見やったまま「そうね」とだけ短く答える。

「あ、気分がよくないんっすか？」金髪の男が訊《き》く。「これに乗る前に船酔いの薬を服《の》んでましたよね」

「心配してくれて、どうもありがとう。でも大丈夫。思っていたほど揺れないから助かったわ」

「なら、よかった。——そろそろ近いんじゃないかな」

寂れた漁村の港を出発して、すでに二十分が経《た》っていた。腰を上げた彼が「あれだぁ！」と甲板で大きな声を発すると、船室内の三人もぞろぞろと出てくる。左斜め前方に、起伏の乏しい小島が見えていた。小太りの男が、それが目的地であることを確認しようとすると――

「他に島、ないでしょうが」

潮焼けした角刈りの船長は、世にも無愛想な返事をした。

「海賊島かぁ。何の変哲もない島だけど、名前にロマンがあるよなぁ。ひょー、風が気持ちいい！」

金髪の男は、船首で鳥のように両腕を広げる。残りの三人はにこりともせず、みるみる接近してくる島を見つめていた。船がその西側に回り込んでいくと、岩だらけの丘の上にある白い建物が視界に入ってきた。

「先生、どうやらあれですね」

「うん、島で唯一の建物みたいだ」

二人の中年男が頷《うなず》き合う。

「海賊島というのは俗称よ」

パンツスーツの女は、金髪の男に教えを垂れる。

「え、そうなんですか？」

「九鬼《くき》水軍がわがもの顔に暴れていた海域からは離れているのに、戦後に雰囲気でそう呼ばれるようになったんですって。本当の名前は赤座島《あかざじま》」

「下調べをしてきたんっすか？」

「まったく得体が知れない島に、のこのこ上陸できないでしょ」

「うーん、招待した人間も得体が知れませんけどね」

「そっちはミステリアスで面白いからいいの。〈彼〉の素顔が拝めるかと思うと、期待で胸がふくらむ」

「確かに」

と応えてから、金髪の男はスマートフォンを操作しかけたが、「ああ……」と声を洩《も》らした。

「もう圏外になってる。電波は届かないと聞いてはいたけれど、ネットにつながらないというのは心細いよなぁ」

小太りの男も、スマホを少しいじってから肩をすくめる。

「不便だが、これも一興だ。報告・連絡・相談やらつまらない陳情やらから解放されて、すっとする。圏外というのは現代のリゾートの素晴らしい条件かもしれないな」

スーツの男が同意した。

「先生がおっしゃるとおりです。不安な気もしていたのですが、ここまでくると『会社なんか知ったことか』と思えてきました。とはいえ、貧乏性なもので二泊三日が限界でしょう」

「部下をしごきたくなって、腕が疼《うず》くわけだ。はは」

「いえ、そんな」

などと四人が話しているうちに船着き場が現われ、ゆっくりと接岸した。出迎えの姿はどこにもなく、招待客たちを歓迎するメッセージの類も見当たらない。これが〈彼〉の流儀なのだな、と四人は了解した。

「宿は見えているから、案内してもらう必要もありませんね。その道をだらだらと上って行くんでしょ」

最も若い男は、そう言って真っ先に下船する。残る三人も荷物とともに上陸するなり、船は岸壁を離れて、船首を転じだした。

「『ごゆっくりお楽しみください』のひと言もなし、か」スーツの男が言う。「仕方がありませんね。あの親爺《おやじ》さんは私たちを島に送るだけがお役目で、完成後のリゾートホテルに雇われているわけではなさそうだ」

パンツスーツの女は、あたりを見回してから島の第一印象を述べた。

「リゾートホテルの玄関口なんだから、ここらはきれいにするんでしょうね。まだ工事が始まる様子もありませんけれど」

金髪の男は、ゆるい坂道を鼻歌交じりに上りだしている。それに続く三人の感想は、似たようなものだった。

――まるで子供だな。

――やれやれ、おかしなのが紛れ込んでいる。

――どんな素敵なホテルに滞在させてくれるのか知らないけれど、彼が雰囲気を壊すわね、きっと。

　午後三時の太陽は、まだ高い。

　五分ばかりかけて着いた〈ホテル〉は四角い箱のようで、無機的ですらあった。既存の建物を改装したとは聞いていたが、白い外壁には汚れが目立って、高級感などありはしない。小太りの男は、ここに至ってはっきりと失望を表明した。

「この程度のものに泊まるため、遠路はるばるきたのか。今からでも東京に引き返したくなるね」

　他の二人の男も当惑を露《あら》わにする傍《かたわ》らで、紅一点は興味深そうに建物を眺めながらコメントする。

「装飾性を削《そ》ぎ落して得られる美をコンセプトにしました、というところでしょうか。古びて見えるのも、わざとそう造ってあるのかも。……それにしては心に響くものがありませんね」

　ここで大きな両開きの扉が不意に開いた。四十前後の男女――男は礼服に蝶《ちょう》ネクタイ、女はメイド服――が深々と頭を下げて、滑稽なほど揃《そろ》って厳かに言う。

「お待ちしておりました。海賊島にようこそ」

　中に入れば驚くほどゴージャスなのではないか、という期待も裏切られ、「まるで会社の保養施設だな」という声が飛びもしたが、本当に引き返したいと希望する者はおらず、海が一望できる一階のラウンジでウェルカムドリンクを供されると、談笑が交わされるようになった。

「まさかこれだけのもの、ということはないでしょう。〈彼〉からのメールに書いてあったサプライズがどこかで仕掛けられているのだと思いますよ」

頰骨が張ったスーツの男——黒瀬源次郎《くろせげんじろう》——が言うと、彼から「先生」と呼ばれる小太りの男——石村聖人《いしむらまさと》——は「そうだな」と頷いた。黒瀬は人材派遣会社・幸労社《こうろうしゃ》のオーナー社長、石村は労働行政に通じた与党の代議士で、二人は日頃から親しく付き合っている。

「多忙な私たちをこんな僻地《へきち》に集めたんだから、よほどの持て成しをしてもらわないと。〈彼〉にしても沽券《こけん》に関わるだろう」

「沽券」

石村の言葉を受けて、長い脚を組んだ早乙女優菜《さおとめゆうな》が呟《つぶや》く。

「人前に決して出てこようとしない〈彼〉が、そういうものを意識するんでしょうか？　みんな仮名から判断して〈彼〉と言いますが、そもそも性別も明らかではありません。FXで上げた利益を注《つ》ぎ込んで、仮想通貨で巨万の富を得たと言われていますけれど……」

「どこの馬の骨とも判《わか》らない奴《やつ》だ、と先生はおっしゃりたいわけですね」

黒瀬が早乙女のことも「先生」と呼ぶのは、港で初対面の挨拶《あいさつ》を交わした際に弁護士だと聞いたからだ。

「馬の骨とまでは……。謎めいていて面白い人だと思っています。ネットを使って大富豪になった現代のレジェンドですし。連休の頭を潰《つぶ》してご招待に応じたのは、〈彼〉に会ってみたかったからです。男性でも女性でも、きっとユニークな人でしょう」

金髪にピアスの男――二《ふた》ツ木十《ぎと》夢《む》――は、ジャケットの大きなポケットから畳まれた紙を取り出す。

「招待状をプリントアウトしてきたんっすよ。えーと、最後の方はこう。〈まったく新しい楽しさに満ちた海賊島は、まさしく天国に一番近い島です。そこで信じられないサプライズが待っているでしょう。貴殿が映像クリエイターとしてご多忙な毎日を送っておられることは重々承知した上でのご招待です。どうか万障繰り合わせてお越しくださいませ。デンスケ敬白〉――と」

デンスケ。それが謎の大富豪の自称だった。

「こんなメールで釣り出されたのが、われながら不思議だ。でも、レスしてみたら本物のデンスケらしいんだよなぁ。皆さんも、そう信じたからこのツアーに参加したんでしょう？」

黒瀬が答える。

「まぁね。デンスケといえば時の人だから、その〈彼〉に招待されたとなれば、虚栄心がくすぐられましたよ。〈これからは実業にも手を染めようとしております。ついては、ビジネスの世界で瞠目《どうもく》すべきご活躍をなさっている黒瀬様に私が準備中のかつてないリゾートをご覧いただき、有益なアドバイスを頂戴できれば幸甚です〉ときたら――。それに、石村先生もご一緒とあれば、あまりにも魅力的でした」

「黒瀬さんが求められたのは〈アドバイス〉か」石村が言う。「招待状の文面は少しずつ違うみたいだな。私は〈お力添え〉を乞《こ》われている。リゾート開発を目論《もくろ》んでいるのならお門違いだと思うがね。メールに返信して、地元選出の他の議員と間違っているのではないか、と尋ねたよ。そうしたら、〈人違いではありません。ご無理を申すつもりはないので、浮世を脱出して骨休めにいらしてください。飛び切りの話のタネになるでしょう〉なんて返事がきてね。好奇心をいたく刺激されてしまったんだ」

彼らを出迎えた蝶ネクタイの男が、背筋をぴんと伸ばしたまま近寄ってくる。彫りの深い端整な顔立ちをしていたが、感情はいっさい出さない。見ようによっては、何もかも諦《あきら》めきった人間の表情のようでもあった。

「お寛《くつろ》ぎいただけたでしょうか。よろしければ、二階のお部屋にご案内いたします。ドリンクのお代りをご希望でしたら、お申し付けください」

早く旅装を解きたい者ばかりだったので、蝶ネクタイとメイド服の二人が手分けをして、四人の荷物を持って部屋に案内する。はたしてどんな客室なのか。招待客たちは大いなる興味とともに室内に踏み入った。

――なんだ、こんなものか。まだ驚かせてくれないいな。

——思ったより狭い。ベッドが高くて、寝転んだまま海が見えるだけが取り柄か。

——あれ、しょぼいな。っていうか普通じゃん。

——この程度の内装と調度でリゾートはないわ。デンスケはどういうつもり？

四月の太陽は、午後五時が近づいてもまだ高度をあまり下げない。

部屋にこもっていても仕方がないので、招待客たちは館内やその周囲をひと巡りしてからラウンジに落ち着き、飲み物のグラスを片手にしばらく語らっていた。少し前から西向きの窓を気にしていた黒瀬源次郎が、「きましたよ」と指差す。

「第二便がお着きか」

ソファに深くもたれていた石村聖人が、中腰になる。自分たちが乗ってきた遊漁船が、残りの招待客を連れてきたのだ。あの船なら一度に全員を運ぶことも可能だが、人によって港に到着する時間が分かれたため、船は二往復することになった。

「二ッ木さんの弟さんは、ちゃんときたのかしらね」

早乙女優菜は、そう言ってからリキュールを喉《のど》に通す。

「どうかな。さっき連絡がきていないかとスマホを見たんすけど、圏外なのを忘れてました。思わぬ急な仕事が入ってしまったけれど片づいたら駈《か》けつける、と言っていたから大丈夫だと思うんっす。あいつの方がデンスケのご招待に感激していましたから」

「弟さんは、何をしている人なの？　いくつ違い？」

「僕の仕事を色々と手伝ってもらってます。齢《とし》は同じ三十二歳。双子なんっすよ」

「やっぱり髪の毛は金色？」

「いやいや、紛らわしいから、そこは揃えてません。あいつは黒髪さらさらで、頭のてっぺんに天使の輪ができます」

「ハンサム？」

「一卵性双生児だから同じ顔ですって。がっかりしたでしょ？」

「そんなことはない。あなたってハンサムよ。鼻筋がきれいだし、目許《めもと》がちょっとワルっぽいところもいい」

二人は打ち解けた様子で話し、石村と黒瀬は窓辺に寄って船が接岸するまで眺めていた。

蝶ネクタイとメイド服は、新たな客を出迎える準備をしている。先ほど雑談に引き入れて聞いたところによると彼らは夫婦で、ここで働くようになって間がないという。名前は茂原勤《もばらつとむ》とカヲリ。夫の名前を聞いた人材派遣会社の社長は、「もっぱら勤める、か。勤勉そうな名前だな」と笑い、早乙女はこっそり眉根《まゆね》を寄せた。

ここの従業員が茂原夫妻だけだと知って、四人は一様に訝《いぶか》った。月曜日の午後一時に客たちが帰るまで、この二人だけで食事の支度も給仕も清掃も何もかもこなすというのは無茶ではないか。夫婦で独楽鼠《こまねずみ》のように動き回れば可能だとしても、上質のホスピタリティはとても望めそうにない。

「どんな方たちなんでしょうね。色々な分野から人選しているみたいですけれど」

堅苦しいスーツから麻のカジュアルなシャツに着替えた黒瀬は、両の掌《てのひら》を擦り合わせる。

やってきたのは三人の男女。その中に二ツ木十夢と同じ顔はなかった。

2

招待客が揃ったラウンジは、自己紹介の場となった。第二便で島に着いたのは、女二人に男一人。早乙女優菜が手帳にメモをしていると、二ツ木十夢が手許を覗き込む真似《まね》をした。

「何を書いているんっすか？」

「皆さんの名前。控えておかないと覚えられないから」

「マメっすねぇ」

手帳には、彼女自身を除く六人と茂原夫妻の名前が並び、職業が添えてあった。

石村聖人……代議士
黒瀬源次郎……幸労社社長
二ツ木十夢……映像クリエイター

有働万作《うどうまんさく》……システムエンジニア
榎友代《えのきともよ》……ケアハウス社長
春山美春《はるやまみはる》……モデル（ミハル）
茂原勤
〃　カヲリ

「石村先生や黒瀬社長にこんなところでお目にかかれるとは。大変光栄に存じます」

福々しい顔に笑みをたたえ、誰彼なしに名刺を差し出したのが榎友代だ。六十に手が届くかどうかという年の頃で、この中で最年長なのは間違いない。赤い縁の大きな眼鏡《めがね》の奥では、小さな瞳《ひとみ》がせわしなく動いている。大阪で高級ケアハウスを経営しているというが、会社名までは出さなかった。

「立派な方ばかりで、気後れしています。どうして僕なんかが招待されたんだろうな」

戸惑ったように言う有働万作は、招待客の中で最年少の二十九歳。長身でぱっと見はスポーツマンタイプなのに、背中を丸めて小声でぼそぼそと話す。「内気なもので」「人見知りをする質《たち》で」と盛んに言い訳をしていた。

春山美春はミハルの名で活躍中のモデルで、人気ファッション雑誌の表紙を飾ったこともあるという。榎友代が「お顔の大きさが私の半分ぐらい！」と言ったほどの小顔で、どこか儚《はかな》げな表情が人の心を波立たせる。さすがに独特の雰囲気を放っていて、彼女の周囲には甘い空気が漂うようだった。

――早乙女さんもきれいだけれど、もっとすごいのがきたじゃないか。大きな花が咲いたようだ。

――スカートが短いのはいいけれど、脚、細すぎるわ、ミハルちゃん。

――幸労社って、あれやないの。噂《うわさ》のブラック企業。なるほど、社長さん、生で見ても冷たそうな目をしてはる。

――どうして？　予定外だ。

――スケベ面して、いきなり胸ばっかりじろじろ見んなよ、おっさん。失礼だろ。

表面上は、和やかな場となった。多少、感じのよくない人間が交じっていようとも、所詮《しょせん》は行きずりの者。月曜日までは一つ屋根の下でともに過ごすのだから、無用の摩擦が生じないようにこやかにしておくに如《し》くはない、というわけだ。

「君の双子の弟さんは、どうしたんだろうね」

石村に言われて、二ツ木は肩をすくめる。

「判りません。急用ができたらしいので、どうしてもこられなくなったのかな。デンスケにはメールで連絡を入れたんじゃないっすか。――皆さんはご存じありませんよね？」

後からきた三人は関知していない。特急が停車する最寄り駅には、彼女らを港へ運ぶためのハイヤーが二台待機していたのに、時間がきても十夢の弟は現われなかったのだ。

「おかげで僕はゆったり一人でハイヤーに乗りました」と有働が申し訳なさそうに言う。

石村が、茂原勤を呼んだ。

「ここ、通じる電話があるんだよね。何か連絡は入っていないかな？」

「いいえ、今のところございません」

「二ツ木さんの弟さんから電話があったら教えて」十夢に向き直って「弟さんのお名前は？」

「ジムです。慈悲の慈に夢と書いて、慈夢」

「双子の息子をトムとジムと命名か。君のご両親はグローバル時代を予見して、対応しようとしたのかな」

「耳で聞いて国籍不明は勘弁してもらいたいっすよ。威厳や貫禄《かんろく》がある名前が好きなのに。源次郎みたいな」

先ほどまでそばにいた黒瀬の方を見ようとしたが、彼は場所を移動していた。ラウンジの片隅にある大理石製のマントルピースの前に立ち、やや腰を折って何かに見入っている。

「面白いものがあるんですか？　何か飾ってあるようですけど」

早乙女の問い掛けに振り返った黒瀬は、「こんなものが」と指差す。マントルピースの上に彩色された木彫りの人形がずらりと並んでいた。どっしりとした金属製の台座を除いた高さは二十センチほど。

「それ、可愛《かわ》い」

春山美春が高い声を出し、そちらに寄って行く。釣られて何人かがマントルピースを囲んだ。

「海賊島のマスコットですか。よくできている。こういうの、好きなんです」

有働が面白がる。人形は全部で十体あり、どれも異なるポーズを取っていた。人相の悪い男たちがサーベルを頭上にかざしていたり、ジョッキで大酒をくらっていたり、望遠鏡を覗いていたり。頭目らしき者はおらず、どれも手下らしい。

台座には、ジョリー・ロジャーが描かれていた。髑髏《どくろ》と斜めにクロスした二本の骨をあしらった海賊旗でお馴染《なじ》みのマークで、死と恐怖の象徴だ。

「西洋風の海賊だな」石村が顎《あご》を撫《な》でる。「ここは有名な水軍の本拠地に近いんだから、どうせなら和風にしてもらいたかった」

「ひと目で海賊と判るのは、やっぱり洋風なんやないですか」榎は眼鏡の奥で目を細める。「私は、左から四番目のが特に気に入りました。髭面《ひげづら》でナイフをかまえてる海賊さん。この子が一番、男前。——早乙女さんはどれが好きですか？」

「右端……かな」

人形の品評が一段落したところで、後からきた三人が順に部屋へと案内されていく。ディナーは七時から。それまでは付近を散策するなりシャワーを浴びるなり、めいめい自由に過ごすことになる。

——豪華な夕食がサプライズなのか？　いや、食事の支度をするのはあの夫婦だけなんだから、そう大したものは出ないだろう。

——中途半端に時間がある。バスタブに湯を張って、のんびり浸《つ》かろうか。しかし、浴室やトイレもありきたりで高級感はないな。

——どのタイミングでどんなふうに驚かせてくれるのかしら。明日の朝、目が覚めたらここがヴェルサイユ宮殿みたいに変身しているとか？　まさか。

風呂に入る者もいた。散歩に出る者が何人かいた。ベッドに寝そべって携帯プレイヤーで音楽を聴く者もいた。

太陽は次第に低くなり、海賊島の平和な時間の終わりが近づく。


七時五分前に全員がダイニングに集まった。席次は決められていなかったので、自然に年長者から奥に詰めて着席することになる。純白のクロスを掛けた大きなテーブルには、アンティークの燭台《しょくだい》が二つ立ち、薔薇《ばら》の生花が飾られていた。テーブルの上だけを見れば高級レストランだが、客室と同様にダイニングの内装もさほど美麗ではないし、室内に流れる管弦楽の調べはもちろんのこと生演奏ではない。

茂原夫妻が飲み物の希望を尋ね、ワインやビールや烏龍茶《ウーロン》が運ばれてくる。ホストが不在なままディナーが始まることが当惑を誘わずにはいられなかったが、とりあえず石村の発声で乾杯をすることになった。

「ここにいる皆さんのご健康とご活躍を祈って。そして、われわれを招待してくださったデンスケ氏に感謝を込めて――乾杯！」

「乾杯」と唱和しながら、二ッ木はワインのグラスを部屋の四方に向けた。早乙女に理由を訊かれると――

「デンスケさん、どこから覗いているか判りませんからね」

「隠しカメラで私たちを観察しているとでも？　そんな非常識なことはしないでしょう」

「まぁ、しないでしょうけれど……ひょっとしたら」

あらかじめ用意してある酒はどれも極上のものだった。しかし、茂原夫妻だけで作って給仕する料理となるとそうはいかず、高級食材を使って美味ではあったが、感嘆するほどでもない。春山はオマール海老《えび》のテルミドールを食してから、「フレンチの八千円のコースという感じかな」と言った。

食事中は、石村と榎がみんなに積極的に話しかけ、座を盛り上げようとした。初対面の人間だらけだから、「どんなお仕事を？」「ご出身は？」など、質問には事欠かない。

二ッ木の仕事を聞いたところで、有働が「ああ」と言った。

「僕、二ッ木さんの作品を見たことがあります。空から巨大な盥《たらい》が落ちてくるやつ。夜中にげらげら笑ってしまいました」

「ありがとうございます。盥がエベレストにぶつかる効果音に苦労したんっすよ。いい味が出ていたでしょう」

榎が興味を示す。

「いやぁ、なんやよう判りませんけど面白そう。どんな作品なのか観《み》てみたいわ。私、シュールな笑いが大好き」

「笑えるアート作品です。電波が届く世界に戻ったら、ぜひ観てやってください。あの作品は何故《なぜ》か北米と南米で馬鹿に受けがよくて、もう少しで再生回数が五百万回に届きそうなんっすよね」

「すごいわぁ」

褒められて気をよくした二ッ木は、自作のコンセプトだの世界観だのについて得意げに話し始める。石村と黒瀬は、彼が自作を動画投稿サイトに上げることでどのように利潤を得ているのかについて知りたがった。

その次に話題の中心になったのは春山だ。モデルという仕事について、美貌《びぼう》とスタイルをどうやって維持しているかについて、あれこれ質問が飛んだ。「本当におきれいです」「素敵ですね」と持て囃《はや》されているうちに彼女は上機嫌になって、失敗談などを面白おかしく語りだす。

「――ということもありました。私って、おっちょこちょいなんです。親譲りですね。私が生まれた時に両親は、ああでもないこうでもないと言い合った末に名前を決めたんですけれど、春山の春と美春の春がかぶっていることに全然気がつかなかったそうです。そんなことって、あります？　おかげで覚えやすい名前になったのかもしれませんけれど」

「いや、最高のお名前です」石村は浮かれている。「ミハルさん。まさに花が咲き乱れる美しい春のようですよ」

デザートは、ガトーショコラとアイスクリーム。これまたありきたりのものだったが、歓談を充分に楽しむ者たちにとって、今やメニューはどうでもよかった。

「ところで」黒瀬が言う。「サプライズとは何なんでしょう？」

隣の席の石村は、その肩をぽんと叩《たた》く。

「黒瀬さん、それはいったん頭から追い払いましょう。われわれが忘れた頃合いを見計らって、何かが起きるんですよ。全員の頭にガーンと盥が落ちてくるとかね。はは」

突然に音楽が中断し、石村の笑いも途切れた。予定外のことらしく、有働にコーヒーのお代りを注ぎかけていた茂原勤の動きもぴたりと止まる。

「何か余興が始ま――」

二ツ木が言いかけた時、部屋のふた隅のスピーカーから哀調を帯びたギターのアルペジオが聞こえてきた。どこかで聞いたことがあると思った者が三人、レッド・ツェッペリンの『天国への階段』のイントロだと思った者が二人。

その調べに、場違いな声がかぶさった。

『皆さん、こんばんは』

あどけない少女の挨拶。いや、その声は人間のものではなく、コンピュータで合成されたものだ。

『デンスケです。お忙しい皆さんに集まってもらったのには、わけがあります。と言っても、招待メールに書いたとおり最新リゾートのモニターになってもらうこと、ではないよ。あれは方便。本当は、もっともっと深刻な理由があるんです。それについて、今からお話しさせてもらいましょう。厳しいことも言うけれど、耐えてね』

二ツ木が呆気《あっけ》に取られている。

「デンスケは顔を出さないだけじゃなくて、声も徹底的に隠すのかよ。ボーカロイドにわざとぎこちなくしゃべらせやがって、気色が悪い」

ロバート・プラントの歌唱に乗せて、声は続ける。

『ここにいる皆さんは、みんな人でなしです。極悪人ばかりを選んで集めました。しかも、ただのワルではありません。人間の屑《くず》のくせに、受けるべき罰を逃れてきた奴ばーっかり。正義を愛する熱血漢のデンスケには絶対に赦《ゆる》せません。そこで、司直に代わってお前らを裁き、究極のお仕置きを加えることにしました。判決は、全員死刑。命をもって罪を償ってもらいます。判ったか？』

「何なの、これは⁉」

春山が叫ぶと、声は言う。

『判っていない人もいるだろうから、お前らの人でなしぶりを順に紹介しますね。お互いに「それはひどい」と呆《あき》れるといいよ。——順不同で、まずは黒瀬源次郎』

名指しされた男は、きっとスピーカーをにらむ。

『こいつの経営する人材派遣会社のひどさはマスコミでも報道されているとおり。キング・オブ・ブラック企業だよ。〈幸労社〉って名前は、笑えないブラックジョークか？　人を奴隷のように扱って搾取するだけでなく、こいつのパワーハラスメントで四人もの自殺者を出している。口癖が「できないなら窓から飛び降りろ」だってさ。本当に一人が残業中に飛び、残りの三人は別の方法で自ら命を絶った。その罪を命で償え』

「成功者へのやっかみから出た愚劣なデマを本気にするな。馬鹿らしい」

黒瀬の言葉は無視された。

『次は、石村聖人。この名前も皮肉が利きすぎだろ。金銭欲と支配欲にまみれた真っ黒けの野郎が、聖なる人ときた。収賄《しゅうわい》でたらふく私腹を肥やしてきたのも国民としては腹立たしいけれど、なんといっても罪深いのは黒瀬の後ろ盾になって法の解釈を捻《ね》じ曲げてきたこと。屑と屑のコラボレーションが、幾多の悲劇を生んできた。お前と黒瀬は共同正犯だ。命で償え』

石村は、黒瀬と顔を見合わせる。

『次、早乙女優菜。お前、何のために今の道に進んだんだ？　知性も感情もない昆虫が本能のまま葉っぱを食らうように司法試験のお勉強ばっかやって、法の精神なんか爪《つめ》の先ほども学ばなかっただろ。大学でハンス・ケルゼンの法哲学なんて齧《かじ》ってもいないんじゃないか？　だから、犯罪的な医療過誤や重大な労働災害の揉《も》み消しが平気でできるんだろうな。お前を見てると、弁護士が〈悪の食物連鎖〉の頂点に立っているようにしか思えない。命で償え』

早乙女の顔は蒼白《そうはく》だった。

『次、二ツ木十夢と二ツ木慈夢。天才映像クリエイターとは嗤《わら》わせる。お前らの作品、出来がいいのは早死にした友だちのパクりばっかだろ。それはまだいいとしても——兄弟つるんで、悪さのやり放題だよな。道徳心がないからガキの頃から弱い者をいじめ、恐喝を働き、二十歳を過ぎてからは詐欺みたいなイベントサークルで荒稼ぎ。兄貴はリベンジポルノで女の子を一人自殺させ、弟も女子高校生に薬物を注射してショック死させている。お前らは、二人が化学反応を起こして悪魔になるようだから、ここで一緒に始末することにした。二人とも赦さない。命で償え』

「ちょっ。出鱈目《でたらめ》だ。お前がそんなこと、知ってるわけないだろう！」

二ツ木は、虚《むな》しく拳《こぶし》を振り回すしかない。

『次、春山美春。お前、一年ちょっと前の雨の夜、飲酒運転でお年寄りを撥《は》ねて死なせたよな。四月十一日のことだ。信じられない悪運に恵まれて逃げ通してきたけれど、年貢の納め時だ。お前が殺したのは、無私無欲で不遇な子供たちを救うためだけに生涯を捧げてきた聖人のような人だったんだよ。人間も捨てたものではない、と思わせてくれる希望の光。そんな人を不注意で殺《あや》めただけで厳罰に値するのに、お前ときたら一片の反省もなく、周囲にちやほやされながら浮かれて生きている。醜すぎるわ。どれだけ悔いたってもう遅い。命で償え』

春山は顔を伏せている。

『次、榎友代。お前の高級ケアハウスとやらでは認知症の入居者への虐待が常態化し、僕が突き止めただけで三人が死亡している。個々の事案について担当していた介護士らにも責任があるにせよ、これは利益最優先の腐り切った経営方針と苛烈な指導が生んだおぞましい殺人だ。まだ進行中の連続殺人を阻止するためにも、お前を生きてこの島から出さない。命で償え』

榎は、澄まし顔を保っていた。

『次、有働万作。この名前もふざけすぎだわ。まともに働いていないし、何も作ってないじゃん。大ヒットアプリを開発したシステムエンジニアみたいに自己紹介していたけれど、お前、実は幼稚で薄汚いクラッカーじゃん。アゼルバイジャンの発電所にハッキングして、大停電を引き起こしたよな。あれで市民が五人死んだの、何とも思ってないだろ。しかも、しかも、しかも――仮想通貨にちょっかいを出して、僕の財産を毀損《きそん》しようとした罪軽からず。命で償え』

「そんな！　アゼルバイジャンで市民が死んだなんて、聞いてないよ。あんたの仮想通貨にちょっかいを出したこともない」

処刑宣告はまだ終わらない。

『次、茂原勤と茂原カヲリ』

矛先は、この夫婦にも向けられた。

『お前らも、どんでもない鬼畜だ。身寄りのないお年寄りに寄生する習性があって、その死期を人為的に早め、死後に財産を横取りしてきたっけ。これまでに三件はやったの、知ってる。三件目の犯行の後、「もしかしたら、あの夫婦……」と周囲で囁《ささや》かれだすと、鮮やかに姿をくらまして潜伏を続けてきたけれど、このデンスケが逃がすもんか。お前ら二人も命で償え』

「とんだサプライズだ。どうしてわけの判らない招待に応じてしまったんだ、クソっ！」

石村は口許を歪《ゆが》め、まだ口をつけていなかったコーヒーに砂糖を入れる。

黒瀬は茂原勤を手招きし、耳打ちをする。

「音源はどこ？」

「雇い主の指示で、ＣＤ－ＲＯＭに録音された音楽をパソコンで流していました」

「それはいい。あのスピーカーはどこにつながっている？　不愉快なアナウンスを止めたい」

「ラウンジに面した執務室です。ご案内します」

デンスケのメッセージがなおも響く中、二人はそっとダイニングを出ようとした。

『僕からの通達は、おしまい。お前らの罪状についてコンパクトにまとめたけれど、実態はすべて掌握しているよ。どうやって秘密を摑《つか》んだのかって？　ネットの海で拾ったのさ。噂話を聞きかじっただけじゃなくて、ちゃんと検証もしたし証拠もある。電脳世界の覇者である僕には、並外れた知識と技能に加えて圧倒的な資力があるからできた。

それぞれの罪についてもっと詳しく知りたければ、本人から聞けばいい。冥途《めいど》の土産に、な』

演奏時間約八分の『天国への階段』は終盤にさしかかって曲調が大きく変わった。ジミー・ペイジが激しくギターを掻《か》き鳴らし、プラントが熱唱する。

黒瀬たちが部屋を出かけた時、異変が起きた。石村の上半身が左右に揺れだしたかと思うと、崩れるように床に倒れたのだ。隣にいた榎が「きゃっ、石村先生！」と叫び、黒瀬が気づいて振り向く。

「先生、どうしました!?」

苦し気に喉を鳴らす石村の上に、スピーカーからの機械の声が浴びせられる。

『全員死刑と言っても、一気に殺したりなんかしないよ。原則として一人ずつ、恐怖を味わいながら死んでもらう。先に逝った方が、苦しみがより少ないとも言えるね。残された貴重な時間を、せめてもの反省の機会と考えるんだな。世の中にはもっと非道な人間がいくらでもいるのに、どうして自分が裁かれるんだ、と思っている奴がいるかもしれないけれど、それは仕方がない。僕はネットの深海に潜って、著しく道徳心を欠いた屑人間のブラックリストを丹念に作成し、極悪な奴から順に誘っていったんだけれど、胡散《うさん》臭い招待だから当然ながらみんなが応えようとはしなかった。お前らはきた。それだけのことなんだよ』

曲は、最高潮に達していた。

『調子こいて浮かれていたお前らよ。招待メールに書いたとおり、〈天国に一番近い島〉だったろ？　ここは強者が極限まで好きなようにふるまっても許されるウルトラ自由主義の国。勝ち組のお前らが大好きな自業自得の世界。生き延びたいのなら、せいぜい自己責任で自分を守れ。僕に質問や反論をしたい奴もいるだろうけれど、いっさい認めない。正義が実現して悪は滅び、月曜日に迎えの船がやってくるまでに、この島には誰もいなくなる。——ザマミロ、お前ら』

ハードなBGMは、ちょうどそこで緩やかな結尾《コーダ》を迎えた。

3

痙攣《けいれん》も止《や》んで石村は動かなくなり、鉛よりも重たい沈黙がしばらくダイニングを支配した。

黒瀬が屈《かが》み込んで脈を診てから、静かに首を振る。早乙女はライターを取り出して開いた目に近づけ、瞳孔《どうこう》が開いてしまっているのを確認する。

榎がテーブルの上のカップを指差した。

「あれに毒が入ってたんですよ。石村先生、コーヒーをひと口飲むなり苦しみだしました」

それを聞いてコーヒーを頼んだ者たちが怯《おび》えたが、体に変調を訴えたりはしない。

「石村さんが飲んだコーヒーにだけ毒が仕込まれていたのかな」有働が言う。「それとも、砂糖？」

「テーブルには砂糖壺《つぼ》が二つ出ている。石村先生と同じ壺から砂糖を入れて飲んだ人は？」

　黒瀬が問い掛けたところ、誰の手も挙がらない。その砂糖壺に手が届く席にいた者のうち、榎と黒瀬はブラックでコーヒーを飲んでいたし、残る早乙女はまだ紅茶に口をつけていなかった。

「毒を飲まされたと決めつけるのは早いでしょう。病気の発作ということはないんですか？」

　おずおずと春山が言ったが、デンスケの異常なメッセージを聴かされた直後でもあり、同調する者は現われない。石村に持病がなかったことを証言してから、黒瀬は蝶ネクタイの男を見やる。

「砂糖壺に毒が仕込まれていたとすると、怪しいのは厨房《ちゅうぼう》からあれを運んできたあなたと奥さんだ。どう考えたってそうでしょう。あなたたち夫婦もみんなと同じように糾弾されていたけれど、それはわれわれを油断させるためのカムフラージュで、デンスケの手先なのかもしれない」

　茂原勤は、「滅相もない」と否定した。

「私どもは、そんなことをしていません。あの砂糖壺は、ラウンジでコーヒーをお飲みになる方のためにもお出ししたものです。毒はラウンジで入れられたのかもしれません」

「えっ、じゃあ私たちの中に毒殺犯がいるって言いたいわけ？　ラウンジでは、あれに入っていた砂糖は無害だったわよ」

春山が興奮した声で言うのを、茂原勤は制する。

「違います。皆さんが飲み終えて席を立った後、あの砂糖壺がテーブル上にぽつんと放置されている時間がありました。毒は、その時に入れられたんですよ」

「犯人は？」

「決まってるじゃないですか、黒瀬さん。デンスケとかいう奴が、すーっと現われてやったんですよ。私たちを皆殺しにする、と自分で宣言していたでしょう」

「ここにデンスケがいると？」

「姿を見てはいません。しかし、私たちを一人ずつ手に掛けていこうとしているんですから、どこかに隠れているに違いありません」

黒瀬は、はっとした顔になる。

「そうだった。パソコンのある部屋に行ってみよう」

「石村さんは、このままにするんですか？」

早乙女に言われて、黒瀬は落ちていた石村のナプキンを拾い上げ、それで死者の顔を覆った。

「先生のご遺体は、後で部屋に運んで安置します。皆さん、よかったら私についてきてください。固まって行動した方がいい」

問題のパソコンは、二つの机と中身が空っぽのキャビネットがあるだけの執務室に据えられていた。黒瀬がCD‐ROMを再生してみたところ、五十分の音楽の後に、あの不吉極まりないメッセージが吹き込まれていた。

「やっぱ、こんなことか」二ッ木が舌打ちする。「慈夢も島にきているように話していたから、デンスケ本人がマイクの前に座ってアナウンスしているとは思ってなかったけれど」

黒瀬は、別の意味で舌を鳴らした。

「ちっ。デンスケのパソコンにべたべた触ってしまった。指紋を遺《のこ》すほど間抜けな犯人ではないだろうけど、警察に怒られそうだ」

警察の一語に反応したのは春山だ。

「早く通報しましょう。携帯は圏外でも、電話線が通っているんですよね」

茂原夫妻が「はい」と答えると、モデルは安堵《あんど》の色を見せる。黒瀬が訊いた。

「警察に通報してもいいんだね？」

「……どういうことです？」

「いや、そうするしかないんだが、この状態で警察を呼ぶと、さっきのメッセージの内容を彼らが知ることになる。嘘《うそ》か真《まこと》か、私たちをボロクソに詰《なじ》ったあのメッセージが、だよ。君もひどい言われようだったけれど、大丈夫なんだね？」

春山が答える前に、早乙女が割り込んだ。

「こんな時に何をおっしゃっているんですか。あんなものは下劣な言い掛かりに決まっています。一刻も早く警察を」

黒瀬は両の掌を見せて、「判っています」と言った。

「警察を呼ばないという選択肢はありません。私やあなたに対してデンスケが言ったことは筋の通らない単なる誹謗《ひぼう》です。しかし、過去に重大な犯罪をやらかしたと言われた人も何人かいます。春山さんを含めてね。その方たちに、不愉快な思いをする覚悟を促したかっただけですよ。――どうです、茂原さん？」

夫が答えた。

「私たち夫婦に関する告発は、根も葉もない偽りです。どうぞ警察に連絡してください」

きっぱりと言い切ったものの、その額には汗が浮かび、激しく動揺しているのが見て取れた。

「結構。では、私が掛けます」

黒瀬は受話器を取り、ボタンをプッシュするが――

「どういうことだ？」

たちまち表情を曇らせ、いったん受話器を置いたかと思うと、すぐにプッシュし直した。

「まさか、その電話……」

呻《うめ》くように有働が言う。黒瀬は、茂原夫妻に吼《ほ》えた。

「通じないぞ。故障か？　他の電話はどこだ？」

「それが……これ一台きりです。客室にあるものは内線専用です」

「なんて施設だ！　これじゃ警察も救助も呼べないぞ」

榎が、ほお、と溜《た》め息をついた。

「私らを皆殺しにしようとしてるんやったら、あらかじめ電話は不通にしておくでしょうね。予想できたことです」

「……ええっ」春山は、壁にもたれてしまう。

「じゃあ私たち、この島に閉じ込められたわけですか？　きた時の船、どうにかして呼べません？」

「どうにかって、そら無理でしょう。狼煙《のろし》を上げても見えるはずがない」

「でも榎さん、近くを通る船が気づいてくれるかも。明かりを点滅させてＳＯＳの信号を送るとかして」

「そうやねぇ。けど、難しいかも。ここにくる時、船長さんやったか船頭さんやったか、小父《おじ》さんが言うてたやないですか。『あの島の近くは妙な海流があって、ふだん近寄る船はない』って。私、ラウンジの窓からずっと海を眺めてたけど、確かに船が通るのを見てないわ」

黒瀬は、握っていた受話器をやっと置いた。

「この事態にどう対処するか、膝《ひざ》を交えて話し合おう」

押しの強い彼がリーダーシップを取る形になっていることに、表立って反発する者はいない。茂原夫妻を含めた八人はラウンジに移動すると、黒瀬を囲むように着席した。

「私は医者ではないけれど、石村先生が毒物で殺害されたことは、死亡した状況から疑いないだろう。そして、毒物は砂糖壺の一つに投入されていた可能性が高い。――ここまではいいね？」

早乙女がやんわりと異議を唱える。

「おぞましいんですけれど……あの変なメッセージは、私たちを一気に殺さない、一人ずつやる、と言っていました。砂糖壺に毒を投げ入れたりしたら、みんながバタバタと死ぬ結果になりそうなものです。犯人の意図に反しませんか？」

「早乙女さんは、犯人の言葉を信用しすぎているんじゃないかな。デンスケが約束を守るという保証はないでしょう。それに、乾杯じゃないから、いっせいにコーヒーや紅茶を呷《あお》りはしない。みんながバタバタと、にはならないと踏んだんだろうね」

有働が言い添える。

「僕もそう思います。細かいことですけれど、デンスケは『原則として一人ずつ』と言っていましたよね。『原則として』がまだるっこしく感じられたので覚えています。あれは、もしかすると、二、三人がほぼ同時に死ぬ場合もあり得る、ということを匂わせていたようにも思えます」

「ふん、律儀なこった」と二ツ木が吐き捨てた。「どっちにしても、何に毒が入れられてるか判ったもんやない。帰りの船がくるまで、食べたり飲んだりできませんね」

榎の懸念を、茂原勤が払おうとする。

「毒は、石村さんが召し上がったものだけに入っていました。多分、砂糖に混入していたのでしょう。いくらでも毒を仕込むことができたと思われるのに、他の料理や飲み物は無害でした。パックされた食材や缶詰類、細工された形跡のないボトルの飲料だけを使うようにすれば、心配はないかと」

黒瀬は「そうだな」と言った。

「みんなでチェックして、怪しげなものを避ければ大丈夫か。食べるものがなくなったとしても、絶食は月曜日の昼過ぎまで。大したダイエットでもない。――早乙女さん、何か？」

「今後は私も食事の支度に参加します。自分が食べるものが安全であることを、自分の目で確かめたいので。別に、茂原さんたちのことを疑っているのではありませんが」

「俺もやります」と二ツ木。「こう見えて、料理を作るのは得意なんです」

有働も厨房に立つことを希望した。

「僕は作れないけれど、調理に立ち会いたいです。指示されたとおり、お手伝いします」

黒瀬が仕切る。

「厨房が人であふれるのも具合が悪いし、かえって目が行き届かなくなりそうだ。毎回、希望者を交えた四人ぐらいで調理に当たることにしよう。——春山さん、何か言いたそうにしているね」

モデルは、前歯に人差し指を当てたまま、言いにくそうに切りだす。

「『目が行き届かなくなりそう』って、どういう意味ですか？　お料理を作る人の中に、毒を入れる犯人がいるみたいに聞こえますけれど」

ずっと黙っていた茂原カヲリが、ここで不意に口を開いた。突き放すような棘々《とげとげ》しい調子で。

「私ども夫婦を疑っておいでなのでしょう。『デンスケの手先なのかもしれない』とさっきもおっしゃいました」

黒瀬は肯定も否定もしなかった。

「あなたたち夫婦には、色々と訊きたいことがある。どういう経緯《いきさつ》でこの施設のスタッフになった？」

説明するように、妻は目顔で夫を促す。

「知人にこの仕事を紹介されました。新しい保養施設のスタッフの仕事で、不便な場所で住み込まなくてはならない代わりに、破格の厚遇が約束されている、と。この度は、準備期間も込みで一週間の試用と聞いていました」

知人は、誰に頼まれて勧誘をしているのか語りたがらず、どうして茂原夫妻に話を持ち掛けたのかもはっきりしなかった。

「それまではどんな仕事を？」

「直近は、地方の観光旅館に勤めていました。夫婦とも調理師の資格を持っていることもあり、働き先に困ったことはありません」

「ひっそりと暮らしていたわけだ。デンスケが言ったような過去があったから？」

これには色めき立つ。

「いいえ、あれは真っ赤な嘘ですよ。嘘でなければ、とんでもない勘違いです。私どもは、あのようなことをしていません。お年寄りの家に住み込んでお世話をしていたことはありますが」

「ここにきたのは、いつ？」

「一昨日《おととい》です。二日かけて皆さんをお迎えする用意をしました」

「ふぅん、雇い主とは、まったく接触していないのか」

「まったくしていません」

黒瀬は顎をひと撫でしてから、一座の者をゆっくりと見回した。

「不愉快な話をしなくちゃならない。おかしな合成音を使ってデンスケが話したことは、どこまで真実なんだろうか？　私自身に関しては、これまでにもさんざん耳にしたことがある言い掛かりにすぎない。幸薄く何の取り柄もない連中が成功者を妬《ねた》み、ネット上に落書きした暴言も見た。それだけのことで、奴に言い返すとしたら『他にネタはないのか？』だ。しかし、ずばり犯罪行為を暴露された人もいる。お年寄りを死なせて財産を盗み取った、と詰られた茂原さんの他にも。――たとえば、春山さん。あなたは、危険運転致死罪に問われていた」

「嘘です」

モデルは即答し、細い肩を聳《そび》やかした。

「身に覚えがない。本当ですね？」

「はい。親譲りのおっちょこちょいだけど、お酒を飲んで車に乗って、人を撥ねるようなことはしません」

「有働さんはどうかな？　あなたの悪戯《いたずら》でアゼルバイジャンが大停電になり、五人も死んでいるというのは――」

「僕には、そんな大それたことはできませんよ。クラッカー呼ばわりされる謂《いわ》れもないし、ましてデンスケに損害を与えるなんて、やりたくても不可能です」

「君にそのつもりがなくても、結果としてそうなったのかも」

「それもあり得ません。デンスケはとんでもない人違いをしているのかも」

榎が、うんうんと頷いた。

「私、信じますよ。春山さんも有働さんも、そんな悪いことをする人には見えません。私についても、嘘ばっかり言うてました。うちのケアハウスはどこよりも快適で、入居なさっている方からもそのご家族からも感謝されているんです。デンスケとかいう人は、頭がおかしい」

　二ツ木は、腕組みをして嘯《うそぶ》く。

「俺の名誉も傷つけてくれましたね。それだけでも赦せませんよ。デンスケって、ネットで荒稼ぎしたそうだけど、奇跡的に運がよかっただけで賢くはない。もし仮に、さっき言ったとおりの計画を立てているんだとしたら、無防備な俺たちを順に殺していけばよかった。臭い処刑宣告なんかしたら、こっちは警戒して自分を不利にするだけだ」

「石村さん、本当に死んでいましたよね。あれは演技で、これがサプライズの余興ということは？」

　春山は、胸の前で祈るように両手を組む。黒瀬は、憐《あわ》れみの目を向けた。

「ダイニングに戻ってみようか。石村先生を床に寝かせたままだ」

　引き返してみたら石村がおどけて出迎える、ということもない。骸《むくろ》となった代議士は、顔にナプキンを掛けられたまま横たわっていた。

「さっき……何かできることはなかったのかしら。石村さんの命を救うために」

　春山の呟きに、黒瀬が苛立《いらだ》つ。

「なかったと断言するね。即効性の毒物が体内に回っていたんだ。脈は止まり、瞳孔が開いていた。口にしたものを吐き出させる段階は過ぎていたし、心臓マッサージをしたってどうにもならなかっただろう」

「……すみません」

謝罪するモデルに背を向け、黒瀬は遺体を安置する部屋について茂原夫妻に尋ねる。故人に割り振られた二階の部屋に担ぎ上げるのは骨が折れそうだ。一階の西に十畳の和室があるというので、そこに運ぶことになった。

「そんな部屋もあるんですか。茂原さん、この施設は、もともと何なんです？」

有働に訊かれた男は、「さあ」と頼りなく答える。

「ＩＴ関連の会社が研修所を兼ねた保養所として建てたものの、業績が悪化して投げ出した、とか聞きましたが、本当かどうかは判りかねます」

「聞いたって、いつ誰から？」

「採用された時に、デンスケと名乗る雇い主から。先ほども申したとおり、直接会ってはいません。『自分は人前に出ないのがポリシーだから』と、すべてのやりとりは電子メールで行われました。おかしいと思わなかったのか、とは言わないでください。今になって考えると、何もかもおかしいのですが、〈彼〉はそう思わせなかったんです」

「〈彼〉ってことは、やっぱり男？」と二ッ木。

「男言葉を遣うのでそう思い込んでいただけで、女性かもしれませんね」

和室に敷いた布団に遺体は安置され、全員で合掌した。時刻は十時を回ったところ。廊下に出たところで、二ッ木が黒瀬に声を掛けた。

「デンスケがどこかに潜んでいるかもしれません。館内を捜してみますか？」

捜しましょう、という提案ではなかった。どの顔にも疲労の色が濃く、危険な捜索をする体力も気力もない様子だ。黒瀬は逡巡《しゅんじゅん》なく決断した。

「やるのなら明るい時間にしよう。安全だし、敵を見つけやすい。今夜は部屋にこもって朝を待つんだ。頑丈なドアガードがついていたから、くれぐれも掛けるのを忘れずに」

一番先に「判りました」と答えてから、二ツ木は言い足した。

「でも、こんな時間からベッドに入ったことなんて、ないっすよ。眠れるかな」

「呑気《のんき》なことを」榎が呆れる。「私は、怖くて寝られそうもありません。夜通し起きてるかも」

「ラウンジに集まって、夜通し語らいながら過ごしますか？　そんなことをしたら、明日はへばってしまう。体力を温存するためにも、部屋で休むのがいいんです」

黒瀬が彼女を諭すのを聞いて、何人かが頷いた。

ここで再び茂原カヲリが唐突に発言する。

「一昨日ここにやってきた後、従業員として施設の様子を知っておく必要から館内を隈《くま》なく回りました。物珍しさもあってよく見たのですが、誰かが隠れていたとは思えません。姿を見掛けなかっただけでなく、人の気配を全然感じなかったからです。絶対に確かだと責任は持てませんが、犯人は館内にいないと思います。私のこの言葉、よろしければ気休めになさってください」

突き刺すような口調に気圧《けお》されてしまったのか、すぐに反応する者はいなかった。

——そりゃ、俺も人の気配は感じなかった。犯人は館内にいないんだろう。しかし、館外だとしたらどこにいるって言うんだ？　まだ野宿には早いぞ。

——信じられない。悪い夢を見ているみたいだ。

——ドアガードを掛けておけば大丈夫。デンスケが万能キーを持っていたとしても入ってこられない。部屋に閉じこもるのが一番安全。

——この社長、こんな感じでブラック企業を切り回しているのか。まるで将校気取りだな。

——睡眠導入剤を服めば眠れるだろうけど、それってまずいよね。危険が迫った時に目が覚めないと困るもの。

黒瀬の提案により、全員で戸締りを確認してから解散となる。その最中、不審な人物が隠れている様子はどこにもなかった。部屋に戻る前に、異状のないペットボトルのミネラルウォーターが各自に配布され、十一時にならないうちに館内はしんと静まり返る。

こうして彼ら八人が海賊島で過ごす一日目が終わった。

二日目の朝が訪れた時、彼らは七人になっている。

4

内線電話に起こされた。カーテンの隙間から光が洩れているので、夜が明けているのは間違いない。時計で時間を見るより先に、黒瀬源次郎は受話器を取った。

「ああ、茂原さん。どうかしましたか？」

瞼《まぶた》を擦りながら問うと、「家内が大変です。厨房にすぐきてください」と言うので、大急ぎで着替えて階段を下った。大きな窓から朝日がたっぷり射《さ》し込むラウンジを横切り、ダイニングにつながる厨房に駈けつけてみると、茂原勤はパジャマ姿のまま、ドアの前で棒立ちになっている。

「こっちです」

黒瀬を見ると、厨房の中へ半身を入れながら手招きをする。踏み込むなり、黒瀬は短く「これはっ」と発した。

夫と同じくパジャマ姿のカヲリが、入ってすぐの床にうつ伏せで倒れていた。四肢を投げ出し、髪を振り乱して踊っているような恰好《かっこう》だ。その頸部《けいぶ》には黒い紐《ひも》が巻きつき、項《うなじ》できつく結ばれていた。

「さっき目が覚めたら隣のベッドに家内がいなかったので、どこへ行ったのかと思い、ここを覗いたらこの有り様で……もう冷たくなっている」

茂原は声を顫《ふる》わせる。黒瀬は、その右肩にそっと手を置いた。

「……どんな言葉を掛けたらよいのか判らない。こんなことになるとは」

大きな声で話していたわけではないが、耳ざとい者が起き出してくる。まず早乙女優菜が、次に有働万作がやってきたので、黒瀬は遺体を示した。

「ひどい」と有働は苦しげに言ったが、早乙女はただ絶句している。やがて榎友代、春山美春、二ッ木十夢の順に下りてきた。

妻の命を奪われた男は立っているのがつらそうだったので、黒瀬が二の腕に手を添えてラウンジのソファに導く。そして、彼の横に腰掛けて穏やかに問うた。

「奥さんは、どうして夜中に厨房にいたんだろう？　あなたと同じ寝室に朝まで閉じこもっていればよかったのに」

「およその見当はついています。家内は、油断していたんですよ。犯人は館内にいないから夜間は大丈夫だろう、と」

「落ち着いて度胸のある女性だと見受けましたが、それにしても大胆すぎる。建物内の隅々まで調べたわけでもない」

「気が緩んでいたのと同時に、石村さんが苦しみながら死ぬところを目撃したせいで、動揺もしていました。それで、つい軽くアルコールを摂取したくなったんでしょう。精神のバランスが崩れそうな時、家内は酒に助けを借りる癖がありました」

「つまり、奥さんは夜中にこっそり酒を飲みに厨房へ行った、ということですか？」

「危ないから我慢しろ、と止められないように、私が寝入ってから部屋を出たのでしょう。夜中に目が覚めて眠れなくなり、睡眠薬代わりに飲みたくなったのかもしれませんが。倒れていた近くに、飲みさしの缶チューハイが転がっていました」

「そこでデンスケとばったり出くわして襲われた、か。デンスケは、奥さんが厨房に出てくることを予想できなかったはずだ。たまたま遭遇したということになるのかな」

「刑事みたいなことを言う前に、カヲリさんを静かなところに移してあげるのが先やないですか？」

　榎がたまりかねたように言い、遺体は和室へと運ばれた。石村のすぐ隣に布団を敷こうとした有働を春山が咎《とが》める。

「どうしてそんなふうにするの？　まるでこの後も遺体がたくさん並ぶから、詰めて布団を敷いてるみたい」

「あ、すみません」

　彼は慌てて布団を離した。合掌してから一同はラウンジに戻り、これからどうするべきかを話し合う。飲み物を欲しがる者は一人もいない。

　口火を切ったのは早乙女だ。

「私たちは一蓮托生《いちれんたくしょう》なんですから、団結しましょう。単独行動はなるべく避けて身を守る。明日の午後一時に船がくるまでの辛抱です。カヲリさんの件はいたましい限りですが、部屋から出なかった人間は危害を加えられていません。デンスケは、どこにでも侵入できるわけじゃないんです」

　春山は、細くて形のいい眉を顰《ひそ》める。

「でも、館内は自由に歩き回れるみたい。昨日の夜、どこかに隠れていたんですよ。ちゃんと戸締りをしたから、外から入ってきたんじゃない」

「そこは判らないな」黒瀬が言った。「裏口にはドアガードがなかったから、合鍵《あいかぎ》を持っていたら出入りできる。そう思いながら、みんなが不安になるからあえて指摘しなかった人は私以外にもいるだろう。各人の部屋が最後の砦《とりで》というわけだ」

二ッ木が、牡牛《おうし》のように鼻を鳴らした。目に強い光がある。

「相手は一人で、こっちは七人です。うち四人は男。狼を前にした小羊みたいに顫えなくてもいいんじゃないっすか？」

「君は何が言いたいんだ？」

「デンスケを捜し出して、荒縄で縛ってしまうんです。数的優位を利用するべきでしょう。きっと奴は、俺たちが怖がってめそめそ泣きだすと思っているんだ。逆襲に出られるのは想定外で、魂消《たまげ》るはずです」

「凶悪な殺人鬼に立ち向かう？　勇ましすぎだと思う」

早乙女が言っても、彼はなお気炎を上げる。

「こっちにだって武器はありますよ。包丁やら何やらを掻き集めれば、相当な戦闘能力になる。やるなら今。あえて不吉なことを言いますけれど、もたもたしているうちに数的優位が損なわれるかもしれませんよ。——どう思う？」

意見を求められた有働は、多くの者の予想に反して二ッ木に賛成した。

「おとなしそうに見えて、あなたも勇者だったのね」

からかいの色をにじませて早乙女が言うと、彼は「はい」と言い切った。

「がんがん攻めてくる奴というのは、思ってもみない相手に逆襲されるとパニックに陥るものです。二ツ木さんの言うことは、理屈に合っています」

「私も、同感です」

茂原勤が顔を上げ、決然と言った。

「奥様の仇討《かたきう》ちということですか？」

早乙女が尋ねると、イエスとは答えない。

「言い古されたことですが、攻撃は最大の防御だからです。犠牲者は家内で最後にしたいんですよ。男が四人で掛かれば、どうとでもなる。抵抗するようだったら、殴り殺したって正当防衛だ」

明らかに怒気のこもった声だった。早乙女は、腫れ物に触るように言う。

「お気持ちは汲《く》みますけれど、冷静になりましょう。興奮なさってはいけません」

茂原は聞く耳を持とうとしない。

「思い出しました。私ども夫婦は三日前からこの島にきているのですが、『島内を歩き回らないこと』という指示を受けていました。散歩などせず館内とそのまわりの準備に専念せよ、ということだと理解していたのですが……。デンスケは、自分が潜伏する基地を見られたくないから、あのように牽制《けんせい》したのでしょう」

二ツ木が「なるほど！」と手を打つ。

——男の人ら、恐怖に克《か》つために自分を奮い立たせているみたいやわ。もしかしたら、女より怯えてるのかも。デンスケを捕まえてくれたらうれしいけど、できるんやろか？ あんまり無茶なことはせんといて欲しい。相手がよけい凶暴になりそう。

——デンスケがどんな人物で、どんな装備をしているかも知れないのに反撃するなんて、愚かなこと。女が三人いて、その中に美人のモデルもいるから恰好をつけているの？ 短慮は命取りになるわよ。

——お願いします、お願いします。デンスケから私を守って。二ツ木さん、いいこと言った。助けてくれたら、男性陣はみんなヒーローよ！

黒瀬は結論を下した。

「よし、二ツ木さんの提案を採用して、デンスケを狩ろう。女性の皆さんには、危ない真似をさせない。人数が多ければ闘いやすいというものでもないし、男四人でこらしめる。合言葉は、数的優位」

茂原が、さらに勢いをつける発言をする。

「奴を捕えたら、梱包《こんぽう》用の粘着テープでぐるぐる巻きにすればいい。それから、機械室の隅に何の工事の際に使ったものなのか、長さ一メートル半ほどの鉄パイプが何本かあります。包丁などより、あれが武器になるでしょう」

「おっ、いいね、鉄パイプ。俺、こう見えて剣道二段なんっす。役に立ってみせますよ」

「頼もしい！」と春山が言ったので、二ッ木は照れたように鼻の下を擦《こす》った。

黒瀬は、具体的な計画の策定にかかる。

「まずは館内を徹底的に捜し、どこにもいなければ外へ出よう。二人ひと組になって、島内を捜索する。それらしい人物の姿あるいはその痕跡《こんせき》を見つけた場合は無理をせず、ただちに応援を大声で呼ぶこと。四人がかりで追いつめて捕縛する。往生際悪く抵抗したら、遠慮なくぶちのめす。——オーケー？」

「はい」「オーケーっす」「結構です」の声が返った。

「よろしい。——茂原さん、この島の地図はあるかな？」

「執務室に地形図が」

「いいね。私は地形図を見るのが得意だ。と言っても、この島の地形はそう複雑でもないね。岩だらけであまり木が茂っていないから、デンスケがゲリラ戦に持ち込もうとしても難しい。こう考えると、奴は馬鹿だな」

「俺たちがこれだけ勇敢だと思っていなかったんでしょ。なめるなってーの。——なぁ、有働さん」

「ええ。捕まえたら、問い詰めたいことが山ほどあります」

彼らは皆、刺激し合ってより熱くなっていく。

――「問い詰めたいことが山ほどあります」か。確かにな。俺がしたことをどこまで掘り返したのか、ボコボコにしてでも吐かせなくっちゃな。みんな、同じ思いだろ。

――あれだけの大口を叩いたからには、本当に動かぬ証拠を掴んでいるのかもしれない。生きたまま警察に引き渡したりはできんな。死ぬのは、あっちだ。

――裁きの鉄槌《てっつい》を下す。なんとしても、やるしかないんだ。そして、いつまでも語り継がれる伝説のヒーローになる。ああ、武者顫いがしてきた。

――こんな展開になるとはな。昨日、眠る前は想像もしていなかった。まるで現実感がない。この島で、これから何が起きるんだろうか？


しばらく黙っていた早乙女が口を開いた。

「男性だけにお任せするわけにはいきません。館内の捜索は私たちも加わりますし、私は外の捜索にも参加します。鉄パイプが持てるのなら」

「いや、外は男だけでやりますよ」

二ッ木が胸を拳でどんと叩けば、彼女は宣誓するように胸に右手を置く。

「こう見えて私は剣道四段なの。よちよち歩きの頃から父親に鍛えられて」

有働が「頼もしいです」と言った。

「七時半か」黒瀬は壁の時計を見た。「こんな時ではあるけれど、いや、こんな時だからしっかり食事を摂《と》る必要がある。腹が減っては戦《いくさ》ができないからな」

榎が真っ先に応えた。

「朝食の支度は、私がやります。どなたかに食材のチェックをお手伝いいただいて」

志望者が続出し、茂原、榎、二ッ木、春山が今朝の調理を担当することになった。茂原によると、トーストと卵料理と出来合いのスープなら簡単に用意できるという。メニューに不平をこぼす者がいるはずもない。

厨房に向かおうと立ち上がった春山が、「あっ！」と叫んだので、榎は跳び上がった。

「ミハルちゃん、どうしたん⁉」

モデルは、爪をエメラルドグリーンに染めた人差し指を前方に突き出していた。それが示す先にあるのは、マントルピースの上の人形たち。

「あの海賊がどうか――」

とだけ言って、榎は言葉を呑《の》み込んだ。そこに起きていた異変に、ほぼいっせいに一同は気づく。右端の二体の首がもげて、その足許に転がっていたのだ。

黒瀬が歩み寄り、昨日から使っていてくしゃくしゃのハンカチ越しに首の一つをつまみ上げる。

「木彫りの人形の首が自然に落ちるはずがない。この人形は、見た目よりもずっと華奢《きゃしゃ》にできているな。特に頸《くび》の部分が細くて、素手でもぎ取ることもできそうだ。――誰がこんなことをした？」

誰も名乗り出ない。

「デンスケのしわざ……ということか。何故こんなことをするんだろう？」

今度は「うう……」と二ツ木が呻いた。おのれの迂闊《うかつ》さを悔い、呪うように。

「皆さん、あんまり読書しない？　映画やドラマも観ない？　俺も疎《うと》いけれど、それ以下みたいっすね」

「何が言いたいの？」と早乙女。

「外国の推理小説に『そして誰もいなくなった』っていうのがあるんです。確かそんな題名だ。俺はその小説を読んでいないけれど、だいぶ前にテレビで少し観たことがあります。なんか点《つ》けたらやってたんっすよ。途中で用事を思い出して観るのをやめたから、結末は知らないんだけど、その推理もののストーリーが、今のこの状況にとてもよく似てる」

孤島の屋敷に集められた十人の招待客。ホストは姿を見せず、晩餐《ばんさん》の席で彼らの過去の犯罪を暴く声が流れ――客たちは一人ずつ殺されていく。題名からすると、最後の一人まで命を落とすようだ。

「犯人は、ただみんなを殺していくだけじゃない。不思議な数え歌みたいなのに合わせて、その歌詞をなぞるように殺していくんっす。被害者の死に方も死ぬ順番も歌詞のとおり。気色が悪いでしょ。で、その屋敷には人形が十体あって、一人死ぬたびに人形が一つ壊されていきます。三十分ぐらいしか観ていないけれど、番組の最初に、そんな紹介があったのを思い出しました」

「似ているどころじゃない。そっくりだ」茂原が目を見開く。「どうして今まで思い出さなかったんですか？」

「えっ、そんなことで責められます、俺？　何年も前に何かしながらテレビでぼーっと観かけて、三十分でやめたんっすよ。外国人ばかり出ていたけれど、映画だったかドラマだったかも覚えていない。記憶の底の底に沈んでいたんだ」

「その映画だかドラマだかの犯人は、何が目的で殺人を？」

　黒瀬の問いも、二ツ木を困らせる。

「……うーん、番組の紹介と冒頭の三十分を見た感じでは、歪んだ正義感が動機みたいでしたよ。そのために人を殺しまくるというのは、狂気を抱えているでしょう。と思わせておいて、最後にどんでん返しがあるのかもしれませんけど」

　ストーリーを調べようとしたのか、スマートフォンを取り出した黒瀬は、すぐに溜め息をついてポケットにしまった。

「圏外だったな。――その物語とわれわれの状況が偶然の一致のはずがない。数え歌という要素が欠けているだけだ」

「『そして誰もいなくなった』という有名な小説があるのは知っているけれど、そんな話なのね」早乙女が独り言《ご》つ。「誰もいなくなった、というタイトルだからといって、最後に全員が死ぬとは限らない。結末が知りたいわ」

　今はその方法がないことを、榎が悔やんだ。

「犯人は、その小説の真似をしてるんですよね。それやったら、ストーリーを知ってたら打つ手が考えられたかもしれんのに。私らの中にその小説を読んだり映画を観たりしたことがある人間がいてないことまで犯人が調べ上げてる？」

「デンスケは自分のことを『電脳世界の覇者』とか言ってましたけど、さすがにそこまでは無理でしょう。映画を観た友だちから粗筋を聞いたことがあるかもしれないのに」

と言ったところで、春山は思い至る。

「いくらデンスケでも、そんなことまでは知りようがないですよね。私たちの中に、その小説を読んだ人間がいてもかまわない、と思っているんですよ。むしろ、その方が恐ろしがるから面白い、ということかも。だとしたら、小説のストーリーを知っていたって無駄です。それを見越して犯行計画を練ったでしょうから」

有働が小さく頷いた。

「なるほど。デンスケがそれを見越しているとしたら、『そして誰もいなくなった』がどういう話なのかを知っていても、僕たちに打つ手はないわけですね」

「おーい。君、弱気になったか？　デンスケは自信過剰の馬鹿ってだけ。買いかぶったら敵の思う壺だ」

二ツ木に言われ、有働は「すみません」と頭を下げた。

5

朝食を済ませると、三人と四人のふた組に分かれて、めいめいが鉄パイプを手に館内の捜索を行った。人が潜伏している気配はどこにもなく、初めは及び腰だった春山も「いないみたい」と言って、途中からは緊張を解く。ひととおりの調べが完了するまで一時間を要した。

「巧妙な隠し部屋でもあったら別だけど、そんなものは企業の保養所だった建物にありませんよね」有働が言った。「改築して、後から造った形跡もなかった」

黒瀬と榎も同じ見方をする。

「ああ、そうだな。隠し部屋の出入口らしいものはなかったし、そんなものを造るスペースも見当たらなかった」

「不自然に壁が厚いところや天井の変な出っ張りはありませんでしたね。ＩＴ企業の趣味なんか、この建物、すごくシンプルな造りになってる」

「となると、やっぱり外だ」二ッ木が腕まくりのポーズをとった。「ハンティングを開始しましょう。デンスケが狼狽《うろた》えるところが見たい」

同行を希望していた早乙女は、話し合いの結果、館内に留まることになった。男たちが出払っている間にデンスケが館内の女たちを襲うことも懸念されたため、本人の同意を得た上、剣道四段の彼女を配置しておくことになったのである。

「気をつけて」

鉄パイプを左手に提げた早乙女は、エントランスで男たちを見送る。榎と春山は、その両脇の一歩下がったところに、心配そうな顔で立っていた。

「見たか、紅《くれない》のブラウスで仁王立ちの早乙女さん。女剣士だね。黒いガウチョパンツが袴《はかま》のようだ」

黒瀬が軽口を叩くが、目は笑っていない。その右手にも鉄パイプ。包丁を武器に携行すると奪われたり揉み合いになったりした場合は危険だということから、護身具はそれだけになった。左手には粘着テープを携えている。

四人は、黒瀬と二ツ木の組は東から、茂原と有働の組は西から島内を調べて回ることになっていた。地形はどちら側も似たようなもので、あらためて見渡せば荒涼としてリゾートの雰囲気はない。

「風が強くなってきています」

歩調を緩めて、茂原が言った。彼の視線の先にある海を見れば、昨日とは比較にならないぐらい波が高い。

「ここにきてから一度もテレビを観ていませんけど、お天気は大丈夫なのかな」有働が案じる。「連休の前半はおおむね好天という予報が出ていましたから、嵐がくることはないとしても、あんまり波が荒くなると迎えの船がこないかもしれません」

二ツ木が嫌がる。

「ネガティヴ思考はやめようや。船が迎えにこなかったとしても、デンスケを退治しさえすれば平気だろ。この島でのクソ面白くもない滞在が一日延びるだけだ」

そんな呑気な話ではないことを、彼らは承知している。もしもデンスケを捕縛したなら、石村聖人と茂原カヲリを殺害した下手人として警察に突き出さなくてはならないが、そうなればデンスケはボーカロイドの声を借りて語った内容を吐き出すだろう。彼の告発のすべてが妥当ではなかったとしても、不都合な事実を暴かれた者にとっては命取りになる。

「頭を空っぽにしてのんびり過ごすつもりが、こんな冒険的な休日になるとはな」

黒瀬が苦々しげにこぼし、船着き場が見下ろせるあたりで男たちは右と左に分れた。島の反対側で、無事のまま出会うのを約束し合って。

十五分もすると、二ツ木は拗《す》ねたように言った。

「隠れるところ、この島にはないっすね。風が吹きっさらしの中で、ひと晩過ごすのもきついっしょ」

黒瀬は三方に目を配り、時には後ろを振り向きながら応える。

「岩だらけで粗末な小屋の一つもないみたいだが、洞穴のようなものがあって、そこを基地にしているのかもしれない」

「電脳世界の覇者に、そんな野生児のイメージはありませんけれど」

「どんな奴か判らないぞ。筋骨隆々とした髭面の大男だったりしてな」

「……もしそんな野郎だったら、数的優位、守れますかね。だいたい、今ここで出くわしたら二対一でしかない」

「情けない。数的優位と言い出したのは君だろう」

島の縁に沿って、足場の悪い径《みち》はくねくねと続く。右手は近寄る気にもならない断崖《だんがい》で、鈍色《にびいろ》をした海が広がる。左手では岩場に生えた雑草が風になびいていた。前方の見通しがいいので、敵が物陰から飛び出してくる惧《おそ》れはなかった。左の岩場は巨岩が連なっており、盾の役割を果たしてくれている。

「ところで、君」黒瀬は、頃合いを見て尋ねる。「デンスケが言っていた悪行の数々は、事実なのか？」

「よしてくださいよ」

「笑わず真面目に答えてくれ。デンスケがどこまで本気なのかに関わる」

どちらからともなく足が止まり、立ち話になった。

「全部が出鱈目とは言いませんけど、あんな言い方をされる筋合いはありません。デンスケは話を盛りすぎてます。——黒瀬さんこそ、どうなんっすか？　血も涙もない悪党呼ばわりでした」

「弁解はせず、周囲の評価は受け容《い》れるよ。ただ私は篤実な人間で、法律は犯していない。私が悪党だったら日本中の経営者の何割かは悪党だ」

「特別ひどいことはしていない、ってことっすか。……俺、正直なところ黒瀬さんの下では働きたくないっす」

「ふん。君は宮仕えなんかするタイプじゃない。多分、会いそこねた弟さんも同じなんだろう。——ああ、そうだ」

何を思ったか、黒瀬は崖《がけ》の方へ寄って両膝を突き、そろりそろりと四つん這《ば》いになる。

「気をつけてください。落ちたら死にますよ」

「君もこうやって、あっちを見てみろ。小さな岬みたいに出っ張ったところの下に、ぽっかり洞窟が口を開けているんだ。面白い眺めだよ。この島にくる時、船の上から見つけたんだ。洞窟の中へ波が押し寄せている」

あたりの様子を窺《うかが》ってから、二ツ木は少し離れたところで黒瀬と同じ恰好になり、奇景を観賞する。海面は十メートル近く下にあった。

「黒瀬さん」

「何だ？」

「デンスケの気配がないとはいえ、大胆すぎますよ。俺が黒瀬さんの両足首を掴んでひと押ししたら、あっさり転落していましたよ。怖くないんっすか？」

「君からそんな殺気を感じたら、素早く身を翻《ひるがえ》して返り討ちにした。私は敏捷《びんしょう》だから」

二人はゆっくりと起き上がり、崖の縁から離れた。

「あなたは気の毒ですね、有働さん」

山伏の金剛杖《こんごうづえ》のごとく鉄パイプを突きながら歩いていた茂原が言った。

「どうして僕が？」

「アゼルバイジャンだかどこだかの発電所に悪戯をして人が死んだとしても、それは度のすぎた悪戯が不運な事故を招いたにすぎません。社員を自殺に追い込んだとか、酔っ払い運転で轢《ひ》き逃げをするのとは意味合いが違う」

「茂原さんは、デンスケの告発を鵜《う》呑みにしているんですか？」

二人は、視界が開けた径を進んでいる。デンスケが身を隠せる場所は見当たらず、彼らに緊張感はなかった。

「世界中の通信を傍受しているんですかねぇ。私ども夫婦に関して言えば、実はあの変な声が話したとおりですよ」

「ちょ、ちょっと茂原さん。僕は、そんな話は聞きたくありません。いきなり告白しないでください」

「重荷を負わされるみたいで嫌ですか？　まぁ、しゃべらせてくださいよ。家内がいなくなって、何もかもどうでもよくなった」

「捨て鉢になっては駄目です」

有働は力を込めて言ったが、茂原は諦観《ていかん》に身を任せているようで、虚《うつ》ろな視線を海の彼方《かなた》に投げていた。

「デンスケが言ったとおり、この島にいるのは屑みたいな人間ばかり。うんざりしますね。あなたは、停電で人を死なせたから招かれたんじゃない。強欲なデンスケにたまたま損害を与えたことを恨まれているだけのようだ。お気の毒です」

「いや、その……。僕は、五人もの人を死なせています。昨日の夜は『聞いてないよ』なんて言ったけれど、ニュースで報じられたから知っていたんです。僕の罪が一番重いと謗《そし》られても仕方がありません」

「では、二人とも大いに反省してデンスケに首を差し出しますか？　それはまた別の話でしょう。告白ついでに言うと、私はデンスケを見つけたらこの鉄パイプで殴り殺します。神様気取りに腹が立つから。あいつを殺したら、私も死ぬ。皆さんの罪は、皆さんがご自分で死守なされればいい。どこまで警察を騙《だま》せるかは、各人の力量次第です」

「茂原さん……」と言ったきり、しばらく有働は黙ってしまう。やがて――

「奥さんを愛していたんですね」

「いいえ」

茂原は、転がっている石を鉄パイプで叩いて飛ばした。

「角を突き合わせての喧嘩《けんか》ばかりで、お互いに愛情なんかとうに冷めていました。それでも、悪事を企てて実行する時だけは、欲と三人連れでぴったり気持ちが合ったんだから、どうしようもない夫婦があったものです。――隠れていそうにないな。畜生、どこにいやがる」

茂原は、姿を見せない敵に向かって毒づく。鉄パイプを振り回しかねない雰囲気だった。

「もし今、ここであいつと出会ったら、私が殴り殺すのを止めないでください。いいですね？」

あなたにできるのか、と言いたいのをぐっとこらえ、有働は曖昧《あいまい》に頷いておいた。


三十分後に、彼らは島の反対側で合流した。ほっとした顔を見交わして、「お疲れさまでした」と労《ねぎら》い合う。眺望を観賞するためらしき木製の椅子が二つ並んでいた。数が足りないので腰を下ろしかねて、四人は立ったままで報告を交換する。人間が潜伏できそうな場所はどこにもなかった、と言って済んでしまったが。

「変だな。館内にいない、館外にもいないとすると……奴はどこだ？」

唇を噛《か》む黒瀬に、有働が言う。

「館内をもう一度調べ直しましょう。どこかに盲点があるのかもしれません。相手は湯水のごとく金が使える大金持ちですから、どんな細工もできたでしょう」

「そうだな」二ツ木が苦笑する。「この島の施設を借りたのか買い取ったのか知らないけれど、いくらか建物を改装した跡があるし、俺たちを探し出して集めるのにもすごい金と時間を注ぎ込んでいる。金に糸目は付けません、と思ってやがるんだ。何がデンスケをそこまで駈り立てるのか謎だよ」

さらなる波乱を暗示するかのように風はいよいよ強く、波頭が白い。迎えの船がくるのが今日だったら、滞在期間が延びたことは疑いない。

「デンスケが館内に潜んでいるとしたら、女性陣が心配だ。引き返そう」

「待ってもらえますか」と言ったのは茂原だ。「あと五分でいいから休憩させてくださ い。足場がよくないので疲れてしまいました」

黒瀬が「どうぞ」と言い、二ツ木が「そこに座るといいですよ」と木製の椅子を示した。

「では、お言葉に甘えて」

茂原が左側の椅子に腰を下ろそうとした時、「待って」と有働が止めたが、遅すぎた。椅子に尻を下ろすなり、茂原は「うっ！」と声を発する。

「どうしました？」

二ツ木が尋ねても、答えがない。茂原は苦悶《くもん》に顔を歪め、臀部《でんぶ》に右手をやったまま中腰になり、地面に片膝を突き、右肩から倒れた。全身が激しく痙攣している。

「そこっ！」有働が叫んだ。「椅子から針が突き出しています。僕の立っているところからだと見えたので、止めようとしたんですけど、手遅れでした」

木のささくれではない。椅子と似た色がつけられた針が仕込まれていたのだ。ただ針で刺されただけなら、ここまで苦しみはしないはずで、それに猛毒が塗られていたのは間違いない。

茂原は苦しみで悶《もだ》え、のたうちながら転げ回るが、三人には為《な》す術《すべ》もない。両脚を激しくばたつかせるので、近づくこともままならないのだ。彼の体は傾斜した方向に二回三回と転がり、崖に向かっていく。

「駄目だ。止めないと落ちる！」

黒瀬は叫んで、茂原の服の裾《すそ》を摑もうとしたが、これも遅すぎた。次の瞬間、茂原は三人の視界から消えた。二秒後に、砂袋を叩くような鈍い音。

残された男たちが崖の下を覗くと、茂原は波の飛沫《ひまつ》がかかる狭い岩場に仰向けで横たわっていた。

6

三人の女たちは、決して離れまいと榎友代の部屋に閉じこもっていた。言うまでもなく部屋には施錠し、ドアガードをしっかり掛けている。一脚だけある椅子に榎が座り、残る二人は並んでベッドに腰掛けて、男たちを案じながら長い時間を過ごした。

「出てから一時間が経ったわ」榎が腕時計を見て言った。「大丈夫やろうかねぇ。島の中だけでも携帯電話が通じたらよかったのに」

この島を一周するのには通常なら一時間もかけようがないが、慎重に岩陰を見て回れば一時間半程度と彼女らは予想していた。待機の時間はまだ続きそうである。

「カヲリさんが夜中に部屋を抜け出した理由は理解できました。お酒が呼んだんですよね。しょうがないです。アルコールの力を借りたくなることはあるもの。でも――」

膝の上であやとりのように指を絡ませながら、春山が言う。

「でも何？」と早乙女。

「デンスケは、それを予想できませんでした。ばったり出くわしたなんて、あまりにも運が悪すぎます」

榎は、「出くわした」という表現に違和感を唱えた。

「ばったり会ったわけやないでしょう。カヲリさんが厨房でごそごそ音を立ててたから、デンスケが忍び寄ったんですよ」

早乙女が、ピンと人差し指を立てた。

「待ってください。その時、カヲリさんが物音を立てたとしても、ごく小さな音だったはずです。廊下をうろついていたデンスケがそれを耳にしたんだとしたら……そうか」

今度は春山が「そうか、って何です？」と訊く。

「みんながドアガードを掛けて部屋に閉じこもっているのが想像できたのに、どうしてデンスケは館内をうろついていたのか――」

榎が最後まで言わせなかった。

「食料を調達しようとしたんやわ。せやから厨房でカヲリさんと遭遇した」

「そうとも考えられますね。でも、用意周到なデンスケが、夜中にこそこそ食料の調達に這い出してくるでしょうか？　あらかじめ隠れ場所に溜め込んでおけたのに」

「早乙女さんは、どう考えてはるんです？」

「デンスケには、みんなの姿がなくなってからすることがあったんじゃないでしょうか。おそらくそれは、『そして誰もいなくなった』に倣《なら》い、ラウンジの隅にある海賊人形の首をへし折ることです」

　榎は小さく仰《の》け反った。

「ははぁ……。腑《ふ》に落ちるわ。そういうことか。けど、デンスケは『そして誰もいなくなった』にこだわるくせに、なんで数え歌の趣向は採用せんのでしょう？」

「模倣するのがとても難しいからだと思います。狙った相手を狙った方法で狙った順番に殺さなくてはならないので、デンスケはそれは無理だと諦めたんです。昨日のディナーの後だって、毒入りのお砂糖は誰の口に入るか正確に予想するのは不可能でした」

　春山が感嘆した。

「早乙女さんって、頭がいいですね。とてもじゃないけれど、私はそんなふうに色々と考えつかなかった」

「感心してもらうほどではないでしょう。そんなことよりデンスケは今どこにいるんだって、自分で突っ込みたくなる」

　さらに時計の針が進むと、榎が焦《じ》れだした。

「外の様子が気になる！　男性陣、まだやろか。ちょっと見に行きたくないですか？

館内はしーんと静まり返ってて、デンスケが忍び込んでるようでもないし」

早乙女は「やめた方が――」と消極的だったが、春山は別の理由から部屋を出たがった。

「ちょっとだけ……お酒を飲んでもかまいませんか？　そうしたら私、もっと落ち着けると思うんです」

「そう？　ミハルちゃん、今も落ち着いてるように見えるけど」

榎は、ただちには了承しない。

「お願いします。酔いたいわけじゃないんです。薬代わりにして気持ちを鎮めるだけ」

早乙女は賛成しかねたが、榎が折れた。

「判りました。ほんまのことを言うと、私もミハルちゃんと同じで、お酒を精神安定剤にしたいと思うてた。――ちょっとだけ、ね？」

二人掛かりのリクエストに、早乙女は抗《あらが》えなくなる。反対するのが面倒でもあった。

ドアガードをはずし、そっと廊下の様子を窺ったところ、怪しい人影もなければ物音もしない。鉄パイプを握った女三人は、四方に注意を払いつつ厨房を目指した。容器に異状がないことを確かめてから、春山は高級そうな赤ワインを、榎は馬鹿でかい冷蔵庫からビールのロング缶を選び、ワインオープナーやグラスとともに携えて部屋に戻る。

廊下の窓から外を見てみたが、男たちはまだ引き返してきていないようだ。草木のなびき具合で、かなり風が強いことだけは判る。耳を澄ませば、ヒュウヒュウという音が窓ガラス越しに聞こえてきた。

部屋に帰ってドアガードを掛けると、さっそく笑顔でワインオープナーを使いかけるモデルに早乙女が言う。

「お酒には注意した方がいい。それは学んだわよね」

春山は手を止めて、反発を露《あら》わにした。

「あなたは昔、酔って事故を起こしたんだから、気をつけなさい。そうお説教したいんですか？　うわっ。大きなお世話です。私は自己責任でこれを飲むんです」

早乙女は、反射的に言葉のパンチを返したくなった。

「自己責任？　人を轢いた罪を償っていないあなたに、その言葉は全然似合わない。やっぱり罰を受けないと人間は反省ができないのね」

「私が轢いた人と早乙女さんは何の関係もないのに、どうして私を攻撃するんですか？　わけが判らないんですけど」

不安に苛《さいな》まれるうちに、二人とも気が立っていたのだ。口論のような応酬が始まり、その中で早乙女は言い募った。

「あなた、どうやって逃げ切ったの？　人を轢いて死なせたのなら、自動車には瑕《きず》がついたはずよ」

「弁護士先生、今、録音してませんよね。だったら、後で『そんなことしゃべってませーん』って言えるから、教えてあげます。私の血のつながった方のお父さん、自動車の修理工なの。そのお父さんが『馬鹿野郎！』と怒鳴りながら、きれいに直してくれたの。警察はそんなことも調べ上げられなかったの。防犯カメラもない田舎道だったのもラッキー。遠くに目撃者がいたらしくて、車種が一致した私のところまでたどり着いていたのにね。詰めが甘すぎ」

「『おかげで助かっちゃった』とかお父さんにメールした？　デンスケにそれを盗み読みされたのかもしれない。あなたも詰めが——」

「甘くはない。そんなもん、盗み読みされると思わないわよ。デンスケがどうやって事故のことを知ったのかも判っていないし。——でも、私が逮捕されて裁判にかけられたとして、早乙女さんに依頼したら弁護してくれたわけでしょ。たんまりお金を払えば、『毎度あり』って張り切ってくれていたわよ。ひどい話よね、それも」

「あなたは弁護士という仕事を誤解している」

「していないって。『それはそうだ』と認めるべきよ。自分で自分をごまかしてる。悪の味方をすることもありますって。現に、デンスケはそう考えて、私と早乙女さんを同じように扱ってるじゃない」

「まあまあ」と宥《なだ》めにかかった榎も、とばっちりを食う。

「デンスケから見たら、榎さんも同罪なんですよね。色んな見方があるもんだわ。私がやらかしたのは事故なんだから、早乙女さんや榎さんとは全然違うはずなのに。デンスケが言ったことが何もかも本当だとしたら、この島で一番白いのは私。絶対に」

早乙女は息を吐《つ》いた。

「処置なしね。あなたの主観ではそうなんでしょうけれど、デンスケがどう考えるかが問題なのよ。私は白いなんて言い張っても無意味よ」

「判ってるけど、自分のことはかばうしかない。どこまでも諦めずに弁護をしてくれるのは自分だけだもの。文句ある？」

「あるけど、もう言わない」

ようやく二人は静かになった。早乙女が「飲めば」と勧め、春山はボトルの栓を抜く。それを見てから、榎が缶ビールのプルタブを起こした。

「この島は地獄だけど、島の外も地獄になりそう。デンスケが言ったことは、どんな形になるか知らないけれど、きっと暴露されるのよね」

春山は物憂い顔になって、グラスに半分ほどワインを注ぎ、細い喉に通した。続いて榎がビールを呷ろうとしたのだが、その唇が缶に触れようとするまさに寸前、春山のグラスが華奢な手から離れた。グラスは床で跳ね、赤い液体がカーペットの上に広がっていく。と同時に春山は崩れ落ちて、ばたりと倒れた。

「ええっ⁉」

刹那《せつな》、榎の口から迸《ほとばし》った悲鳴は疑問文のように聞こえた。いったい何故こうなるの、という問い掛けだ。

「なんで？　ミハルちゃん、なんで？　あれだけよう見たやないの」

春山は虚空を蹴《け》って苦しんでいる。ワインに毒物が混入していたはずはないのに。

「飲んだものを吐いて。しっかり！」

早乙女が上体を抱き起そうとしても、春山が暴れるのでままならなかった。その力が弱まった頃には、もう喉の筋肉が動かなくなっている。かっと目を開いたまま、モデルは息絶えた。

榎は、ワインのボトルと栓を検《あらた》めている。

「おかしなところはないわ。どこから毒を入れたんやろう？」

グラスの内側に塗ってあったとしか思えない。春山が厨房から持ってきたものには、幾何《きか》学模様の複雑なカットが施されていた。洒落《しゃれ》たデザインが気に入って選んだのだろうが、それが命取りになったのだ。

「ああ……」

両手で顔を覆って、榎は項垂《うなだ》れてしまう。早乙女も底知れない無力感に襲われて、がっくりと肩を落とした。

十分ほどもそうしていただろうか。

「榎さん」やがて早乙女は言った。「男の人たち、きっと何も見つけられずに帰ってくると思います」

「なんでそう思うんです？」

「デンスケは、この島にいないんですよ。砂糖壺やワイングラスに毒を仕込んでおいたことから推測できます。遠くにいながらにして私たちを皆殺しにするという計画なんですよ」

「せやけど、カヲリさんは厨房で頸を絞められて殺されましたよ」

「あれが真相を見えにくくしたんです。カヲリさんはデンスケに殺されたんじゃない。別の動機を持つ別の人物に絞殺されたと考えるしかありません。デンスケによる連続殺人に、別の殺人事件が紛れ込んだ」

「それも怖い……。そしたら、カヲリさんを殺したのは誰？」

「推理する材料がないのを承知で、ここだけの話として憶測を述べるなら勤さんです。夫婦間の殺人は、悲しいことですけれど、とてもありふれています。何人もの招待客がきている時に犯行に走るのは常識外のことなので、発作的な犯行ということになりますね」

「デンスケから皆殺しを宣言された数時間後に、発作的に奥さんを絞め殺したって……」榎は、きっとなって相手を見据えた。「早乙女さん。あなた、取り乱している。それこそ常識外の話ですよ」

「おっしゃるとおりですが、絶対にないとは言い切れません」

遺体を挟んで言い合っているうちに時間が経ち、「おーい」という声がした。黒瀬だ。男たちが帰ってきたのだ。

ラウンジで休憩をするのか、二ッ木と有働が何か話している。黒瀬が「大丈夫かぁ」と言いながら、こちらに近づいてきた。早乙女はドアガードをはずして、顔を出す。

大丈夫ではないことを報告しなくてはならない。だが、彼女が言葉を選んでいるうちに、先に黒瀬から衝撃的なことを告げられた。茂原勤が木製の椅子に仕込まれていた毒針に刺され、苦しみでのたうちながら崖から落ちて死んだという。

「やっぱり」と呟いたら、黒瀬はぎょっとなる。

「何が『やっぱり』なんだ？　驚かないのか、君は？」

彼女は、勢いよく首を振った。

「やっぱりデンスケは島にいない、と言いたかったんです」春山が毒杯で死んだことを話した。「もう四人が殺されました。うち三人は、事前に仕込まれたものによる毒にやられました。デンスケは、この島の中で私たちを一人ずつ処刑していくなんて言っていましたが、そんな度胸はないんですよ。だから、私たちは闘うこともできないというわけです」

「待ってくれ。頭を整理したい」

ストップをかけた黒瀬に、彼女は問う。

「茂原さんのご遺体はどうしたんですか？」

「放置はできないから引き上げようとしたんだが、どうしても岩場に下りて行けなかった。ルートを探してみたんだけれどね。そういうわけで戻ってくるのに時間がかかったんだ」

結局、遺体はそのままにしておくよりなかった。海鳥に啄《ついば》まれたり潮が満ちて沖に流されたりする懸念は、言っても詮《せん》ないことなので早乙女は触れない。

「……大変でしたね」

「そっちもね。集まって、今後のことを話そう」

ラウンジに向かいかけたところで、榎が早乙女に尋ねる。

「あなたは、勤さんがカヲリさんを殺したように言いましたね。そんなこと、なかったやないですか。勤さんも毒殺されてしまいましたよ。どう説明をつけます？」

「勤さんがカヲリさんを殺した可能性が消えたわけではない、と思いますが……。私も混乱しています。すみませんが、考える時間をください」

早乙女はやんわりと答え、頭を下げた。

春山美春の遺体は、丁寧に和室へと運ばれる。三つの遺体が並び、凄惨《せいさん》さはいよいよ増した。

ラウンジに集合した一同は、ソファにぐったりと沈み込んだ。誰もが喉の渇きを訴えたので、人数分のミネラルウォーターのボトルを慎重に選んだ。

ひと息ついたところで、茂原勤が死亡した時刻について榎が訊く。有働が答えてから、

「どうしてそんなことが気になるんです？」と問い返した。

「これまで亡くなったのは、石村先生、カヲリさん、勤さん、ミハルちゃん。男、女、

男、女の順で死んでます。これがデンスケの計画どおりやとしたら、次の犠牲者は……

申し上げにくいけど、男性です」

「いやいやいや」二ッ木が断乎《だんこ》として打ち消す。「そんな計画はありません。男、女が交互に殺されたのは偶然っす。だって、誰がどのタイミングで毒入り砂糖を飲んだり毒針に刺されたりするのか、デンスケには逆立ちしたって予測しようがないもの」

榎は「ほんまやわ」と認め、たちまち自説を撤回した。

「デンスケは島にいない、か。ちょっと気が楽になったりもするけれど……」

有働の言を否定したのは早乙女だ。

「楽にならないわ。どこに毒が仕掛けられているのか判らないのよ。この水を飲むのだって、びくびくだった。食器も危ない。私はここを出るまで何も食べません。断食を決行します」

「まぁ、一日だけのダイエットで済みますけれどね。俺もそうしようかな」

二ッ木が立ち上がり、体をほぐすため腰を左右に大きく捻《ひね》った。顔が左を向いた時、

「あっ」と言って運動をやめる。

「ほら、あれを」

彼が指差したのは、マントルピース上の海賊人形だった。右から三番目と四番目の首が取れて、それぞれの足許に。

「いつからだ⁉」

黒瀬が叫ぶが、答えはない。男たちが帰還した後、春山の遺体を和室に搬入する際にも、厨房で各自が飲み物を選ぶ際も、ラウンジが無人になったり誰かが一人になったりする機会はあった。

「デンスケは……俺たちのすぐ近くにいるんだ」

二ツ木は呟いてから、へへっ、と薄く笑った。

7

デンスケは島内にいるのか、いないのか。

黒瀬は、いないに賭《か》けたがる。

「われわれがドタバタしている隙《すき》に、デンスケが風のように現われて人形を壊した？　そんな電光石火の早業《はやわざ》はできそうもないし、仮にできたとしても無意味にリスキーだ。人形の首にも仕掛けがあって、遠隔操作で落ちるようになっているんだよ」

二ツ木は、冷ややかな目で黒瀬を見た。

「人形の頸の部分には、継ぎ目なんてありませんよ。なんなら確かめてみてください。それに、遠隔操作でぽろりと落ちたんだとしても、タイミングが絶妙すぎるっしょ。隠しカメラを捜しますか？」

「継ぎ目はなさそうに見える。そのように精巧に作ってあるんだ」

「そこまで強弁されたら、どうしようもないな」

二ツ木が匙《さじ》を投げると、黒瀬は気まずそうに黙った。

「何時やろ？」と榎が呟き、「二時十分前です」と早乙女が答える。

誰もが空腹を感じないことを理由に、その日の昼食はなくなった。夕食については、早乙女が断食を宣言し、榎と有働もそれに傾いていたが、黒瀬と二ツ木は「腹が減ったら安全なものを食べる」と、こちらも昂然《こうぜん》と宣言した。どこまでもデンスケに翻弄《ほんろう》されてたまるか、という意思表示だった。食事に関しては、二人の意見は一致したのだ。

「脅すわけではないが、私たちには一瞬の隙も許されない」黒瀬は言った。「デンスケが島にいるかいないかの問題ではない。とにかく奴は、数撃てば当たる方式で色んなものに毒を仕込んでいるんだ。島の反対側にある椅子にまで毒針が仕掛けられていたぐらいだからね。罠《わな》の数は、われわれの頭数をはるかに超えて、何十もあると見ておかなくてはならない。この島は地雷原なんだ。——気をつけような」

最後は隣に座っていた二ツ木に言うと、金髪の男は同意しながらもコメントを付け加える。

「黒瀬さんの言うとおり。でも、しっくりこないところもあるなぁ。デンスケはこんなことをして面白いんでしょうか？」

「面白いからやっているんだ」

「いや、なんか奴のイメージが違ってきてると思いませんか？　昨日の夜は、俺たちが怯えるのを眺めて楽しんで、ゲーム感覚で一人ずつ殺していくのに喜びを覚えるんだろう、と思ったんすけど……。事前に罠をいっぱい仕掛けておいて、そこへ獲物をほうり込むだけだったら、ゲームとしての面白さは激減でしょ。どこかに監視カメラがセットされていて、島の外で鑑賞していやがる、ということもないはずだ。少なくとも、茂原さんが刺された椅子のあたりには隠しカメラを仕掛ける場所もなかった。今頃あいつら死んでいってるんだろうな、と遠くで島の様子を想像しているだけ？　これだけの金と手間をかけておいて、それは変っすよ」

「異常者の心理は判らない。充分に面白いのよ」

早乙女が強い口調で言うと、論じ合っても結論が出ることではないし、二ッ木は「別にいいっす」と引き下がった。

榎が発言する。

「茂原さん、言うてはりましたね。この島の中をうろつくな、と雇い主から言われてた、と。その理由が判りました。処刑の予告が流れる前に、茂原さん夫妻が散歩に出て、毒針の椅子で死んだら計画が台無しになるからですよ。そういうことだったんやわ」

早乙女は、食事の件に話を戻す。

「では、私は部屋に一日分の水だけ持ち込んで、今から籠城《ろうじょう》します。食事は拒否しますので、どんなご馳走《ちそう》の用意ができても呼びにこなくて結構です」

「好きにすればいいよ」

鷹揚《おうよう》に言ったが、黒瀬が苛立っているのは明らかだった。彼は、傍らに立てかけていた鉄パイプを手にして腰を上げたかと思うと、マントルピースに向かう。

「一人死ぬたびに、一つ人形の首をへし折るだと？　推理小説のパクリらしいが、芝居がかった真似をするんじゃないよ、デンスケ」

榎が「もしかして……」と立ち上がる。

「残りの人形の首、全部へし折ってやる。あいつの楽しみをこの私が奪う！」

黒瀬は、鉄パイプを右斜めに振り上げた。思いがけない素早さで、榎がその右腕に飛びついて制止する。

「やめて！　やめてちょうだい。私らみんな死ぬのが決定したみたいになって、不吉すぎます」

「放してください、榎さん。不吉なもんですか。私たちの命と人形は関係がない」

「関係がないんやったら、このままでもええやないですか。壊すことはない」

黒瀬は、ひとまずは右腕を下ろした。

「私はね、腹の虫が収まらないんですよ。この人形を見るのが我慢ならない」

「どこかに片づけてしもたら――」と言いながら榎は台座の一つに手をやってみて、顔を顰《しか》める。しっかりと固定されていて、びくともしなかったのだ。それでもなお、黒瀬に言って聞かせる。

「警察がきた時に、これも大事な証拠物件になります。勝手なことは慎みましょう」

このひと言が効いた。

「あなたは、とても理性的ですね。敬意を表します。さぞや経営者としても優秀なのでしょう」

殊勝な顔になった黒瀬に、榎は「いいえ」と返す。

「ご謙遜《けんそん》なさらなくても――」

「私の経営しているケアハウスの内情は、外部の方に知られると困るものです。やりすぎやな、と思いながらも、どうしても目先の利益を追ってしもうて、自制できませんでした。ミハルちゃんは、亡くなる直前に『この島で一番白いのは私』と断言していました。酔うてハンドルを握って人を死なせたことを認めながら、です。それでも本人にとって、自分の罪は軽く思えたんでしょう。私は逆。他の皆さんが何をしたのかは知りませんし、デンスケが言うたとおりやとしても、この島で自分が一番黒いと思うてます。優秀どころか、臭いものに蓋《ふた》をすることだけに長《た》けた阿漕《あこぎ》で腐った経営者です」

しんみりとした空気が漂いかけたが、二ツ木がそれを掻き乱す。

「インパクトのある心情の吐露でした。だとすると、無事に島から出られたら、榎さんはこれまでの悪事を世間に公表して、法律に触れることをしていたら刑罰を受けるんっすか？」

容赦のない追及に、彼女は怯《ひる》む。そこまでの覚悟がないことを、沈黙が雄弁に語っていた。

「いや、いいんっすよ。ここで皆さんがうっかり口にしたことは、非常事態が解除されたら秘密にしましょう。それがマナー。――ですよね？」

彼は誰にともなく問い掛け、反応がなくても気にしない様子だった。

「籠城するもよし、鉄パイプを片手にデンスケ狩りを続行するもよし。これより自由行動だ。みんな好きにするがいい。では、これにて解散」

黒瀬が号令をかけると、真っ先に早乙女がその場を離れた。


午後二時の時点で、全員が自分の部屋にいた。

空腹を感じた黒瀬源次郎は、缶詰の鯖《さば》を食パンで挟んだだけのサンドイッチで食事を済ませた後、机に向かって手帳の白紙ページを細かい字で埋める作業に没頭した。島にきてから起きたことを箇条書きでまとめていたのだ。

――これから何が起きるか判らない。最悪の事態に備えて、洗いざらい書き留めておいた方がよさそうだ。警察の捜査の助けにしてもらうために。

機械を使わずに長い文章を書くのは久しぶりで、じきに腕がダルくなったが、書く手は止めなかった。

一時間近くをかけて、すべてを書き上げた。ここで事態が収束すればよいが、場合によってはさらなる犠牲者の名前を記さなくてはならない。白紙のページも尽きたことだし、そうならないことを祈るばかりだ。

会社関係者はともかく、妻子に何か書き遺しておくべきかどうかは、迷った末にやめた。榎の言ではないが、不吉だから。

——大丈夫だ。強運の星の下に生まれた俺が、こんなところでむざむざと殺されるわけがない。


有働万作は椅子を窓辺にやり、強風で波立つ海を眺めていた。はるか遠くに大型の貨物船が霞《かす》んで見えているだけで、それ以外は海上に船を見ない。

——もしかしたら、と思ったけれど、やっぱりこないな。

自分たちをこの島に送り届けてくれた船長は、今頃何をしているのか？　この波では遊漁船の仕事もないだろうし、昼間から飲みながら家でごろごろしているのかもしれない。

——酒が好きそうな顔をしていたものなぁ、あの親爺さん。

そんなことを考えながら、なおしばらく窓辺を離れなかった。

榎友代はだらしなく椅子に掛け、すっかり温《ぬる》くなったビールを飲んでいた。籠城をするのであればロング缶をもう何本か持ち込めばよかった、これが空になったら取りに行こうか、などと考えながら。

――デンスケって、女かもしれへん。

そんな考えが閃《ひらめ》き、思わず座り直す。根拠は、自分たちを殺害するのに毒物を多用していること。男より非力なせいもあって、女の殺人犯は毒殺という手段をよく選ぶのだとか。これまで何度か聞いたことがある。統計的に正しいのか、印象に基づく俗説なのかは知らないが。

――デンスケの性別なんか、どうでもええことかな。どこにいてるかの方が問題やわ。島の内か、外か、どっちなん？

榎はロング缶を片手に、その答えを探した。


二ッ木十夢は、うたた寝をした。十五分ほどで目覚めて、こんな剣呑《けんのん》な状況下で昼寝をしてしまった自分に呆れてしまう。ドアガードが掛かっているから一応の安全は確保されているし、昨夜は寝つけなくて睡眠不足だったとはいえ。

彼はベッドに仰臥《ぎょうが》し、天井を見上げて独白する。語りかける相手は、さっきまで一緒だった四人だ。長々と独り言を洩らすのは、子供時代からの癖だった。

「みんな助かると思ってんの？　デンスケは捨て身なんだぞ。これまで金と手間をかけただけじゃない。その過程ですげえ数の証拠を遺してるはずだ。この施設を手配したり、茂原夫婦を雇ったり、殺人計画に必要な品を準備したりする時、取引の相手と直接会っていなかったとしても、きっと記録だか痕跡だかを遺している。警察だったら、そこからデンスケにたどり着くだろう。奴は、逃げ延びる気がこれっぽっちもないんだ。目的を遂げたら逮捕されてもいいと思ってやがる。ちまちま毒をばら撒《ま》くだけじゃなくて、迎えの船がきたところで島全体が時限爆弾で吹っ飛ぶなんてサプライズが待っているかも、と考えないのかよ」

この島にはどうしようもない連中ばかり呼び集められているが、石村が死んだ途端にリーダー面をしだした黒瀬は、特に虫が好かない。

——次に死ぬのは、あいつがいい。

こればかりは声に出さなかった。

早乙女優菜は、黒瀬とは違った方法でこれまでに起きた惨劇の経緯を記録していた。要点を手帳に下書きしてから読み上げ、スマホに録音したのだ。もしもデンスケが自分を殺害したら、所持品を検めようとするかもしれない。その場合、克明に事件のあらましを記した手帳は処分されてしまいそうだが、圏外だからとみんなが無用の長物扱いしているスマホは無視されるのでは、と考えたのだ。

三十分かけて下書きと録音を終えてから、事件について推理を巡らす。

——犯人は島にいる。犯人は私たち招待客の中の誰か。

戦慄《せんりつ》すべき結論だが、彼女の目から見てそれは確定的だった。館内にも館外にも潜伏場所が見つからないのは当然だ。

ぼんやりと疑念を抱いてはいたのだが、先ほど新たに海賊人形の首が折られたことではっきりした。いくらみんながバタついていたからといって、どこかに隠れ潜んでいた者がその間隙《かんげき》を突くのは現実的には不可能だ。他の面々がそれに気づかないのは鈍感すぎる。黒瀬が言ったように、遠隔操作で首が落ちたというのは笑止で論外。

また、茂原カヲリだけは勤が殺した、という仮説も成り立ちそうにない。彼が犯人だったら、犯行後に人形の首を折ったりしなかったはずだから。

——黒瀬源次郎、榎友代、二ツ木十夢、有働万作のうち、誰が犯人なの？

仮想通貨で財を成したデンスケ像にやや近いのはコンピュータに精通しているらしい有働だが、デンスケ＝犯人とは限らない。犯人は、〈彼〉の名前を拝借しているだけかもしれないのだ。

仲間の中に殺人鬼がいる、これまでそうとは知らずに過ごしてきたことだけでも恐ろしいが、それだけではない。犯人が『そして誰もいなくなった』をここで実演しようとしているのだとしたら、そのタイトルからして最後に島には誰も残らない結末が準備されているように思える。つまり、他の八人を殺害した後、自殺をしようとしているのではないか。

自分が最後に死ぬことを計画している犯人ほど強いものはない。それは自爆テロリストに等しく、証拠を隠滅して警察の目を晦《くら》まそうとする気もないのだから、どんな手段に訴えてくるか予測するのは極めて困難だ。であるならば、逃げたり隠れたりしても無駄で、敵の正体を突き止めて反撃するしか助かる道はない。

しかし、これまでの各自の言動を振り返って、何か手掛かりはないかと検証してみても発見はなく、誰が犯人なのかを名探偵よろしく絞り込むことはできなかった。

——籠城していても座して死を待つだけ。七人目を殺したところで、犯人は仮面を脱ぎ捨てて私に襲いかかってくるわ。ドアをぶち破るための斧《おの》だって、島のどこかに用意されているのかもしれない。

かくなる上は、なるべく早い段階で勝負をかけるしかない。部屋を出て、自らを囮《おとり》にする覚悟で犯人をおびき寄せるのだ。そして、近づいてきたところを返り討ちにする。

——だけど、剣道四段とはいえ、そんなことが私にできるの？　私が嗜《たしな》んできたのは競技としての剣道で、侍の武芸からはほど遠い。鉄パイプじゃなく、せめて真剣がここにあれば……。

あったとしても、ためらいなく人を斬る自信は持てなかったが。

とにかく、無意味な籠城をするのはやめた。

8

黒瀬はシーツをそっとめくり、携えてきた手帳を石村のズボンの尻《しり》ポケットに捻じ込んだ。デンスケが自分を殺した後、不都合なものを所持していないかと衣服や部屋を調べたとしても、こうしておけば見つけられない。いくら悪魔のように狡猾《こうかつ》だったとしても、よもや遺体の一つのポケットまでは見ようとしないだろう。そして、警察は被害者たる石村の遺体を必ず丁寧に検めるのだから、彼らに捜査のための情報を届けるという目的は必ず達せられる。

シーツを戻す際、少しだけ石村の顔を覗いてみた。金銭欲と権力欲が服を着たように強欲な男の面影はなく、居眠りをしているようだったことに救いを覚える。それでも死体現象は着実に進行していて、明日には何とかしないと遺族の悲しみが増してしまうだろうことを案じた。

遺体安置所となった和室を立ち去り、ラウンジの方へ戻ろうとしたところで、階段を下りてきた早乙女と会った。反射的に「おや」と声が出てしまう。

「天岩戸《あまのいわと》にこもって出ないという宣言は取り消したんだね。鉄パイプの武装があれば剣道四段に怖いものなし、か」

と言う彼も、同じものをしっかり握っていた。早乙女は、鉄パイプを目の高さに上げて見つめる。

「こんなものがどれだけ役に立つか怪しいんですが、考えが変わりました。――黒瀬さんは、どこにいらしていたんですか？　この廊下の向こうには、ご遺体を安置した和室ぐらいしかありませんけれど」

「ご遺体に手を合わせてきたんですよ。本当なら線香ぐらい上げたいところなのに、それさえできない」

「もどかしいし、腹立たしいですね」

「私は部屋で休みます。——では、また。お気をつけて」

黒瀬は二階に上がって行き、早乙女はラウンジに向かった。誰もいなかったので、気兼ねなく鉄パイプを振ってみる。まずはまっすぐ打ち下ろす正面素振り。右足から踏み出して一回振り、左足から下がって二回、また前に出て三回を繰り返してみると、たちまち体の動きがよくなる。四十五度の角度をつけた左右素振りをこなしてから、床すれすれまで振り下ろす上下素振り。最初は我慢していたのだが、最後には「えいっ！」の気合が出てしまった。派手な声が二階に届いたかもしれない。

額に浮いた汗をハンカチで拭って、ソファに腰掛けた。もう二年以上も竹刀《しない》を手にしていなかったにしては、上体の切れも足の運びもよい。ガウチョパンツの裾も、袴を穿《は》いているようで気にならない。

「……早乙女さん、どうかしました？」

二階から下りてきた有働が、遠慮がちに尋ねる。彼の部屋は階段に近いので、やはり聞こえてしまったらしい。「ごめんなさい」と謝って、何をしていたのか説明した。

「お父さんに鍛えられたとおっしゃっていましたね。すごいな。弁護士と剣士で文武両道だ。——お父さんは、剣道の師範か何かだったんですか？」

「父も弁護士」

「親子で両道かぁ」

「剣道も法律も学ぶように強制されたのよ。弁護士といっても私とはまったく違うタイプで、熱血の人権派だった。権力に盾突くのが大好きで、自己陶酔しながら理想を語る。自分が気持ちよくなる材料にするために、苦しんでいる弱い人を探し回る。うれしそうに、涎《よだれ》を垂らしながら。それでもって、リベラルを標榜《ひょうぼう》しているくせに娘に対しては独裁者だった。『すべて俺の言ったとおりにしろ』で、そこからはみ出すことは絶対に許さないゼロ・トレランス。寛容さというのが欠片《かけら》もないの。自分だけが賢くて正しいと妄信している自称リベラルによくいるタイプよね。いつか娘が覚醒して、自分が最も嫌うタイプの弁護士になるなんて想像もしなかったのが嗤える。命の危機に瀕《ひん》している時に変だけど、親不孝な娘は一度だけデンスケの言葉を引用させてもらうわ。父に言いたい。――ザマミロ」

有働は、困った顔をする。どういう反応をしたらよいか判らない、というように。

「自分がしてきたのは弁護活動という正当な行為だけど、巨悪に加担しているとデンスケに目をつけられたからには仕方がない。私はやる。いつも法廷で喧嘩しているようなものだから、闘うのは慣れているわ」

「そうですよね」有働は明るい声を出す。「早乙女さんは、正当な行為をしてきただけです。五人も人を殺した僕なんかと同列に扱われるのは間違っている」

「殺していない。あなたが引き起こした停電が原因だったとしても、たまたま結果として五人の人を死なせただけよ」

「結果として死なせただけって……習い性になっているんですか？　弁護してくれなくてもいいですよ。僕は、早乙女さんの依頼人じゃない」

「生き残るためにも、自罰的にならないで。今は強気で押し通すのよ」

励ましてから、彼女は気になっていたことを尋ねる。有働は、ぺしゃんこのリュックを背負っていたのだ。

「どうしてそんなものを？」

「厨房で調達した水と食料をこれに入れて、外へ出るつもりです。ここから逃げるんですよ」

「どこへ？」

「岩場の陰に身を潜めて、助けがくるのを待ちます。二十時間ちょっとの辛抱です。風が強いけれど、雨は降らないようだから」

「ここにいるよりも、その方が安全だと思うのね」

「はい。いつどこから襲われるか判らないという状況が耐えられない。外だったら、デンスケが近づいてきたら察知しやすいでしょう。学生時代から陸上をやっていて足は速いので、鬼ごっこに持ち込めば勝つ自信がある。腕力がなくて剣道もできない僕には、それしか勝機がないんです」

愚策とは限らない。各自、得手不得手があるし、考え方も違う。早乙女は「幸運を祈るわ」とだけ言った。

「ありがとうございます。早乙女さんの幸運もお祈りしています」

また誰か階段を下りてくる。鉄パイプを左肩に担いだ二ツ木だ。ジャケットを脱いで、白いTシャツ一枚になっていた。

「さっき素振りしてました？　気合が聞こえましたよ」

彼の部屋は、有働の隣だった。

「お騒がせして、ごめんなさい」

「いいえ。あの気合だけで、相当に腕が立つことが判りました。心強いっす。俺も負けちゃいられない」

階段の下で、鉄パイプを正眼に構えてみせる。有段者というのは嘘ではなさそうだった。

「打ち合い稽古《げいこ》なら、お断わりしますよ」

早乙女が真顔で言うと、二ツ木は「まさか」と笑う。

「そんなことをして怪我でもしたら大変だぁ。もちろん僕が、ですよ。早乙女さんに倣って、素振りでもします。ここだと天井の照明器具に当たりそうだから、外で」

「怖くないの？」

「エントランスの前から離れません。怪しい影を見たら叫ぶので、助太刀にきてくださいね」

彼が出て行くと、「さて」と有働が立ち上がった。

「サバイバルのために必要なものを、厨房で漁《あさ》ってきます」

その背中を見送る早乙女には、迷いが生じていた。やはり犯人は他にいるのではないか、と。ここにいる四人と残忍な殺人鬼のイメージは重ならない。島内のどこにも隠れ場所はない、と男たちは断定していたが、自分の目で確かめていないだけに全面的には信用しかねた。

――思いも寄らないところに隠れているとしても、この建物からそう遠くはない。犯行のために頻繁に出入りしなくちゃならないんだから。でも、近くにそんな場所はなさそうだし、こそこそ出入りしているところを私たちに見られてもいない。犯人は、透明になる術が使えるみたい。あるいは……私たちの目は節穴で、十番目の人物を目撃しながら見逃している？

三人の男たちと立て続けに会ったせいか、榎友代の顔が見たくなってきた。無事でいることだけでも確認しておきたい、と思って二階に上がった。

榎の部屋は、右手に進んで三番目だ。呼びかけながらノックをしたところ、返事がない。二度、三度と繰り返しても無反応なので、わずかに心がざわついた。ドアに耳を押し当てても何も聞こえはしない。

「早乙女です。お休みになっているんですか？」

問いながらノブを押してみたら、わずかに開いた。施錠はされていなかったが、ドアガードが掛かっているので中に人がいることは間違いない。五センチほど開いた隙間から、室内を覗いてみることにした。

「榎さん、私です。いらしたら――」

次の瞬間、早乙女は驚愕《きょうがく》のあまり息を呑む。榎友代の血みどろの顔が、すぐ近くにあった。見開かれた両目は三白眼になって、床の上であらぬ方向を見上げている。その額から流れ出す血は、まだ完全に止まってはいないようだ。

反射的に、これだけを理解した。――榎はドアの隙間から額を拳銃《けんじゅう》で撃たれた。犯人に声を掛けられ、ドアガードの隙間から応対するだけなら大丈夫と油断したのだ。残念ながらすでに絶命している。撃たれてからさほど時間が経っていない。

――死んでいるようにしか見えない。でも、本当？

鉄パイプの先で強く突いて確かめる手もあったが、そうする気にはなれない。額に開いた穴から流血しており、瞬《まばた》きをまったくしないのだから生きているはずがないと判断した。立ち尽くしているうちに、血がじわじわとドアの隙間から廊下へと流れ出してくる。

二ツ木は出て行った。有働は厨房にこもっている。彼女は、最も近くにいる黒瀬の許へと走った。

ところが、彼の部屋をノックしても応答がない。まさかと思いながらノブを押すと、こちらは何の抵抗もなく開いた。

絶望の鞭《むち》が、再び彼女を打ち据えた。

「ああ……」

黒瀬源次郎は、部屋の中ほどで俯《うつぶ》せに倒れており、その後頭部に穿《うが》たれた穴から大量に出血していた。顔はこちらを向いていて、やはり瞠目したまま瞬きをしない。

彼女の頭脳は高速で回転し、ほんの数秒の間に以下のことを理解する。——相手が拳銃を持っているとは思わず、黒瀬は犯人を部屋に招き入れた。何メートルか距離を取っておけば襲われても反撃できると思っていた。しかし、犯人は拳銃を持っていた。銃声がしなかったのは消音装置を使ったからだ。この事件の犯人は、どんなものだって用意できる。

それから、こう考える。——犯人は、ドアガードが掛かった榎の部屋にまだいる可能性がある。早く逃げなくてはならない。有働と二ツ木に危険を報《しら》せなくては。犯人が拳銃を所持していることを二人に警告しなくては。犯人は飛び道具を持っているのだから剣道の腕前は役に立たない。

身を守ってくれないと思いつつも、彼女は鉄パイプを握り直して廊下へ飛び出した。榎の部屋のドアは閉じたままだ。今にもそれが開いて、見知らぬ凶漢が現われそうで怖い。

階段を駈け下りながら、彼女はなお考えた。

——見知らぬ凶漢って、変よ。どこから現われたって言うの？　ついさっきまで、犯人は招待客の中にいると思っていたのに。

激しく混乱してきた。

——やっぱり犯人は内部にいる。榎さんは、不用意に開いたドアの隙間から銃弾を撃ち込まれた。だから、ドアは閉まったままで開くことはない。

内部の者は、今や自分以外に二人しかいない。

——あの二人なら犯行は可能だった。ずっと二階にいたんだもの。私が素振りをしていた前だったのか、その最中だったのか判らないけれど、榎さんと黒瀬さんを次々に殺して回ったのよ。なんて大胆な。

ついに容疑者は二人にまで絞れた。

——でも、どっち？

足がもつれそうになって、必死で手摺《てすり》を摑む。

——有働さんはリュックを背負っていた。二ッ木さんはだぶだぶのデニムを穿いている。二人とも拳銃を隠し持つことができる。多分、今持っている。

恐怖は、くっきりと輪郭を露わにした。そこまで判ったのなら、二人から離れなくてはならない、と理解しながらも、彼女の足は止まらない。勢いがつきすぎていたせいもあるが、犯人ではない男に警告を発する義務を感じたからだ。

——でも、「犯人は拳銃を持っている」とどっちに報せるの？　判らない！

ラウンジには誰もおらず、厨房の方にも人がいる気配がしなかった。有働は野宿のための水と食料を揃え、すでに出てしまったのだろう。

海賊人形がどうなったかと見れば、肩の上に首が載っているものは四体しかない。さっきまでは六体が無事で立っていたのに。彼女が二階に上がっている間に、二ッ木か有働のどちらかが榎と黒瀬の分をへし折ったのだ。

犯人は「原則として一人ずつ」殺していくと宣言し、これまではそれを実行してきたが、原則は崩れつつあった。矢継ぎ早に凶手を繰り出して、クライマックスに雪崩《なだ》れ込むつもりだ。

──残りの人間が島中に散らばって、捜せなくなることを避けたいんだ。残りの人間が固まっているうちに片づけようって魂胆。利口だわ。そこまで予想しておくべきだった。

利口な悪魔は二ッ木か？　有働か？　俊足を誇示した有働の方がより厄介だ。二ッ木が犯人だったとしても、逃げ切るのは体力差からして難しい。鬼ごっこではなく隠れんぼに持ち込まなければならないとしたら、最善手は今すぐ裏口から飛び出して岩場に逃げ込むこと。ただ、そのためには、犯人の所在を確認しておかなくてはならない。裏口から出た途端に鉢合わせしたら、おしまいだ。

──あの二人は、どこ？

鉄パイプを八双《はっそう》に構えながらエントランスから外に出た瞬間に、パンと乾いた音が響いた。さらにパンパンパンと三回。

ことここに至れば、もはや消音器を使う必要もない、と犯人は考えたのだ。

厳父とは対照的に優しかった亡き母に聞いたことがある。お前が生まれたのは日曜日だったのよ、と。

――死ぬのも日曜日になるのね。

太陽の下で、彼女は見た。銃口から煙が立ち上る拳銃を手にした男を。

10

月曜日の正午前。

酒癖の悪さが祟《たた》り、妻子に逃げられてから二十年。独り暮らしの小本仙助《おもとせんすけ》が鍋焼きうどんで昼食を済ませ、船を出す準備にかかろうとしたところへ、何者かが訪ねてきた。

「ごめん」

よく通る太い声。まるで道場破りだ。誰かと思って出てみれば、大柄な男が太陽の光を遮るように立っていた。

容貌は魁偉《かいい》。身長は一メートル八十センチを優に超え、肩幅はがっちりとして広く、堂々と腹が出ている。礼服にもなりそうな黒いスーツに身を包み、ネクタイの柄は奇天烈《きてれつ》だったが、よく磨かれた靴がぴかぴか光っていた。右手には金色の装飾が施されたステッキ。左手には黒いスーツケース。顔立ちはというと、鼻も口も大きく、たっぷりとした顎鬚《あごひげ》をたくわえて、どこまでも男性的だ。髪型もユニークで、豊かな頭髪が大きくうねりながらセンターから両サイドに跳ねていた。さながら鬣《たてがみ》。ライオンみたいな顔、というのが第一印象だった。年齢は、四十半ばと見た。

「小本仙助さんですね？」

「そうじゃけど……どちらさん？」

訪問者は、威厳たっぷりに答える。

「響《ひびき》・フェデリコ・航《わたる》と申します。——あなたは、まもなく赤座島に向けて船を出しますね？　卒爾《そつじ》ながら、私を便乗させていただきたい」

小本は、にわかには承知しかねた。

「島に招待された人？」

「いいえ、招待は受けていないのですが、用がありまして」

遊漁船の船長は、露骨に嫌な顔をした。響・フェデリコ・航なる男はそれを無視して、余裕に満ちた態度で言う。

「大事な用です。どうせあなたは島に行くのでしょう。私をついでに運んでくだされぱよいだけですよ」

遠慮のない口ぶりだったが、どうしたことか反感は覚えなかった。ふだんの小本なら「誰を乗せるかは、わしが決める」と一喝する場面なのに。相手の貫禄に気後れしたことに加え、何者をも御しそうな力を感じたからだ。声に不思議な説得力がある。

「十二時半に船を着けることになっとる。お客を七人乗せてすぐに引き返すが、あんた、どうする？」

行きは便乗だからサービスしてもよいが、帰りに迎えにきてくれと言うのなら船賃を交渉しなくてはならない。

「帰りのことは、行ってから決める。それでよろしいですかな？」

断われない雰囲気になり、釈然としないまま小本は承諾した。

「もう正午になります。島までは三十分ほどかかるのでしょう。さぁ、出発しますか」

家を出れば、目の前が港だ。かつては二十艘以上の船が溜まっていたが、漁村はすっかり寂れてしまい、稼働している船は小本のもの一艘。それも釣り客を乗せるだけである。

不意の客が乗り込むと、小本は船長帽がわりの黒いキャップをかぶり、エンジンを入れて出港した。うら淋《さび》しい港が、みるみる遠くなっていく。波浪注意報が発令された昨日とは打って変わり、今日の波は穏やかだ。船はすいすいと、チーズにナイフを入れるごとく進む。

「土曜日に、あの島へお客を運びましたね。その彼らをこれから迎えに行くのでしょう？」

背後から尋ねられて、小本はぶっきらぼうに「そうじゃ」と答える。

「招待されたのは七人？」

「そうじゃ。着く時間が揃わんかったから、二回に分けて運んだ」

質問は、次々に飛んできた。どういう振り分けで七人を運んだのか、乗船した者たちはどんな顔ぶれだったのか、彼らの様子に変わった点はなかったか等々。答えなくてはならない気分になってありのままを語ったが、質問の切れ目に小本は問い返さずにはおれなかった。

「あんた。なんでそんなことを訊くの？　何をしてる人？」

「私は私立探偵。気になることがあって、赤座島に渡ります」

小本は私立探偵という人種に会ったことがなかったが、もっと地味で陰気なイメージを持っていたから意外の感に打たれる。では響・フェデリコ・航が何者に見えるのかというと、答えられない。どこかミステリアスではったりが利いた物腰と出で立ちからするとマジシャン、恰幅のよさと美声からするとオペラ歌手というところなのだが、彼は本物のマジシャンにもオペラ歌手にも会ったことがなかった。

「気になることっちゅうのは、何か事件？」

「その可能性もありますが」

言葉を濁して黙ったので、どうでもいい別のことを尋ねる。

「いつもそんなネクタイをしてるんかな？」

混沌《こんとん》とした極彩色のデザインは、小本の若い頃の言葉で評するとサイケデリック。

「こういうのも好みます」

話の接ぎ穂がなくなったので、以後、小本は船の操縦に専念した。もう島が近い。

船着き場に接岸すると、私立探偵と称する男はさっさと下船した。帰りに乗せる客たちの姿はない。

「お客さんは、まだチェックアウトしていないようですね。どれ、船が着いたことを私が報せてこよう」

「頼むわ」と応えて、小本は煙草《たばこ》に火を点けた。

どうして私立探偵がこの島に上陸したがるのかと訝ったが、理由を考えるのは面倒だ。考えるのは好きではない。半年ほど前からこの島の建物に改装工事が入っていたようだが、詳しい事情は知らないし考える気もしなかった。招待客を運んでくれと言ってきた電話は怪しげだったものの、何者なのかを考えたことはない。集まった連中が何者なのかも。彼が考えるのは、自分の利害に関わることだけだ。

潮騒《しおさい》の音だけが明け方の夢のように響いている。静けさが領する船着き場で、小本は二本目の煙草を灰にした。

探偵は、なかなか帰ってこない。どうしたのかと思いながら三本目をくわえて坂道の上を眺めていたら、大柄な男は険しい表情で戻ってきた。

「一人かね。帰りのお客はどうした？」

「誰もきません」

暗い声が答える。

「なんで？」

「何があったか判りませんが、何人も死んでいる。もしや、と私が心配していたことが現実に起きてしまったようです。――船舶無線をお借りしたい」

「ちょ、ちょっと。何人も死んどるって、どういうことじゃ？　なんで一人も出てこん？　誰かおるじゃろ」

小本は腰を抜かさんばかりに驚き、詳細を聞きたがった。探偵はそれに答えず、船舶無線の前に立つと、使い方を教えるまでもなく警察に架電した。

「私は響・フェデリコ・航。高名な探偵です。あなたが知らずとも、本部長ならご存じでしょう。赤座島で大量殺人が発生しました。今、その船着き場から発信しているのですが、私が確認した範囲だけで八人が殺害されている。島内には、さらに被害者がいる可能性もあり。大至急、捜査員を寄越《よこ》してください。――船？　小本さんが三十分以内に戻ります」

通話を終えた探偵の肩を摑んで、小本は尋ねる。

「今の話は本当か？　八人も殺されていると言うたが、まさかそんなこと……」

「本当です。引き返して、駐在さんを乗せてきてください。ああ、その前に、遺体に見覚えがあるかどうか確認をしてもらえたら――」

「嫌じゃ。そういうのは断わる」

小本にとって幸いなことに、探偵は無理強《むりじ》いしなかった。

「いずれ警察があなたの確認を求めることになりますが、とりあえずはいいでしょう。では、すぐ港へ」

「あんたは？」

「ここに残ります。屋外の亡骸《なきがら》を鳥が荒らしたりしないよう見張るので」

「八つも死体がある島に一人で残るというんか。なんと恐ろしい」

小本の船が出て行くと、響・フェデリコ・航は振り返り、大股で坂道を上りだした。

――私は、どうにかしてこの犯罪を阻止できなかったのだろうか？　最善を尽くしたつもりだが、邪悪な犯人は計画を成就させてしまったらしい。探偵の神よ、推理の聖霊よ。この私をもってなお未熟とお嗤いですか？

痛惜の念を胸にして風に問うても、答えはなかった。


同日午後一時三十分。

駐在所から若い巡査が赤座島に到着し、響・フェデリコ・航とともに八つの死体を見て回った。まだ経験の浅い巡査は顔色を失い、ついにはトイレに駆け込んで嘔吐《おうと》してしまう。探偵はその背中をさすった。

「大丈夫ですか？　ここまで凄惨な現場を踏むことは、あなたの警察官人生において二度とないでしょう」

巡査は、威厳に満ちた探偵の優しさに敬服してしまった。自分がこの体《てい》たらくだから、民間人の小本を無理やりここまで連れてくるのは憚《はばか》られる。巡査を島へ運んだ後、小本は船着き場で待機を続けていた。

「お名前も存じ上げず、先ほどは大変失礼いたしました。響先生と呼ばせていただきます」

巡査が畏《かしこ》まると、探偵はかぶりを振る。

「先生は要らない。響さんで結構」

「はあ。——響さんは、探偵事務所をかまえていらっしゃるのですか？」

「ささやかなものを。捜査の依頼が入ると、そこを飛び出してどこへでも出向きます。国内であると海外であるとを問わず。また、国内外のミステリ作家にアドバイスを乞われ、応じることもある」

「すごい。本職が無知なだけで、響さんのお名前は文字どおり世界中に響きわたっているんですね。名は体を表す、だ」

まんざらでもない様子で、響は顎鬚を撫でた。

「先生、いや、響さんはご両親のどちらかがイタリア人なんでしょうか？」

「いいえ。響航では短すぎて名前らしく見えないでしょう。航空会社の略称と間違われそうなので、自分で勝手にミドルネームをつけただけです。何故フェデリコなのか？雰囲気」

「なんと。天才のなさることは凡人には計り知れません」

長閑《のどか》なやりとりだが、ここは世界的な名探偵自ら凄惨と評した現場だ。彼らは建物の前庭にあたる芝生の上に立っていた。

二メートルばかり離れたところに、胸と腹に銃弾を受けて死んだ男の死体。頭髪を派手な金色に染めている。その五メートルほど先、建物の入口近くには頭部を殴られた男の死体。背中にリュックを背負っている。さらに三メートル先、建物の前のステップには背中を撃たれた女の死体が一つ転がり、これだけでも充分にショッキングなのに、一階奥の和室には男女三人の死体が安置されて、二階のふた部屋で二人が殺されているのだ。

頭部に損傷のある男の死体の上に、海鳥が寄ってきた。響はそちらに走り、ステッキで追い払う。巡査がくるまでの間もこのようにして現場保存に努めていたそうだ。しかし、彼がくる前に狼藉《ろうぜき》は為されており、どの死体にも鳥が啄んだ跡があるのが痛々しい。撲殺された男のそばに拳銃と血痕が付着した鉄パイプが落ちていた。ステップに倒れた女の背中には銃で撃たれた跡。金髪の男とリュックの男の傍らにも鉄パイプが落ちていたが、それらに血は着いていない。

警察官が所持する以外の拳銃を見たのは、巡査にとって初めてのことだ。探偵はさすがに慣れているようで、「ブローニングM1910三十八口径ですね」とのこと。

「こんなものも落ちていますよ」

響は近くの叢《くさむら》をステッキで掻き分け、長さ十センチ余りの金属性の筒を示した。

う」

「消音器《サプレッサー》です。犯人はある時点までこれを使い、無用になったところで捨てたのでしょう」

「何でしょうか？」

いったい何があったのか見当もつかず、巡査にはただ空恐ろしかったが、響は悠然としていた。それでも、会話が途切れると鋭い眼光をあちらこちらに投げ、推理を巡らしているようだった。

彼の目の光が和《やわ》らいだ時に、巡査はおずおずと尋ねる。

「国内外のミステリ作家にアドバイスをなさるとおっしゃいましたが——」

「ええ、しますよ」

「警察官にあっては珍しいことながら、本職はミステリを好んで読んでおります」

響は面白がった。

「ほお。奇特なことだ」

「離れ小島に渡った全員がみんな殺されている、という状況から、アガサ・クリスティの『そして誰もいなくなった』を連想せずにいられません。先生、いえ、響さんはどのようにお考えでしょうか？」

「模倣でしょうね」

「模倣ですか。しかし、あの小説の結末と合致しない状況もあります。小本によるところの島には九人がいたそうなので、一人足りません」

「現時点ではね。——ふむ、船がきたようですよ」

巡査が海の方へ振り向くと、二隻の警察用船舶が真一文字にこの島を目指していた。

現場保存というお役目から、まもなく解放されることに巡査は安堵する。

「あれは所轄のものでしょう。続いて県警本部からも大勢乗り込んでくるはずだ。彼らに『そして誰もいなくなった』のストーリーを二度三度と説明しなくてはならないのが面倒だな。可能な時は、あなたも手伝ってください」

「はい。あの小説の内容でしたら、よく覚えております」

「それは重畳《ちょうじょう》。頼みましたよ。では、船を迎えに行きますか。——おっと、あれは？」

ことの重大さを顧慮して、県警が飛ばしたのかな」

北西の方角から水色のヘリコプターがこちらに向かってくる。巡査は答えた。

「三重県警警察航空隊の〈いせ〉であります」

広々とした芝生の一角にヘリが着陸すると、真っ先に降りてきた男がローターの起こす風に髪を乱しながら「響さん！」と叫んだ。探偵は「どうも」と手を振って応える。

「お久しぶりです。大変な事件が起きたようですね。しかも、響さんが通報者だというので二重にびっくりしていますょ」

〈蝮《まむし》のタツ〉こと捜査一課の辰川《たつかわ》警部だった。刑事らしからぬ温和な顔にしてその異名がついたのは、健康増進のためと称して蝮酒を愛飲しているからにすぎない。五年前にていた。

江戸川乱歩《えどがわらんぽ》の出生地・名張《なばり》で起きた〈怪奇八十面相事件〉を通じて、響の信奉者となっていた。

「よからぬことがこの島で起きているのでは、という情報を摑んできたのですが、手遅れでした」

「情報と言いますと？」

某事件で世話をしたことのある某保守系政治家から、「おかしな招待を受けた。これは怪しいのではないか」と相談を受け、直感的に危ないと思ったものの、響がそれを知ったのは昨日の夕刻。今日の正午前に最寄りの港にたどり着くのがやっとだった。

「響・フェデリコ・航にあるまじき失態です」探偵は歯嚙みしてから「過ちは取り返せませんが、わが友《アミコ・ミオ》よ、この事件は必ずや私が解決することを誓います。可及的すみやかに」

「よろしくお願いします。とてもありがたい」

未曽有《みぞう》の大量殺人事件の捜査にあたって、これ以上はない援軍を得た辰川警部の本音である。

警部は探偵に導かれ、死体を一つずつ見分して回る。建物の前に三体、和室に三体、二階の客室に二体。中年女性が死亡した現場は内側からドアガードが掛かっているため、捜査員が器具を使って開いた。

計八体。撲殺されたものが一体、射殺されたものが四体、絞殺されたものが一体。あとの二体には外傷がなかったが、法医学にも精通している響が見たところ、毒物による中毒死のようであった。一人は小太りの中年男性、もう一人はスタイルのよい若い女性。

　各人の部屋を調べたところ、運転免許証などから身元が判明した。保守党の大物代議士、石村聖人が交じっていることが判り、警部はさらなるプレッシャーを感じる。早期に解決せよ、と本部長はうるさく言ってくるだろう。

　響と警部は、館内を一巡してからラウンジに戻ってきた。

「中毒死した者は、自殺の可能性もありますね。その二人のどちらかが皆を殺して回り、最後に服毒自殺を遂げたとも考えられます」

　警部の仮説を探偵は打ち砕く。

「あり得ません。もしそうであれば、彼か彼女が最後に絶命したわけですが、私が見たところでは二人はもっと早くに亡くなっています。男性――代議士の石村聖人でしたか――は、最後どころか最も早くに死亡したようだ」

「どういう順に死んだのかは、非常に重要ですね」

「もちろんです。私は全員が死亡したおよその順番の見当がついていますが、司法解剖で慎重に確定させなくてはなりませんね」

「響さんには、もう順番の見当がついているんですか？　いつもながらの慧眼《けいがん》に驚かされます。一番目が石村だとしたら、その後はどういう順に死んだのでしょうか？」

　手帳を開く警部に、探偵はゆっくりと話して聞かせる。

「石村がナンバー1。同じく和室に安置されているパジャマ姿の女性がナンバー2。ただ一人、絞殺されていた被害者です」

その女性については、まだ身元が突き止められていない。

「そして、これも和室に寝かされている若い女性がナンバー3」

「ほおほお」と警部はボールペンを走らせる。

「残念ながら、この先は判断が難しい。客室で撃たれていた中年の男女と、屋外で殺されていた三人の男女が死亡した時間はかなり接近していて、ナンバー4から8までは順番が決められません」

「死んだ時間が近い、というだけでも重要な情報です。これはありがたい」

響は、それしきは何でもない、という顔だ。

①石村聖人……毒殺？
②パジャマの女……絞殺
③春山美春……毒殺？
④黒瀬源次郎……射殺
④榎友代……射殺
④早乙女優菜……射殺
④二ッ木十夢……射殺

④有働万作……撲殺
「第四の被害者候補が五人もいて、美しくない」

探偵はこぼすが、天才を自任する彼とて万能ではない。

「いやいや、美しいですよ。犯人は、拳銃を使いだしてから立て続けに犯行に及んだことが読み取れます。非常に興味深い」

最初の犯行は土曜日の午後八時以降、最後の犯行は遅くとも日曜日の午後四時だという。

警部がメモを見返していると、探偵は言った。

「私が申した順番には何の意味もないかもしれません」

「何故です？」

「辰川さんには、基本的な情報がまだ届いていないのですね。事件当時、この島には少なくとも九人の人間がいたはずなのです。ここにくる途中、招待客を島に運んだ小本船長から聞きました」

「で、では」警部は思わずボールペンの先を探偵に向ける。「その九番目の人物が犯人かもしれないわけですか？　いや、その疑いが濃厚だ。島内のどこかに潜んでいるかもしれない」

「はい。それは、おそらく客をもてなす側の人間でしょう。つまりはここの従業員。パジャマ姿で絞殺された女性も然《しか》り。この二人は同じ部屋で寝起きしていたようですから、夫婦者らしい。行方が判らないのは、彼女の夫ということになる」

「なるほど、だから響さんはドローンの用意を指示なさったんですね。ちゃんと持ってきていますよ。さっそく飛ばします。九番目の人物を発見したら、事件解決か」

「どうでしょうね」

探偵に水を差されて、警部は口許に浮かびかけた笑みを引っ込めた。

「どういうことですか？」

「今回の事件は、アガサ・クリスティの『そして誰もいなくなった』という名作ミステリに酷似しているのです。その小説をご存じですか？――やはりご存じない」

響がざっと説明するストーリーを、警部は手帳にメモした。

「島に招待された客が全員死んでしまう、ですか。目下の状況と似てはいますが、本件の場合は生存者が島内に潜伏しているかもしれません」

「現時点ではその可能性が留保されています。しかし、どうも私には九番目の人物がすでに死亡している気がしてならない」

「それは、名探偵の直感ですか？」

「よく当たります」

「『そして誰もいなくなった』という小説と同じ結末になるとは限りませんよ。『そして犯人だけになった』という当たり前のことが判明してもらいたいものです」

「あれを」

響は手首を捻り、ステッキをくるりと回してから何かを指した。警部が首を捻ると、マントルピースの上に木彫りの人形が並んでいた。

「海賊島というここの俗称にちなんだ人形でしょう。『そして誰もいなくなった』にも、同じく十体の人形が登場し、誰かが死ぬたびに壊されていく」

「いかにもスリラーですね。先ほどそのように伺いましたが……」警部はマントルピースの前に立つ。「ああ、ここの人形もやられています。細い首が折られている。でも響さん、全部が壊されているのではなく、四体は無疵《むきず》のままだ。どうしてですか？」

世界にその名を響き渡らせている名探偵といえども、すべての質問に即答できるわけではない。

「判りません《ノン・カピスコ》。理由は不明ですが、四体が無疵であることが謎を解くための大きな鍵になるかもしれない」

強面《こわもて》の捜査員がやってきて、ブローニングの弾倉に残弾がなかったことを報告する。また、銃のそばに倒れていた男の右手と着衣に硝煙反応があるとのことだった。

探偵は「うむ」と頷く。とうに知っていたよ、という顔で。

警部は捜査員たちとの打ち合わせに入り、ドローンによる生存者の捜索がただちに開始された。響はそのモニターの横に立ち、島内の様子をじっくりと観察する。岩場だらけの中にわずかな灌木《かんぼく》が生えた島だ。人影はどこにもなく、隠れられそうな場所も乏しい。このあたりに潜んでいるのでは、と思われる場所には捜査員が向かった。

「被害者の死因は様々です。崖から突き落とされた者がいるかもしれません」

響の助言を容《い》れ、海上での捜索も行われることになった。そうしている間に、鑑識課員たちは数多い犯行現場に散って忙しく動き回る。死体の見分を渋っていた小本も、捜査協力のため引っぱり出された。

「わしが乗せた人ばっかりです。茂原さんの奥さんは木曜日に島へ送り届けて、他のお客さんたちは土曜日に二回に分けて運びました」

「茂原さんの奥さんとは？」

役目を果たした後、ラウンジのソファでぐったりとなった小本は、なかなか解放してもらえず、警部じきじきの事情聴取を受ける。

「紐で首を絞められとった人です。ここで働くことになったと言うとりました。旦那さんはまだ見つかっとらんのですか？　奥さんと一緒にここへ渡ったのに」

九番目の人物は、やはり茂原某なのだ。小本によると、四十歳前後で長身の瘦《や》せた男。

「彼らを島に運んだ時、船内で何か気がついたことは？」

「何もありゃしません。みんな船室や甲板で雑談をしとったが、そんなもんは耳に入らんから」

「招待客の前にこの島に運んだのは茂原夫妻だけですか？」

「そやに。――あ、そうです」

「確かですね？」

「おりません。わしは乗せへんだ。――もういいですか？」

　小本は家に帰りたがったが、希望はかなわない。

「もう少しだけ島にいてもらえますか。茂原さんを捜しています。彼が見つかったら、また確認をして欲しいんです」

「それは、その……茂原さんも死んどるということですか？　生きて見つかったら、わしが確かめるまでもない」

「捜査のためです。お願いします」

　警部に頭を下げられ、小本はすっかり困った様子だったが、「仕方ありませんな」と了承すると、血腥《ちなまぐさ》い現場を離脱して船に戻って行った。

　彼と入れ違いに、一人の捜査員が「警部！」と駆けてくる。白手袋を嵌《は》めた手に黒っぽい手帳を持って。

「石村聖人の遺体の下から、こんなものが出てきました。黒瀬源次郎のもののようです」

「ん、どうして黒瀬の手帳がそんなところに？」

「それは判りませんが、事件についての書き込みがあります」

　響が「ははぁ」と顎鬚を撫でた。

「黒瀬は、わが身に危険が迫る中で何かを警察に伝えようとしたのでしょう。安置した遺体の下に隠せば犯人の目が届かないと考えたのです。賢明でした」

警部と探偵は額を寄せ、細かい字で記されたものを読む。最初から最後まで驚くべき内容だった。

「脛《すね》に傷ある人間をデンスケが島に集め、皆殺しにしようとした……。信じられないな。狂っている」

動揺する警部とは対照的に、響はいたって冷静だった。奇々怪々な事件と何度も相対している彼は、これしきのことには慣れていたからだ。

「捜査員に注意を促さなくてはなりませんよ。どこに毒針が仕掛けられているとも知れません」

「はい。――しかし、さすがは響さんだ。これによると、おっしゃったとおりの順に被害者たちは殺されています。土曜日の夜、石村聖人が真っ先に毒殺されて、その夜に茂原カヲリが絞殺され、日曜日になってから春山美春が毒殺。茂原カヲリの夫である勤は、春山の前に殺害されたんですね」

「まだ鵜呑みにしてはいけません。黒瀬が事実を正確に書いたという保証はない」

「ごもっとも」

当然ながら、黒瀬メモは彼が殺される前で記述が途絶えているから不完全なものだ。

「もうしばらく生き延びてくれたらよかったんですが」

警部は残念がり、探偵が宥める。

「これを遺してくれただけでも感謝すべきでしょう。クロスワードパズルの升目を半分ぐらいは埋めてくれました。島内を探索したのに何者もいなかった、という証言も興味深い。——もっとも、先ほど申したとおり、すべてが真実だという保証はありません。書かれていることを一つずつ検証しなくては」

「承知しています。その前に、船着き場の反対側を捜すよう船に指示します」

警部が意気込んでいるところに、別の報告がもたらされた。警察船舶が死体を発見したのだ。

「でかした。船着き場の反対側だろう？」

報告を受けた捜査員は、「いいえ」と答える。

「東側の崖の下、海面すれすれに洞窟が口を開けており、そこの岩場に打ち上げられていたそうです」

黒瀬メモによると、茂原勤の遺体は崖下の岩場に横たわり、潮が満ちると流されてしまいそうだったという。

「波にさらわれた後、洞窟まで運ばれたらしいな。見つかったのは四十歳前後、背が高くて痩せた男だな？」

部下は戸惑いを見せた。

「いいえ」

「違うって？　そんなはずはない。この島には他にその男しかいなかったんだ！」

響が大きな体を揺すって一歩踏み出す。

「被害者の性別と年恰好は？」

報告者は咳《せき》払いをしてから答えた。

「遺体は中肉中背の男性。年齢は三十歳前後とのことです」

「なんてことだ」

警部は額に手をやり、マントルピースの上を見る。

「人形と同じで、十人目がいたのか……」

※

辰川と響が船着き場まで下りて行くと、遺体を載せた船はもう接岸していた。海蝕洞《かいしょくどう》内の岩の間に挟まっていたため、収容するのに手間取ったらしい。

その遺体と対面した時、幾重にも信じられない事態を眼前にして、警部は眩暈《めまい》がしそうだった。

まずは、その顔。水中にあった時間がさほど長くないのか、ほとんど損傷していなかったため、はっきりと判った。二ツ木十夢と瓜《うり》二つなのだ。

さらに彼を愕然とさせたのは、遺体の頸部に遺った複数の圧迫痕である。

「いいですか？」

形式的に断わってから、響がそれを調べだした。

「喉仏の両側と頸部の両側にこの痕。真正面から両手で首を絞められてできた扼痕《やくこん》だ。自分で自分の首を絞めて死ぬことも不可能ではありませんが、圧迫痕の位置からして本件がそれに該当しないのは自明だと思料しますが、どうですか？」

訊かれて、警部は「私もそう思います」と答えるよりなかった。

「十番目の男の登場は悩ましいですね。この男が他の九人を殺害し、最後に崖から身投げをしたというのなら、誰にも判りやすい結末でしたが、彼もまた被害者だった。――ふむ、この事件、こうきたか」

響がなおも死体の見分を続けるので、警部は嫌な予感に襲われる。これ以上ややこしいことにならないでくれ、と祈りたくなった。

「さらにこうくるか」

響は上体を起こし、警部によくない報せをもたらす。

「遺体がどのような状態にあったのかが定かではない。満潮時にどれぐらい水に浸かっていたのかなどによって死体現象は変わりますが、これだけは言えそうだ。彼の死亡推定時刻は、早くとも昨日の午後五時。おそらく六時ぐらいに殺されたのではないか、と私は見ます」

「あの、響さん。すみませんが、もう一度」

何度聞いても同じだった。

「早くとも昨日の午後五時ということはですよ、この男は誰よりも後で殺されていることとになります」

「左様《スィ・ロエ》。彼が最後の被害者です」

「すると、犯人はまた別にいることになる。十人目が出てきただけでも驚きなのに、この島には十一人目がいると?」

「そこまでは言っていません」

「おっしゃっているのも同然です」

響の見立てを疑うつもりはなかったが、警部には受け容れがたい事実だった。

「いいですか、警部。事実に向かって『お前はどうして事実なのだ』と抗議をしても仕方がない。それを認めて乗り越えるんです。ミスター十番目の出現で、為すべきことがより明白になりました。島内に犯人たる十一番目の人物が潜んでいるのか、いないのか。二つのケースしかありません。十一番目がいるのなら、徹底的に捜して見つけ出せばよい。いないのなら、十人の死者の中の誰かが犯人なのだから推理すればよい。ことは単純です」

「推理のしようがありませんよ。これまで見つかった全員が他殺なんですから。ことに最後の被害者が扼殺されているとなると、幽霊の仕業としか思えない。……死んだと思われていた誰かが蘇生《そせい》し、何人かを殺害した後で力尽きた、ということはありませんよね?」

「その可能性はゼロ。蘇生してからまた死ぬという稀有《けう》なことが起きたのだとしても、先ほど申した死亡推定時刻は動かず、死んだ順は変わりません」

「うーん、響さんをもってしても、これは難事件ですね」

「そうでもない。私はすでに真相にたどり着いています」

「さすがですね……って、何とおっしゃいました？　すでに真相にたどり着いているですって⁉」

蝮のタツの異名を持つ警部は、驚くのに疲れだしていた。事態がどんどん混乱してきているのに、この探偵はどこからどうやって答えを見つけ出したというのか。

「謎解きをお願いします」

「そうしたいのは山々ですが、私の推理は黒瀬源次郎が遺したメモを土台としています。あの記述に嘘や錯誤がないことを確かめなくてはなりません」

「どうやって確かめるんですか？」

「黒瀬メモの内容と警察の捜査によって明らかになったことに齟齬《そご》が出なければ、信用してもよいでしょう。捜査員の皆さんにお任せするだけではなく、私自身も島内をつぶさに見て回り、メモがどこまで正確か検証するつもりです」

「ぜひ、そうなさってください。——ところで、扼殺された十人目は何者なのでしょうね？」

「常識的に考えれば、二ツ木十夢の双子の兄か弟です。すぐに調べてください」

言われてみれば、それ以外に考えようがない。

「ああ、双子か。そうですね。こんなに顔が似ているんだから」

「茂原勤の遺体の捜索は続いていますね？」

「もちろん」

「この近辺の潮の流れについて、小本さんに訊いて参考にするのがよろしいかと。――では、さっそく島をぐるりと一周してきます。茂原勤が殺された現場も見ておきたい。一時間もしないうちに戻ります」

そう言うと響は、ゆったりとした歩調で坂を上り、警部はその広い背中を見送った。

探偵は、時計の反対回りに径をたどる。適度な起伏も足場の悪さも趣があって、むしろ非日常的な散歩には好もしいぐらいだ。時折現われる奇岩も面白い。彼は、さる事件の調査で訪れたアイルランドの小島の茫漠《ぼうばく》とした風景を思い出していた。

茂原勤が毒針に刺されて、苦悶でのたうちながら崖から転落した場所に着いた。問題の椅子のあたりには二人の鑑識課員がいて、危険な凶器を慎重に採取しているところだった。

響は、被害者が転げ落ちたと思《おぼ》しき地点を推測し、上体を乗り出して眼下を見る。十メートル近くある断崖の下の岩場で、波濤《はとう》が砕けていた。あそこに落ちたのなら毒が体中に回る前に、全身打撲で即死に至ったと思われる。そして、死体が波にさらわれる前に収容しようとしても、講じる手立てはなかったであろう。

黒瀬メモの記述を全面的に信じるにはためらいがあるが、その内容と犯行現場や死体の状態との間に矛盾や齟齬は見当たらない。メモの信憑《しんぴょう》性を高める、あとひと押しを探偵は求めていた。

海を見渡せば、東に一隻、西に一隻の船舶が、島から百メートルほど離れたあたりで遊弋《ゆうよく》していた。懸命に茂原勤の遺体を捜しているのだ。高所から見下ろしても、それらしきものが漂っているのは見つけられない。

探偵はステッキを突いて、また歩きだした。歩きながら、誰の耳もないのをいいことに死体だらけの島で高らかに歌う。

プッチーニのオペラ『トスカ』の中から『星は光りぬ』。夜が明けたら銃殺される運命にある画家・カヴァラドッシが愛するトスカを想《おも》ってサンタンジェロ城の城壁で歌うアリアで、これ以上はないほどに場違いな選曲だが、気にしない。難事件を解明することに最も大きな喜びを感じる響・フェデリコ・航が、その次にこよなく愛しているものはオペラ——わけてもイタリアの——であった。

おのれの美声と豊かな声量に酔って熱唱していると、無粋なものが頭上に飛来した。島内を捜索していたカメラ付きのドローンだ。飛行音を嫌って歌うのをやめ、去るのを待とうとしたら、それは響めがけて降下してくる。やがて彼の目の高さでホバリングを始めたので、フレームに折り畳んだ紙が括《くく》りつけられているのが判った。取って開くと、響に宛てたメッセージだ。

〈響さま——新たな発見あり。お戻りをお待ちしています——辰川〉

海上の船は捜索を続けているから、茂原勤の遺体が見つかったわけではなさそうだ。はたして何なのか、と探偵は足を速めた。

足踏みせんばかりにして待っていた警部は、ラウンジに響が入ってくるのを見るなり小走りに寄ってくる。

「被害者の所持品を調べていて発見しました。旅行鞄《かばん》の奥に押し込まれていた早乙女優菜のスマートフォンです」

「この島にきてから通話はできなかったはずですが、もしや何かのメッセージが？」

「はい。文字ではなく音声によるものが。黒瀬と同じく事件の発生前から春山美春の死までの経緯が判ります」

収録時間は約十分。射殺された弁護士は、明瞭《めいりょう》な発声をもって実に要領よく語っていた。

「職業柄なのか、見事な要約ですね」

響の顔に、じわじわと笑みが広がる。

「ええ、貴重な証言です。黒瀬のメモと食い違う点は一つもなく、さらに黒瀬が書き洩らした事実も含まれていました」

二ツ木十夢の双子の弟・慈夢が急遽《きゅうきょ》こられなくなったことである。不在の人間のことなど関係ないと思ったのか、黒瀬は慈夢についてはいっさい触れていなかった。

「慈夢という弟について、警察の調べで何か判ったことは？」

「横浜在住の両親に連絡したところ、『十夢が殺されたことを双子の弟である慈夢に伝えようとしたら、電話が通じない』と狼狽《うろた》えているところでした。二人はとてもよく似ているそうですが、慈夢は十夢のように髪を染めておらず、背中に三つ並んだ黒子《ほくろ》があるのが特徴だとか」

「その確認は？」

「済んでいます。先ほど回収した十番目の遺体は、二ツ木慈夢です」

響は、いかめしい顔を作って頷いた。

「よろしい。事件は解決だ」

警部には、それが朗報に聞こえなかった。

「解決とは、どういうことですか？」

「何もかも判った、ということですよ、わが友《アミコ・ミオ》」

探偵は、マントルピースの上の人形に目をやった。

※

辰川警部の号令により、すべての捜査員がラウンジに集められた。「あなたもきなさい」と小本まで呼ばれて、居心地が悪そうに交じっている。当然ながらソファに座り切れないので、みんな起立したままだ。

　響・フェデリコ・航は満座の注目を浴びながら、マントルピースを背にして立ち、自慢の声量を誇示するように語りだす。

「アガサ・クリスティの『そして誰もいなくなった』のストーリーは、皆さんお聞きになりましたね？」

「はい」の唱和。あの若い巡査が、何回にも分けて紹介をしてくれていた。

「本件の犯人は、それを模倣しようとしたのです。模倣し切る前に計画は潰《つい》えましたが、島に誰もいなくなったのだから、成し遂げたとも言える。類稀《たぐいまれ》な狂気がここで暴虐の限りを尽くしたのです。すべてが謎めいた様相を呈した事件ですが、今や邪気に満ちた霧は晴れ、すべてが見通せる。海賊島で何があったのか？　この響・フェデリコ・航が謹んでご説明しましょう」

　年嵩《としかさ》の捜査員の一人が「その前置き、要るか？」と呟いたが、探偵の耳には届かない。

「黒瀬源次郎は、事件の経緯をある時点まで手帳に書き遺していました。重要な証言ながら、それだけでは全幅の信頼は置けない。しかし、早乙女優菜がスマートフォンに吹き込んだ記録が見つかったことで内容の突き合せが可能となり、黒瀬のメモの信憑性は飛躍的に高まったのみならず、早乙女は黒瀬が書き洩らした事実まで私たちに伝えてくれていました。この島への招待客が、本来は八人だったことです。このことは、早乙女の証言に続いて執務室のパソコンから見つかったCD-ROMの内容にも合致する。その

CDに録音されていたデンスケの罵倒《ばとう》の凄《すさ》まじいこと。——ちなみに、BGMはレッド・ツェッペリンの『天国への階段』でした。この曲を発売したレコード会社のレーベル名は、スワンソング」

「おお！」

探偵が自分にだけ目配せした意味は、巡査にとって明らかだった。『そして誰もいなくなった』の犯人は『白鳥の歌』というレコードに告発の言葉を吹き込んでいた。

「七人の招待客ともてなす側の茂原夫妻。土曜日以降、合わせて九人がこの島にいました。そして翌日には、島内に九人しかいなかったことが男性四人によって確認されている」

警部が質問を挟んだ。

「確認されている、と断定してよいものでしょうか？　彼らはドローンを使っていませんし、この時点で見落としがあったかもしれません」

「敏腕の警部のお言葉ですが、ドローンを飛ばして判ったのは島内に身を隠せるのに適当な場所がない、ということです。それに、日曜日の捜索は少人数で行われたとはいえ、彼らは真剣でした。文字どおり命懸けだったことを銘記しなくてはならない」

ミステリ好きの若い巡査が、「ぐっ」とおかしな声を発したのを、響は聞き逃さなかった。

「あなた、どうかしましたか？」

「はい。いや、その、けったいなことを思いついてしまい、つい声が。……失礼いたしましたっ」

　探偵は、何を思いついたのか話すよう彼に促す。

「まことにつまらないことでお恥ずかしいのですが……。彼らは、トリックによって島には自分たちしかいない、と思い込まされたのではないでしょうか」

「トリックとは？」

「はなはだ漠然としておりますが、本当は島内に十人がいたのに九人しかいないと勘違いさせる詭計《きけい》です。彼らのうちのある人物が二人で一役を演じていたのではないでしょうか。それはつまり――」

「私が代わりに言いましょうか。双子であることを利用して、二ツ木兄弟がみんなを騙していた、ということですね？」

「はいっ。島にいる人数をごまかして、何がしたかったのか不明ですが」

「面白い。しかし、そんなことができたでしょうか？　小本さんは九人しか島に運んでいませんよ。――ですよね？」

　不意に訊かれた男は、慌てて「はい」と答える。

「黒瀬と早乙女の遺した証言からも、そんな真似はできなかったと推測されます。人数がもっと多ければ、たとえば行きの船に十人以上も乗っていれば、そういうトリックが通用したかもしれませんが」

巡査は身を縮めたが、探偵は彼の柔軟な発想を温かく評価した。

「二人一役もできなかったので、島にいたのは九人だけ。その九人が、日曜日の日没までには全員死んだ。のみならず、欠席して島にいなかったはずの招待客までが遺体で見つかるという奇妙な事態が判明しました。その十番目の男が最後に死亡したことは疑いがなく、しかも明らかに他殺。前代未聞の事件ですが、どうしたらこんなことが起きるのか、人間のみに具《そな》わった推理という能力を駆使すれば解き明かすことは可能です。——皆さんの中に、お判りになった方は？」

手が挙がらないことを見越した問い掛けだった。

「あまりにもシンプルな答えなので、かえって気がつきにくいようですね。謎を解く最大のヒントはここにあります」

ゆっくりと上がったステッキが指したのは海賊人形だ。

「『そして誰もいなくなった』を念頭に置きながら私の話を聞いてください。犯人は、模倣に移すのが難しかったためか、数え歌の歌詞をなぞって人を殺していくのを諦めましたが、犯行のたびに人形を壊していくという趣向は採用しています。招待する予定の人数分とホスト役の夫婦の分、合わせて十体をあらかじめ用意した上、黒瀬のメモと早乙女の証言によると、危険を冒してまで小説どおり犯行の都度それを損壊していった。ある時点までは」

ステッキの先が、無疵の四体を示す。

「欠席のはずの二ツ木慈夢までがいつのまにか上陸し、殺害されていたというのに、首がついたままの人形が四体ありますね。どうして犯人は、最後の最後に自らの計画に背いたのでしょうか？　大願成就したのに、達磨《だるま》に目玉を入れ損ねたかのようです。稀代《きたい》の大事件の歓喜のフィナーレを、犯人が放棄したのは何故か？　うっかり忘れたはずもなく、考えられる理由は一つしかありません。犯人は、お楽しみの人形損壊を果たす前に死んだのですよ」

　ざわざわと一座が騒がしくなる。それに微笑してから、探偵は熱弁を再開した。

「犯人が人形損壊をやめたのは、どの時点からでしょうか？　これは明白だ。それまでのスローペースをやめた犯人は、ギアをチェンジして榎友代と黒瀬源次郎を相次いで射殺した模様です。被害者は六人に達し、無疵の人形は四体になった。その後、残る三人が射殺されたり撲殺されたりしたが、もう人形を壊す者はいなくなった。——ここまではよろしいですね？」

　目が合ったので、警部は畏まった。

「異存ありません。榎、黒瀬、早乙女、二ツ木、有働の五人がどういう順に死亡したのか、医学的には判定が容易ではないそうですけれど、榎と黒瀬が殺害されたところで人形が壊され、以降は壊されなかったと見るのは人形の残り方からするといたって自然です。その時点で生存者は三人になっていました」

　探偵は、渋すぎる声で警部に尋ねる。

「残った三人のうちに犯人がいるとしたら、誰でしょうね？」

「全員が殺されていますが……」

「そうとは限らないでしょう。常識を総動員してみたら、答えはどうなります？　ほら」

急かされた警部は、ほとんど反射的に答えたところ、それが幸いした。

「七人目が銃で撃たれて死亡し、残る二人が相討ちとなった……ということでしょうか？」

響はステッキを脇に挟み、空いた両手で拍手した。

「ブラボー！　最後の二人は相討ち。それしか考えようがありませんね」

どよめく捜査員たち。警部は、照れたように咳払いなどをする。

「死体の向きや拳銃が落ちていた位置から推測するに、まず有働が二ツ木を撃った。しかる後、それを阻止しようとしたのか早乙女が鉄パイプで有働の頭部を殴打。屋内に戻ろうとした彼女の背中に向けて、瀕死の有働が発砲。それが命中して早乙女を死に至らしめた後、有働が息を引き取る。――こうして誰もいなくなった」

「うおっ」「なるほど」という声が上がるが、中には「そうじゃないかと思っていた」と呟く者もいる。今度は、探偵と若い巡査の視線がぶつかった。

「あなたも納得しましたか？」

「あの、本職は」巡査は背筋を伸ばし「それが常識にかなう真相だと考えます、クリスティの『そして誰もいなくなった』を読む前も、そんな結末を予想しておりました。最後の二人は相討ちなのだろう、と。しかしながら……」

「異論がある？」

「異論と申しますか、現実と合わないと申しますか、その、響先生は、有働万作が犯人だとおっしゃるのですね？」

「響さんで結構です。——左様《スイ・ロエ》、有働がデンスケです」

「しかしながら、十番目の招待客である二ツ木慈夢が、その後で何者かに扼殺されています。有働には慈夢は殺せません」

「いかにも。この点についても、常識をもって考えればよいのです」

探偵はマントルピースに寄り掛かり、まるで自分の居間で寛いでいるかのようだ。

「『そして誰もいなくなった』のストーリーはまことに独創的で、ミステリ史に燦然《さんぜん》と輝く名作です。その地位は永遠に揺るがないでしょう。しかし、独創とは面白いもので、既存のものを少し横にずらしただけで生まれます。『そして誰もいなくなった』の祖型《そけい》となった先行作品はたくさんありました。それは——密室殺人」

若い巡査だけが「おお！」と反応する。

「内側から施錠された部屋に踏み込むと、中には他殺死体があるだけ。不可解なことに犯人の姿はどこにもない。これがミステリにおける密室です。事件の現場を内側から施錠された部屋から離れ小島に変換し、死体の数を増やせば本件とそっくりになる。そのことに気づいた私は、いくつかある密室トリックのパターンを当て嵌めてみました。たとえば、犯行時に犯人は密室内におらず、室外から室内の被害者を襲ったのではないか？　これは毒殺以外のケースには成立しません」

ここで探偵は、ピンと立てた人差し指を気障《きざ》っぽく振る。

「犯人が意外なところに隠れていて、死体発見時に隙を突いて逃走したとも考えられない。私を船着き場に降ろした小本さんの船が、誰も乗せずにそのまま帰って行くのを見ています。密室内に最初に踏み込んだ者――本件の場合はこの私――が早業で中にいた者を殺害した、というのも死亡推定時刻が合わないから却下。現場が部屋であれば、外側からドアや窓を細工して内側から施錠した状態を作るというトリックもあり得ますが、海という天然の障壁は開けたり閉めたりできない。もちろん、陸地につながったトンネルといった抜け穴もない。様々な可能性を検証した結果、残った可能性はただ一つ！」

これぞ獅子吼《ししく》。響は、ライオンが咆哮《ほうこう》するように声を張り上げた。

「密室が開かれた後で、犯人は死体を密室内に入れたのです！　そんなことができたかって？　九つの死体については不可能だが、海蝕洞内で見つかった最後の一体については可能だ。あの洞窟は孤島という密室に含まれながら、上陸せずとも近づける密室の外部という性質も同時に有する場所だからです。もうどなたにもお判りですね？　二ツ木慈夢を殺害した犯人は、そこにいる小本仙助」

名指しされた男は、ぐっと喉を鳴らした。

「いや、わしは……」

「無駄な言い逃れはよしなさい。あなたは、私に言われて港に引き返す途中、二ッ木慈夢の遺体を海に投棄したんだ。遺体が潮の流れによって洞窟へ流れついたのは必然なのか偶然なのか、船乗りならぬ私は判断しかねますが」

警部がたまりかねたように尋ねる。

「響さん、待ってください。どうして二ッ木慈夢の遺体が小本さんの船にあったんですか？」

「彼が陸で殺し、船に隠していたのですよ。慈夢だけは島の外で殺されていたんです。詳細は小本本人に語ってもらいましょう。おそらく慈夢は、日曜日になって港に着き、強風の中で船を出すよう小本に頼んだのでしょう。当然のごとく断わられ、諍《いさか》いになった。あるいは、承服できなかった慈夢が勝手に船を出そうとしたことに小本が激高した。そんなところだろうな」

まわりの者たちに視線を向けられて、小本は顔を伏せる。

「喧嘩になり、若い方ではなく腕っぷしの強い方が勝利します。ごめんなさい、と謝罪させれば済んだのに、度が過ぎて小本は慈夢を扼殺してしまった。遺体はとりあえず船内の収納スペースに隠し、翌日、赤座島に渡る途中で海上投棄をしようとしたのでしょう。そこへ思わぬ邪魔が入る。ふらりと現われた私が島へ渡りたがり、同乗を求めたことです。強く拒んで怪しまれるのを嫌ったのか、彼は親切にも私を船に乗せてくれました。遺体投棄は、島の招待客を港に運んだ後にすればよい、と肚《はら》を括ったものと思われます。ところが、島ではとんでもないことが起きていました。八人以上が殺されて他にも死者がいるかもしれない、と私が船舶無線で通報するのを聞いて、仰天したはずだ。彼は本当にびっくりしていましたよ。あれは演技でも何でもなかった」

　さらに探偵の声が響き渡る。

「私は島に留まることを告げ、彼に警察官を連れて戻るように命じた。彼は、自分が取るべき道が一つしか残されていないこと、すなわち船が私から見えない地点にきたところで慈夢の遺体を海に投じるしかないことに気づき、実行したのです！」

　最後は虚空に右手を差し上げていた。フィナーレのアリアを歌い切ったテノール歌手のごとく。

　その余韻が引いたところで、小本が消え入るような声で語る。

「デンスケとやらの招待なんで、『遅れてでも参加したい。最後の夜だけでも島で過ごしたい』とか言うて、『こんな日に船は出せん』と断わったら、こっちの目を盗んで船を出そうとしよった。『二級小型船舶の免許を持っているから、俺はこれぐらいの船は操縦できる』とか言うて。あれは何じゃ。なんであそこまで自分勝手なことができるんか判らん。かっとなって、両手で首を絞めた人間が言うても通らんじゃろうけど。酒が入ってたんも、言い訳にならんな」

　小本の告白が途切れると、ラウンジは水を打ったように静かになった。

　若い巡査が「ひどすぎる」と洩らす。小本のしたこともだが、彼を打ちのめしたのがデンスケこと有働万作の所業であることは探偵にも伝わった。

「有働は何故こんな事件を計画的に起こしたのか？　それを解くには常識を跳び越えねばならない。われわれの想像力が試されるのですよ」

　自分に語りかけてくれたのだと知り、巡査は「はい」と応えた。

　警部の腰に吊《つ》られた無線機が鳴った。短い通話を終えると、彼は探偵に報告する。

「海上を漂っていた茂原勤の遺体を発見しました。島に移送中です」

　響が語り終えるなり最後の遺体が見つかったことに、誰もが劇的なものを感じた。辰川警部は、破格の探偵が世界全体を動かしているようにすら思う。

　響・フェデリコ・航は最後の遺体が見つかったことを聞き、しめやかに言った。

「彼らは死者となって、悲しき島に再び集ったわけですね。――こうしてみんな揃った」

9

　拳銃を手にした有働万作は、こちらに向き直って「やあ」と言う。こんな場面で無表情なのが無気味だ。彼の向こうでは、白いシャツを鮮血に染めた二ツ木十夢が倒れていた。

「あなたが、デンスケだったの……？」

　早乙女優菜は、本人に確かめずにいられない。

「そうだよ。僕がデンスケ、僕が犯人。悪を滅ぼすヒーローで、世界にとっての劇薬」

「何がヒーローよ」

「『天国への階段』の歌詞にあっただろ。言葉の意味は一つとは限らない」

「アゼルバイジャンで大停電を引き起こしたクラッカーでもある？」

「そんな停電は起きていない。各界でご活躍の皆さん、ニュースの外電には興味がなかったね。あれは架空の悪行」

彼のことも疑っていたのに、犯人だと明かされても現実感がない。彼女から見れば、まだ幼さも残した若造なのに。

「拳銃を持っているのなら、さっさと使えばよかった」

憎まれ口を叩きたくなった。

「終盤で突如として舞台上に出てきた方が、ショッキングで面白いと思ったんだよ。機械室に鉄パイプが何本も置いてあったのにも意図がある。これで身を守れるかもしれない、とみんなに思わせておけば、犯人が拳銃を使いだした時に望みが絶たれた感じになる。まさに今がそんな状況かな」

「性格が悪すぎる……」

「そりゃ悪いよ、僕は。自分でも嫌になるぐらい。——これを使いだしたらクライマックスだ、と予想していた。みんな顫え上がって、ちりぢりに逃げてしまうかもしれないもの。それが一番困った事態だから、一発撃ったら一気に最後まで突っ走ることにしていた」

殺人計画の細かな裏話など聞いても仕方がない。

「どうして？　どうして⁉」

早乙女の叫び声は、風に流される。

「デンスケの言葉として、すでに何もかも伝えているよ。正義のために、悪を滅ぼしたかった。選び出されたあなたたちは不運と言うしかないけれど、見せしめだね。他の悪い奴の背筋がひやっとすればいい。蟻《あり》みたいにちっぽけな僕個人には、それぐらいしかできないよ」

「正義のために、こんな大量殺人ができるの？　あなたが本物のデンスケだとしたら、百億円単位の財産を持っているわけよね。羨《うらや》ましいわ。そこまで恵まれた身で、どうして？」

彼は唇をすぼめ、ふうと息を吐いた。

「人間の心が不思議な動きをすることを、弁護士をしながら学んだ？　そんなの金にならないから考えたこともない？　ハッキングであちこちに侵入した裏情報を元に各国の為替《かわせ》や仮想通貨の値動きを読むだけで、僕は馬鹿みたいに儲《もう》けたよ。いたいけな高校生や日本語を勉強中の留学生が、コンビニのアルバイトをして稼ごうとしたら何年かかるだろうか、と計算して恐ろしくなったこともある。金のおかげで手にした圧倒的な自由に酔った時期もある。でも、この成功はどう考えても理不尽だよね。すばしっこさと小《こ》賢《ざか》しさプラス運だけで、あんなに富が得られるなんて、人間の世界は間違っている。だから、否定したくなった」

　早乙女は、「は?」と笑ってしまった。

「電脳空間で稼いだ金額が大きすぎて、現実から遊離しちゃった? 何それ。哲学? 文学?」

「あなたの言葉は、とことん貧しい」

「そんな世の中を浄化するために、持っているものをすべて捨てて大量殺人を企てた? 私の父親みたいに、自分のこだわりを押し通しているだけで本当は人間を愛していない万年リベラル坊やよりはるかに立派かもね。単純に、すごいと思う。大成功の頂点で、あなたは悟りを開いたわけだ」

　有働は、左手の指を二本立てる。

「悟りは二度訪れた。一度目は、さっきも口にしたけれどコンビニで。深夜に黙々と働いていた留学生らしきサントス君を見て、自分の身を業火《ごうか》に焼くと同時に世界へ一撃くれてやりたくなった。二度目は、アガサ・クリスティの『そして誰もいなくなった』を読んだ時。こういうやり方があるのか、とショックを受け、真似したくなった」

「あれは、健全な精神を持つ人のための娯楽小説でしょう。あなたは、そこからとんでもない悟りを開いたものね」

「原作者にとってはハプニング、かな」

「『そして誰もいなくなった』というぐらいだから、私を殺してあなたも死ぬの?」

「うん、この銃で自決するよ。犯人が僕であることは一目瞭然で、警察を悩ませるつもりはない。何故デンスケはあんなことをしたのかだけが名探偵もおいそれとは解けない謎になり、人間たちに思索を促す。難問ではあるけれど、いずれ大勢の人が答えを見出すだろう。——早乙女さん、事件のこれまでの経緯を手帳にメモしたりしてる?」

平静を装い、「いいえ」と答えた。

「書いてあってもかまわない。処分なんかしないよ。僕は、ここで何があったかを世界中に知ってもらいたいんだから」

早乙女は、こんな時だというのに下世話なことが気になった。

「あなたの口座にある何百億円だかの仮想通貨はどうなるの?」

「行き先は手配済みだよ。明日、国内外の九百以上の団体に寄付される。このリスト作成に何よりも苦労した。つらい境遇の人を救うには、あまりにも少額で情けない。この世界には、あと何百人ものデンスケが必要だ。どうでもいいけど、僕の持ち金は百億円単位じゃないからね。それっぽっちだったら虚無の穴に落ちていない」

「頭がおかしい」

「それを決める権利があなたにあるのか? あったとしよう。僕がおかしいのだとしたら、それは脳の機能が変調をきたしたせいだけれど、治せない。不治の病に罹《かか》ったに等しい。——だらだら話していてもキリがないから、もう終わりにするね」

有働が右手を上げかけたので、早乙女は鉄パイプを握り直した。まだ勝負はついていない。

「あなた、榎さんと黒瀬さんに最低でも二発は撃ち込んでいるわね。よく見ていないけれど、三発使ったかもしれない。そして、さっき二ツ木さんに四回発砲している」

「二発はずれて、二発命中だった」

「それ、ブローニングでしょう。やくざの抗争絡みの事件を扱った時に調べたから、その銃についてはよく知っているの。七発しか装弾できないこともね。そして、あなたは新しいマガジンを装塡《そうてん》していない」

その間がなかったことを、有働は認めるしかなかった。

「ご指摘のとおり。だけど、僕は榎、黒瀬に一発ずつしか使っていないから、まだ残弾が一つだけある」

「嘘ね」

「嘘じゃない。試してみる？」

早乙女は答える前に地面を蹴り、渾身《こんしん》の力を込めて有働の額へ鉄パイプを振り下ろす。

銃口が上がり切る間はなかった。

頭蓋骨を砕いた手応えが生々しく両手に伝わり、彼女は甲高い悲鳴を発した。灼《や》けた火箸《ひばし》を摑んだかのように鉄パイプを投げ出して、よろよろと屋内に戻りかける。

芝生に倒れた有働は、生命の火が消えゆくのを感じながらもわずかに銃を持ち上げ、赤い服の背中めがけて撃った。

早乙女が倒れる。

微笑《ほほえ》みとともに瞼が落ちるまでの間に、彼は部屋の窓から眺めていた景色を思い出した。白く波立つ海を。

――風さえなければ、船が出たかもしれないのに。

死の直前、有働万作がただ一つ残念に思ったのは、二ツ木慈夢がこの島にやってこなかったこと。

あとがき

『館の一夜』はホラー小説的な展開を見せ、ミステリ風コントのようなオチが付いている。しかし、全体としてはファンタジーとして読めるのではないか、と考えて巻頭に置いた。この作品はNHK‐FMの番組『クロスオーバーイレブン～2013年　夏～』で津嘉山正種《つかやままさね》さんに朗読されるスクリプト（テキスト）として書いたもので、活字になるのは本書が初めて。※印のところで前編と後編に分かれており、二〇一三年八月十九日と二十日の二夜にわたる放送だった。

『線路の国のアリス』は、本書の中で最もはっきりとしたファンタジーなのだが、これが巻頭だと頭が重たくなりそうだったので、二番目に持ってきた。『小説新潮』の特集〈ストーリーセラー《StorySeller》2013〉向けの短編を依頼され、少女アリスが奇妙な鉄道に乗って冒険する『不思議の国のアリス』のパロディの構想をぼんやり抱いていたので、チャンス到来と筆を執った。日本文藝家協会・編の『短篇ベストコレクション　現代の小説2014』と日本推理作家協会・編の『殺意の隘路　最新ベスト・ミステリー』と二つのアンソロジーに収録されている。好きなもの二つを掛け合わせた小説だから、小ネタをたくさん捻《ひね》り出すのに苦吟しながらも楽しみながら書けた。

『名探偵Q氏のオフ』は、ふわふわと取りとめのない話で、ホラーやミステリとは言いがたいのでファンタジーということに。煙草が登場する小説をJTに依頼されて書いたもの。〈一服の相対性〉という企画で、二つの視点からなる物語を要請され、このような形にまとめた。それを合体させて本書に収めるにあたり、新たに題名をつけてみた。

ブラックな味わいのショートショート『まぶしい名前』は、一種のホラーだろう。スポーツニュースを観ながら「近頃は野球場の名前がころころ変わるから覚えにくいな」と思ったことから生まれた。毎日新聞の関西版・夕刊に掲載されたものだから、限られた読者の目にしか触れる機会がなかった一編である。

『妖術師』は、『詩とファンタジー』という思いがけない雑誌からの依頼で書いた掌編。ダークなファンタジーでもよい、ということでお引き受けした。スズキコージさんの素晴らしい装画とともに掲載されたのだが、その絵をご覧いただけないのが残念。物語の導入部は、谷崎潤一郎《たにざきじゅんいちろう》の短編『魔術師』の冒頭を少しなぞっており、どうせならばとタイトルも谷崎作品に似せた。

『怪獣の夢』は、電子雑誌『文芸カドカワ』に掲載された後、怪獣をテーマにしたオリジナルアンソロジー『怪獣文藝の逆襲』（東雅夫《ひがしまさお》・編）に収録された。小学生時代が怪獣ブームの真っ只中《ま　ただなか》だったもので、怪獣は大好物である。怪獣小説を書くという珍しい機会を与えられたのだから、〈僕が考えた最強の怪獣〉に大暴れさせてやろうかとも思ったら、そうはならずにこんな形になった。限られた枚数で〈最強の怪獣〉をある程度の説得力をもって描けなかったのである。作中に色々な想いを込めたが、その一つが「熱海には怪獣がよく似合う」。本作を書く直前、同地で一泊した際にホテルの窓からの景色を眺めて強く思った。

『劇的な幕切れ』は、オリジナルアンソロジーを出すために結成された女性作家のグループ、アミの会（仮）が編纂《へんさん》した『毒殺協奏曲』（与えられたテーマは毒）に寄稿したもの。男性作家の私は同会のメンバーではないが、小林泰三《こばやしやすみ》さんとともにゲストとして招かれたのだ。女性作家の作品がたくさん並ぶので、男性ゲストである印として一人称に〈俺〉を採用している。この幕切れには救いがないのか、微《かす》かにあるのか、読者によって見方が分かれそうだ。

『出口を探して』も『クロスオーバーイレブン』で二夜にわたって津嘉山さんの名調子で朗読されたもの。この寓話《ぐうわ》をホラーと呼ぶのは無理があるかもしれない。

『未来人F』は、江戸川乱歩《えどがわらんぽ》の少年探偵団シリーズのパロディ・パスティーシュを集めたオリジナルアンソロジー『みんなの少年探偵団2』に寄稿したもので、江戸川乱歩の文体模写をしている。文字遣いも自分なりに真似ているのだが、原典を読んでも表記の法則が摑《つか》みにくかったので、あまり読みにくくならない程度に抑えた。プロ作家になり、こんな小説を書くことになろうとは、同シリーズを読み耽《ふけ》っていた小学生の頃は夢想だにしなかった。

『盗まれた恋文』は、朝日新聞に掲載された。本来は週ごとのテーマに基づくエッセイが載る欄に「小説を」と依頼され、なんとかミステリらしいオチが付けられた——と思う。この枚数で「恋文をテーマにしたミステリを」って、無茶なオーダーですよ。でも、「探偵を出せば何とかなる」という境地に至った。

『本と謎の日々』は、『小説宝石』に掲載されてから、『大崎梢《おおさきこずえ》リクエスト！　本屋さんのアンソロジー』に収録された書店ミステリ。書名のとおり、光栄にも監修者・大崎梢さんのご指名を受けて書店（新刊書店に限る）というテーマに沿って書いた。私は専業作家になる前は書店に勤めていたので、ネタが浮かびさえすれば書くには楽だった。冒頭のエピソードは店頭に立っていた時の経験を、最後の謎は本社の商品部にいた時の経験を基にしているが、それ以外はまったくの創作。あ、恐妻家のお客様は現実にいらしたか。

『謎のアナウンス』は、会社員時代の見聞を材料にして書いた。これは『館の一夜』『出口を探して』とともに『クロスオーバーイレブン』で朗読されたのだが、この三編の共通点にお気づきだろうか？　私はこれらを提出する際に『迷える者たち』というタイトルをつけていたのだ。なお、同番組のエンディングに流れるナレーションはこういうもの。——「もうすぐ、時計の針は12時を回ろうとしています。今日と明日が出会う時、クロスオーバーイレブン。スクリプト、有栖川有栖。そして私、津嘉山正種でした」。

『矢』は、『小説新潮』誌の八百号を記念した特集で八百字の小説を求められ、その枚数で収まるようにタイポグラフィクションの手法を利用して書いた。色んなオーダーが飛んでくるので、なかなか大変です。編集部から「タイトルは『雨』でもいいのでは？」と言われたが、『矢』のままにしてもらった。これ以上短い小説を書くことはないだろうから、これ以上短くできないタイトルにしたかったのである。

二百枚超のボリュームがある表題作『こうして誰もいなくなった』は、タイトルだけで判るようにアガサ・クリスティの『そして誰もいなくなった』を下敷きにした中編だ。あえて執筆前に原典を読み返さず書いた。脱稿後に照らし合わせてみたら、招待客たちを告発する台詞の短さに驚いた。他にも記憶と違っている箇所が多々あったが、原典とは別の面白さが出せたのではないか、と思う。

この作品については、書いておきたいことが色々ある。未読の方のために原典の真相を割ることなく筆を進めてみたい。

『そして誰もいなくなった』を初めて読んだのは高校時代で、「なんて面白い小説だろうか」と大喜びしつつ、「期待していたものとは違う」という読後感も抱いた。名探偵が謎を解明するシーンの不在を淋《さび》しく感じたのである。また、犯人が最後に取る行動に引っ掛かった。その行動とは、早川書房のクリスティー文庫版『そして誰もいなくなった』でいうと最後のページの一、二行目。そんなことに腐心せずとも「犠牲者の中の何人かが書き残している記録」を処分すればよかったのでは、というと言い掛かりに近いかもしれないが、犯人が何よりも読者を意識しており、映画の登場人物がそこだけカメラ目線になったような妙な感じを覚えたのである（それも本格ミステリらしくて興味深いのだが)。そのために弄《ろう》するトリックについて、「古典的な手だな」とも思った。

この原典はただ面白いだけでなく、深読みの余地を多分に持った傑作で、若島正《わかしまただし》氏の評論『明るい館の秘密』(『乱視読者の帰還』所収/第二回本格ミステリ大賞　評論・研究部門受賞作)で同作に秘められた巧緻《こうち》な仕掛けを知った時は、「自分はクリスティの真の企みに気づかず面白がっていたのか!」と驚き、頭がくらっときた。同評論の発見は、『こうして誰もいなくなった』にも取り込ませていただいた。

そんな原典について考えているうちに「あの物語はこうも書ける。そうしたら名探偵の推理も描ける」というアイディアが閃《ひらめ》き、『野性時代』誌から原稿依頼があったのを幸いと、一気呵成《かせい》に書き上げた。探偵の造形については、ほとんどアドリブ。神秘的で魔女めいた中年女性に設定しかけたのだが、「この事件を解くのは箍《たが》のはずれたオヤジだな。いったんエルキュール・ポアロに寄せてから変形しよう」と思い直し、あのように。

フェデリコというミドルネームは、ご想像通り映画監督フェデリコ・フェリーニから採った。何やら祝祭的なもの(愉快でアホらしいだけのこともある)に接した時、よく私の妻が「フェデリコやなぁ」と評するので、この作品の登場人物の名にふさわしいと考えた。彼がオペラを歌うのは、スウェーデンの本格ミステリ『誕生パーティの17人』(ヤーン・エクストレム作)に出てくるベルティル・ドゥレル警部からの引用。この警部は、朝起きるなり窓を開けて歌う。いかにも本格ミステリ国の住人でしょ。

現代の世相をふんだんに盛り込んだのは、クリスティが今、『そして誰もいなくなった』を書いたらこうなったかもしれない、という想いから。

事件の始まりを四月二十七日（それが土曜日であることからして二〇一九年なのは自明）にしたのは、招待客を集めやすいゴールデンウイークの頭だからというだけでなく、平成の終わりという時期を意識している。この暗い祝祭のごとき事件は、フェイク保守とフェイクリベラルが対立する中で格差社会化が進む時代が生んだもので、その悲喜劇的な総決算なのだ。

さらに付言すると、私は本格ミステリ作家として、「これまで誰も思いもつかなかった物語」より、「これまで誰かが書きそうで書かなかった物語」をものにする方が喜べるらしい。この作品で——出来映えは読者に判断していただくとして——いくらかそれを味わえた。


各作品を発表するにあたりお世話になった編集者の皆様に、ここで謝意を表します。どの作品にも想い出が宿っています。

装幀の須田杏菜《すだあんな》さん、装画のｊｕｎａｉｄａさんによる夢と不思議で満ちたカバーで拙作を包んでいただき、幸甚です。

ＫＡＤＯＫＡＷＡの『野性時代』編集部の細田明日美《ほそだあすみ》さん、文芸図書編集部の小林亜矢《こばやしあや》さんに深く感謝いたします。私が初めての本を世に出したのは平成元年一月。おかげさまで、デビューほぼ三十周年の時期に〈有栖川小説の見本市〉が開けました。
末尾になりましたが、お読みいただいたすべての皆様へ。ありがとうございます。

二〇一九年一月二十日

有《あり》栖《す》川《がわ》有《あり》栖《す》

文庫版あとがき

新人作家だった頃は、自著が出版社から送られてくると、あらためて読み返した。「本の形で読むと、また感じが違うな」と喜びながら。

校正の過程でじっくり目を通した直後だから、「しばらくは読みたくない」というのも自然な感情だし、「間を置いて自作を読み返したりもしない」という作家もいる。

私の場合、すぐに本で読み返すという初々しい習慣はなくなったが、気が向いたら手に取ることもある。本書『こうして誰もいなくなった』は、ちょっと読み返そうとしたタイミングで「文庫化するので、あらためて校正を」となった。

ふだんシリーズものをよく書いているのだが、本書の収録作は単発の作品ばかりなので、登場人物らとの再会は久しぶりである。「相変わらず元気に冒険しているね」とか「しっかり殺されてくれてご苦労さま」などと声を掛けて回るようだった。

表題作に出てくる〈仮想通貨〉は〈暗号資産〉と呼び名が変わったが、平成の終わりが舞台なのでそのままとした。

文庫化にあたり、装幀《そうてい》の鈴木久美《すずきくみ》さんとイラストレーターの木原未沙紀《きはらみさき》さんに素晴らしいカバーを創っていただきました。いつまでも見ていたくなります。

解説を書いてくださったのは千街《せんがい》晶之《あきゆき》さん。本文はすぐに読み返さずとも、解説は何回も熟読します。

そして、角川文庫編集部の光森《みつもり》優子《ゆうこ》さんに大変お世話になってこの本ができました。深く感謝申し上げます。

二〇二一年十月十三日

有栖川有栖

解説

千《せん》街《がい》晶《あき》之《ゆき》（書評家）

本書は、二〇一九年三月にKADOKAWAから単行本として刊行された有栖《ありす》川有栖《がわありす》の中短篇集『こうして誰もいなくなった』の文庫化である。

一般的に、短篇集は二種類に分けられる。ひとつは、同一の主人公、あるいは同一の舞台設定などで統一されたもの。もうひとつは、特に統一テーマを持たないものである。

本書は後者で、著者が「前口上」で「テーマを与えられて書いたものあり、枚数の制約もなく自由に書かせてもらったものあり。内容も長さも様々で、本としてのテーマはなく、有栖川小説の見本市みたいなものだ」と記している通り、ジャンルは多種多様であり、分量も短いものでは二ページ、長いものでは表題作のように短篇というより中篇と呼ぶべきものまである。

また、各篇の成立事情については、巻末の「あとがき」で著者自身が懇切丁寧に説明している。正直、解説者の出番は殆《ほとん》どない本である。

そのため、普段私が短篇集の解説を書く時のように、一篇一篇を取り上げて個別に言及することはせず、表題作「こうして誰もいなくなった」を中心に論じることにしたい。

なお、各篇の掲載誌は別ページの収録作品初出一覧を参照していただきたい。

本書の収録作からは、著者のパロディストとしての資質が顕著に認められる。例えば、「線路の国のアリス」はタイトルから察せられる通りルイス・キャロルの児童文学『不思議の国のアリス』のパロディだし、「未来人F」は江戸《えど》川乱歩《がわらんぽ》の「少年探偵団」シリーズのパロディとなっている。

そして表題作は、これまたタイトルで一目瞭然《いちもくりょうぜん》だが、アガサ・クリスティの『そして誰もいなくなった』（一九三九年）を踏まえている。『そして誰もいなくなった』といえば、童謡殺人ものとしてもクローズドサークルものとしても古典にして完成形であり、この作品がなければ西村京太郎《にしむらきょうたろう》『殺しの双曲線』（一九七一年）も綾辻行人《あやつじゆきと》『十角館の殺人』（一九八七年）も米澤穂信《よねざわほのぶ》『インシテミル』（二〇〇七年）も生まれなかっただろう。当然、そこから直接的または間接的に影響を受けた作品は膨大な数に上っており、タイトルをもじった例だけでも、アニメ『うる星やつら』の第七十五話「そして誰もいなくなったっちゃ!?」（一九八三年）、夏樹静子《なつきしずこ》『そして誰かいなくなった』（一九八八年）、今邑彩《いまむらあや》『そして誰もいなくなる』（一九九三年）、はやみねかおる『そして五人がいなくなる　名探偵夢水清志郎《ゆめみずきよしろう》事件ノート』（一九九四年）、森博嗣《もりひろし》『そして二人だけになった』（一九九九年）、白井智之《しらいともゆき》『そして誰も死ななかった』（二〇一九年）などが思い浮かぶ。本作もその系譜に連なっている。

本作では、デンスケと名乗る謎の大富豪から、三重県の伊勢《いせ》湾に浮かぶ無人島、通称「海賊島」に招待された男女が、ディナーの席で各自の過去の罪状を暴露され、「判決は、全員死刑。命をもって罪を償ってもらいます」と宣告される。その後すぐ、一人が毒を盛られて倒れる……という導入部まで、敢《あ》えて『そして誰もいなくなった』をそのままなぞるような展開となっている。

『そして誰もいなくなった』は世間的には、未読の人でもタイトルだけは聞いたことがあるくらいの知名度だと思われるが、本作では、犯人を除いて、島に招かれた事件関係者の誰もが『そして誰もいなくなった』の真相を知らない（TVで映像化作品を観たことのある人物はいるが、結末までは観ていない）という設定になっている。本格ミステリの世界においては、過去の名作についてやたら詳しいミステリマニアが登場人物の中に一人くらいはいることが多いものだが、本作の設定はなかなかリアルではないだろうか。

『そして誰もいなくなった』については、旧訳における犯人の内心を描写したくだりを読んでアンフェアだと判断する人が多かった時期もあるけれども、そのような評価に再考を促した評論が、本書の「あとがき」でも言及されている若島正《わかしまただし》の「明るい館の秘密」（『乱視読者の帰還』所収）だった。若島は原文にあたることでクリスティがあくまでもフェアな記述に徹していたことを証明したのであり、現行の訳書では原文のフェアさを活《い》かした文章となっている。この評論を読んだ上で書かれた以上、有栖川の「こうして誰もいなくなった」がアンフェアであるわけがない。『そして誰もいなくなった』同様に登場人物の内心の思考が描かれたくだりもあるが、注意して読む必要がある。

ところで、孤島を舞台にした著者の作品といえば、江神二郎《えがみじろう》シリーズの『孤島パズル』（一九八九年）と火村英生《ひむらひでお》シリーズの『乱鴉《らんあ》の島』（二〇〇六年）が思い浮かぶ。ここで、本作との共通点という意味で挙げておきたいのが後者だ。この作品には、ライブドア社元社長のホリエモンこと堀江貴文《ほりえたかふみ》を彷彿《ほうふつ》させるハッシーこと初芝真路《はつしばしんじ》というIT企業社長が登場しており、時事ネタを意識した内容となっている。一方、本作では、島に集められた悪人が、パワハラで社員を死に追いやったブラック企業社長や入居者への虐待が常態化したケアハウスの経営者など、クリスティ作品と比較するとかなり現代という時代を反映したものになっている。

この点について「あとがき」では、「現代の世相をふんだんに盛り込んだのは、クリスティが今、『そして誰もいなくなった』を書いたらこうなったかもしれない、という想いから」と記されている。実際、クリスティは世相に広くアンテナを張っていて、時事ネタをわりと迅速に取り入れるタイプの作家だった。代表作『オリエント急行の殺人』（一九三四年）が刊行の二年前に起きたチャールズ・リンドバーグ二世誘拐殺人事件を踏まえた内容であることは有名だが、同時期の作品『エッジウェア卿の死』（一九三三年）も、執筆のタイミングを考えると、作中のジェーン・ウィルキンスンとマートン公爵の関係は、「王冠を賭《か》けた恋」として知られるウォリス・シンプソンとイギリス国王エドワード八世（当時は即位前だが）の関係をモデルにしたのではと推察される部分がある。そういう点でも、本作はクリスティの精神を継承した作品に仕上がっている。『そして誰もいなくなった』には探偵の役目を果たす人物は登場せず、読者は犯人の手記によって真相を知ることになるが、本作には響《ひびき》・フェデリコ・航《わたる》という私立探偵が登場する。あからさまに作中のリアリティラインから浮いているエキセントリックかつ自信満々な言動から窺《うかが》える通り、クリスティが生んだ名探偵エルキュール・ポアロのパロディ的なキャラクターであり、本作は、探偵役不在だった原典の謎を名探偵に解かせる試みとなっている。

実は、この試みには似た前例がある。本作が発表される二年前の二〇一七年、テレビ朝日《あさひ》系で放映されたドラマ『二夜連続ドラマスペシャル　アガサ・クリスティ　そして誰もいなくなった』（長坂秀佳《ながさかしゅうけい》脚本、和泉聖治《いずみせいじ》監督）がそれだ。クリスティの原作の舞台を現代の日本に移し、登場人物もみな日本人となっているが、原作との最大の違いは、全員の死体が発見された後に、沢村一樹《さわむらいつき》が演じる警視庁捜査一課の警部・相国寺竜也《しょうこくじりゅうや》（わざわざ直線的に歩くなどの特徴が、直線やシンメトリーを愛好するポアロを連想させる）が事件の捜査を指揮し、明晰《めいせき》な推理で真相を暴く点だ。本作を執筆する際に有栖川がこのドラマを意識していたかどうかは不明だが、同じ日本のクリエイターが、ポアロ風の名探偵に謎を解かせるという着想に至ったのは興味深い。

他にも、双子が登場するのは先述の西村京太郎『殺しの双曲線』を意識したと推測されるし、海賊島という名前が横溝正史《よこみぞせいし》『獄門島』（一九四九年）の島の歴史を想起させたり、三重県伊勢湾の離島という舞台が江戸川乱歩の『パノラマ島奇談』（一九三三年）に通じるなど、本作には過去の有名作品へのオマージュが至るところに配置されている。遊び心を織り込みながら巨匠の名作に挑んだこの作品には、中篇の分量ながら読み解くべき要素がぎっしりと詰まっているのだ。

有栖川有栖　著作リスト（二〇二一年十一月現在）

★…火村英生シリーズ　☆…江神二郎シリーズ

〈長編〉

月光ゲーム――Yの悲劇’88――☆　東京創元社（’89）／創元推理文庫（’94）
孤島パズル☆　東京創元社（’89）／創元推理文庫（’96）
マジックミラー　講談社ノベルス（’90）／講談社文庫（’93）／
講談社文庫（’08新装版）
双頭の悪魔☆　東京創元社（’92）／創元推理文庫（’99）
46番目の密室★　講談社ノベルス（’92）／講談社文庫（’95）／
講談社文庫（’09新装版）／
角川ビーンズ文庫（’12）
ダリの繭★　角川文庫（’93）／角川書店（’99）／
角川ビーンズ文庫（’13）
海のある奈良に死す★　双葉社（’95）／角川文庫（’98）／双葉文庫（’00）
スウェーデン館の謎★　講談社ノベルス（’95）／講談社文庫（’98）／

角川ビーンズ文庫（'14）

幻想運河　実業之日本社（'96）／講談社ノベルス（'99）／講談社文庫（'01）／実業之日本社文庫（'17）

朱色の研究★　角川書店（'97）／角川文庫（'00）

幽霊刑事《デカ》　講談社（'00）／講談社ノベルス（'02）／講談社文庫（'03）

マレー鉄道の謎★　講談社ノベルス（'02）／講談社文庫（'05）

虹果て村の秘密　講談社ミステリーランド（'03）／講談社ノベルス（'12）／講談社文庫（'13）

乱鴉《らんあ》の島★　新潮社（'06）／講談社ノベルス（'08）／新潮文庫（'10）

女王国の城☆　創元クライム・クラブ（'07）／創元推理文庫（'11）

妃は船を沈める★　光文社（'08）／光文社カッパ・ノベルス（'10）／光文社文庫（'12）

闇の喇叭　理論社（'10）／講談社（'11）／講談社ノベルス（'13）／講談社文庫（'14）

真夜中の探偵　講談社（'11）／講談社ノベルス（'13）／

講談社文庫（’14）

論理爆弾　講談社（’12）／講談社ノベルス（’14）／講談社文庫（’15）

鍵の掛かった男★　幻冬舎（’15）／幻冬舎文庫（’17）

狩人の悪夢★　KADOKAWA（’17）／角川文庫（’19）

インド倶楽部の謎★　講談社ノベルス（’18）／講談社文庫（’20）

［新版］幽霊刑事《デカ》　幻冬舎文庫（’18）

〈中編〉

まほろ市の殺人　冬　蜃気楼に手を振る　祥伝社文庫（’02）

〈短編集〉

ロシア紅茶の謎★　講談社ノベルス（’94）／講談社文庫（’97）／角川ビーンズ文庫（’12）

山伏地蔵坊の放浪　創元クライム・クラブ（’96）／創元推理文庫（’02）

ブラジル蝶の謎★　講談社ノベルス（’96）／講談社文庫（’99）

英国庭園の謎★　講談社ノベルス（'97）／講談社文庫（'00）

ジュリエットの悲鳴　実業之日本社（'98）／実業之日本社ジョイ・ノベルス（'00）／角川文庫（'01）／実業之日本社文庫（'17）

ペルシャ猫の謎★　講談社ノベルス（'99）／講談社文庫（'02）

暗い宿★　角川書店（'01）／角川文庫（'03）

作家小説　幻冬舎（'01）／幻冬舎ノベルス（'03）／幻冬舎文庫（'04）

絶叫城殺人事件★　新潮社（'01）／新潮文庫（'04）

スイス時計の謎★　講談社ノベルス（'03）／講談社文庫（'06）

白い兎が逃げる★　光文社カッパ・ノベルス（'03）／光文社文庫（'07）

モロッコ水晶の謎★　講談社ノベルス（'05）／講談社文庫（'08）

動物園の暗号★☆　岩崎書店（'06）

壁抜け男の謎　角川書店（'08）／角川文庫（'11）

火村英生に捧げる犯罪★　文藝春秋（'08）／文春文庫（'11）

赤い月、廃駅の上に　メディアファクトリー（'09）／角川文庫（'12）

長い廊下がある家★　光文社（'10）／光文社カッパ・ノベルス（'12）／

高原のフーダニット★　光文社文庫（'13）
江神二郎の洞察☆　徳間書店（'12）／徳間文庫（'14）
　創元クライム・クラブ（'12）／
　創元推理文庫（'17）
幻坂《まぼろしざか》　メディアファクトリー（'13）／角川文庫（'16）
菩提樹荘の殺人★　文藝春秋（'13）／文春文庫（'16）
臨床犯罪学者・火村英生の推理　密室の研究★　角川ビーンズ文庫（'13）
臨床犯罪学者・火村英生の推理　暗号の研究★　角川ビーンズ文庫（'14）
臨床犯罪学者・火村英生の推理　アリバイの研究★　角川ビーンズ文庫（'14）
怪しい店★　KADOKAWA（'14）／角川文庫（'16）
濱地健三郎の霊《くしび》なる事件簿　KADOKAWA（'17）／角川文庫（'20）
名探偵傑作短篇集　火村英生篇★　講談社文庫（'17）
こうして誰もいなくなった　KADOKAWA（'19）／本書
カナダ金貨の謎★　講談社ノベルス（'19）／講談社文庫（'21）
濱地健三郎の幽《かくれ》たる事件簿　KADOKAWA（'20）

〈エッセイ集〉
有栖の乱読　メディアファクトリー（'98）
作家の犯行現場　メディアファクトリー（'02）／新潮文庫（'05）
川口宗道・写真
迷宮逍遥　角川書店（'02）／角川文庫（'05）
赤い鳥は館に帰る　講談社（'03）
謎は解ける方が魅力的　講談社（'06）
正しく時代に遅れるために　講談社（'06）
鏡の向こうに落ちてみよう　講談社（'08）
有栖川有栖の鉄道ミステリー旅　山と溪谷社（'08）／光文社文庫（'11）
本格ミステリの王国　講談社（'09）
ミステリ国の人々　日本経済新聞出版社（'17）
論理仕掛けの奇談　有栖川有栖解説集　KADOKAWA（'19）

〈主な共著・編著〉
有栖川有栖の密室大図鑑　現代書林（'99）／新潮文庫（'03）／
創元推理文庫（'19）

＊有栖川有栖・文／磯田和一・画
有栖川有栖の本格ミステリ・ライブラリー
角川文庫（'01）

有栖川有栖の鉄道ミステリ・ライブラリー
＊有栖川有栖・編
角川文庫（'04）

大阪探偵団　対談　有栖川有栖vs河内厚郎
＊有栖川有栖・編
沖積舎（'08）

密室入門！
＊河内厚郎との対談本
メディアファクトリー（'08）／
メディアファクトリー新書（'11）

図説　密室ミステリの迷宮
＊安井俊夫との共著
洋泉社ＭＯＯＫ（'10）／
洋泉社ＭＯＯＫ（'14完全版）

綾辻行人と有栖川有栖のミステリ・ジョッキー①
＊有栖川有栖・監修
講談社（'08）

綾辻行人と有栖川有栖のミステリ・ジョッキー②　講談社（'09）
綾辻行人と有栖川有栖のミステリ・ジョッキー③　講談社（'12）
＊綾辻行人との対談&アンソロジー
小説乃湯　お風呂小説アンソロジー　角川文庫（'13）
＊有栖川有栖・編
大阪ラビリンス　新潮文庫（'14）
＊有栖川有栖・編
北村薫と有栖川有栖の名作ミステリーきっかけ大図鑑
ヒーロー&ヒロインと謎を追う！　第1巻　集まれ！　世界の名探偵
第2巻　凍りつく！　怪奇と恐怖
第3巻　みごとに解決！　謎と推理
日本図書センター（'16）
＊北村薫との共同監修
おろしてください　岩崎書店（'20）
＊市川友章との絵本

収録作品初出一覧

「館の一夜」（NHK-FM　クロスオーバーイレブン2013夏原作）
「線路の国のアリス」「小説新潮」2013年5月号（新潮社）
「名探偵Q氏のオフ」（以下の二作品を本書収録用にまとめたもの）
名探偵Q氏、紫煙をくゆらす　「ダ・ヴィンチ」2011年9月号（メディアファクトリー）
JTウェブサイト「ちょっと一服ひろば」
名探偵Q氏、ついに求婚する　「ダ・ヴィンチ」2011年10月号（メディアファクトリー）
JTウェブサイト「ちょっと一服ひろば」
「まぶしい名前」（毎日新聞　2013年6月6日付）
「妖術師」「詩とファンタジー」2011年夏眺号　No・15（かまくら春秋社）
「怪獣の夢」『怪獣文藝の逆襲』（KADOKAWA　2015年3月）

「劇的な幕切れ」『毒殺協奏曲』アミの会（仮）編（原書房　２０１６年６月）
「出口を探して」（ＮＨＫ-ＦＭ　クロスオーバーイレブン２０１３夏原作）
「未来人Ｆ」『みんなの少年探偵団２』（ポプラ文庫　２０１８年４月）
「盗まれた恋文」（朝日新聞　２０１２年３月28日付）
「本と謎の日々」『大崎梢リクエスト！　本屋さんのアンソロジー』（光文社文庫　２０１４年８月）
「謎のアナウンス」（ＮＨＫ-ＦＭ　クロスオーバーイレブン２０１３夏原作）
「矢」「小説新潮」２０１１年１月号（新潮社）
「こうして誰もいなくなった」「小説　野性時代」２０１９年１月号（ＫＡＤＯＫＡＷＡ）

本書は二〇一九年三月に小社より刊行
された単行本を文庫化したものです。